商务印书馆（成都）有限责任公司出品

孤独的大师

侯军－著

…芬奇	Da Vinci
…勒	Dürer
…开朗基罗	Michelangelo
…斐尔	Raffaello
…拉瓦乔	Caravaggio
…勒朗	Rembrandt
…纳	Turner
…斯太勃尔	Constable
…丹	Rodin
…诺阿	Renoir
…斯莱	Sisley
…更	Gauguin
…蒿	Van Gogh

商务印书馆

图书在版编目(CIP)数据

孤独的大师/侯军著.—北京:商务印书馆,2019
ISBN 978-7-100-16036-0

Ⅰ.①孤… Ⅱ.①侯… Ⅲ.①随笔—作品集—中国—当代 Ⅳ.①I267.1

中国版本图书馆CIP数据核字(2018)第073046号

权利保留,侵权必究。

孤独的大师

侯军 著

商 务 印 书 馆 出 版
(北京王府井大街36号 邮政编码100710)
商 务 印 书 馆 发 行
山 东 临 沂 新 华 印 刷 物 流
集 团 有 限 责 任 公 司 印 刷
ISBN 978-7-100-16036-0

2020年1月第1版　　开本 787×1092 1/16
2020年1月第1次印刷　　印张 17½
定价:98.00元

前言

一本书初版十五年后得以再版，说明它还有一定的生命力。而让其生命力得以延续的，则是广大读者和独具慧眼的编者。

01

《孤独的大师》首次出版于2002年，大概面市不到半年就售罄了。我当时急需购买一些样书分赠朋友，曾找到北京的工人出版社求购，结果得到的回答是：把库房都翻遍了，一本也没有了。最后，只得把出版社资料室的存档样书匀了几本给我。我现在家里存留的唯一一本，就是本加盖着印章的存档样书。

什么人喜欢读这本书呢？我们报社跑图书报道的记者告诉我，从书城的销售情况看，这本书的主要读者是青少年。后来的事实也证明了这一点——深圳罗湖区有个东晓小学，有一天他们找到报社，邀请我去参加一次主题班会，主题就是谈《孤独的大师》。事关孩子，再忙我也要去。那天，我一进教室就大吃一惊，全班同学人手一册。我问班主任老师，是不是你让大家都去买的？这位名叫刘红的女老师一听就发急了，说："现在的孩子，您以为老师让他们买就买吗？我是发现他们写的周记，总是提到这本《孤独的大师》，我就去书城也买来一本。读完之后，就跟同学们做交流，结果发现我们班上五十几名同学，几乎都读过这本书——这才想到要组织这次特殊的班会。"

一叠厚厚的文稿，此刻就静静地摆放在我的书桌上。这是东晓小学五（2）班的同学们在那次主题班会上交流发言的稿子，是我恳请刘红老师"转赠"给我的，我已经珍藏了十多年，偶尔还会翻出来重读几篇。当时十一二岁的孩子们，现在该是二十多岁的小伙子大姑娘了，不知他们还记不记得当年写下的这些稚嫩的文字？而我更关心的是，这本着力于写孤独、写寂寞、写磨难、写失败的书，对他们此后的人生走向，究竟产生了怎样的影响呢？

我知道有几位同事的孩子，是带着这本书漂洋过海闯荡世界去的。因为他们的父母见到我，总要讲起孩子在异国他乡战胜孤独、战胜寂寞、战胜失败的故事，他们常常把这些"战胜"归功于这本书。我虽然将信将疑，却也感到一丝欣慰。毕竟这本书揭示了一些简单的道理，譬如："失败和挫折才是生活的常态，而成功只不过是擦肩而过的偶然罢了。"而中国的孩子恰恰很少接受这样的人生提醒。反观社会上到处充斥的是"励志"、是"成才"、是"成功秘籍"、是"心灵鸡汤"……却很少有人告诉你"要做胜利者，必得先做牺牲""要赢得人生的辉煌，必先经过常人难以忍受的孤独和痛苦"……

我想，这本书的生命力之源，恰在于这种对孤独、对寂寞、对痛苦、对失败之于人生重要性的赤裸裸的揭示；而我所选择的对象又是那些如雷贯耳耀眼辉煌的艺术大师们，其震撼力和感染力自然会深入而持久，尤其是面对复杂多变竞争环境的孩子们，他们的感受自然也会更加强烈吧！

还有一个值得玩味的情况发生在 2017 年——这一年我连续被邀请到各地的大学去演讲，对方选定的主题，竟不约而同地都是"孤独的大师"——先是在哈尔滨工业大学（深圳）人文学院，接着是青岛科技大学艺术学院，随后又接到香港中文大学深圳分校的邀请，年底又被请到哈工大（深圳）人文学院去给本科生讲两个月的通识课，主题依旧是"孤独的大师"。

为什么一本十多年前出版的旧作，会在新时期重新被发现被重视？为什么这么多著名院校（而且多是理工科大学）会如此青睐这些"孤独的大师"？或许这本书中真有某些值得深思的东西，刚好为现代社会所需要？或许正是这些值得深思的东西，使这本沉寂已久的小书重获新生？

我无法解答这些问题，却也依旧是"感到一丝欣慰"。

02

　　常常有朋友问我，你并不是研究艺术史的专业人士，也无须靠这本书来收名定价，何以不惜花费八年光阴，来写这些离现实生活十万八千里的外国画家呢？我每每遇到这类问题，都只是淡然一笑，不置一词。今天，借着《孤独的大师》增订再版的机会，我也道一道当初写作这些文字的"初心"吧——

　　这组文字，最初酝酿于20世纪90年代初，成稿于20世纪90年代末。其间，我经历了从故乡天津只身一人南下深圳的孤独寂寞的岁月。环顾四周，像我这样的"孤独异乡人"比比皆是，这是我此前从未体验过的人生况味。那段时间，我在母报《天津日报》上开设了一个散文专栏，就叫《感受深圳》。我在这里"品味寂寞""感受孤独"，不得不"收起你的辉煌"，不得不"接受平凡"（引号中的文字皆为我的散文标题）。这是我第一次真切品味到孤独寂寞的"原味"。在那段时间里，读书成为我唯一的乐趣，尤其喜欢读艺术史和艺术家传记。以前读这些书，并没有"置身其间"的意念，而今再读，自己也仿佛与他们一同栉风沐雨、痛苦彷徨，为他们的遭遇而愤懑，为他们的无奈而哀伤，为他们的痛苦而流泪，为他们的不幸而叹息。我在阅读中思考，在思考中感受，在感受中自省……蓦然回首之际，却发现不知不觉中，我自身那些原本强烈的孤寂、无助、忧郁、不平等难以排解的痛感，竟然减轻了、淡化了、释然了，甚至消失了。真没想到，阅读孤独、感受寂寞、品味痛苦，在某种情况下竟然还有"疗治心疾"的功能，我以为这正是"痛定思痛""以痛治痛"的特殊功效。也就是在这种心境下，我萌生了刻意发掘艺术大师的孤独和苦难的想法——不是吗？我们平常所见到的艺术大师们，大都是以正面形象光彩照人，他们走在历史的"星光大道"上，辉煌映衬着他们的成功和不朽。然而，很少有人去移步换景，把目光投射到其侧面、背面乃至阴面，去搜寻去发现去展示他们在孤独、痛苦、寂寞、不幸中的卓绝挣扎。而只有透过光鲜的表象透视到其背后的艰难困苦，我们才能真正领悟到他们艺术的真谛和人生的真相。我希望用自己的心灵感悟去为他们重新塑像，同样，也希望用这些充满苦涩和暗影的塑像，去慰藉那些如我一样曾经沉浸于孤独痛苦中的"天涯沦落人"。

于是，我开始寻觅尘封已久的史料，从别人不屑一顾的犄角旮旯里发掘人物的吉光片羽。我发现，这竟是一个满目珠玑的富矿，由此进入，如同沿着通幽曲径探路而行，可以直抵那些艺术大师的心灵深处。于是，我一篇篇地写了下去，就像一个探险家一步步走向人迹罕至的险峰，领略到旁人未曾见过的奇异风景……

03

从 20 世纪 90 年代中期开笔，我携着《孤独的大师》一直走进了 21 世纪。在此期间，我曾有若干次出国采访的机会，我无一例外地都选择去了欧洲。有朋友感到不解，出国的机会难得，你为何不多转几个地方，偏偏一次次地死盯着欧洲。我心里暗想，那些孤独的大师们都在欧洲，我要去看望他们、亲近他们、研究他们、破解他们，去多少次都不嫌多，即便这样，还总是"别时容易见时难"啊！

只有亲临大师们的故地，亲炙大师们的原作，亲见大师们生活的环境，你才能真切感受到他们何以成为大师，也才能体悟到为何他们如此孤独——我的好友南翔教授曾写过一篇对《孤独的大师》的书评，题目就叫《大师缘何孤独？》。我觉得这也正是本书抛给所有读书人的一个课题，或许每个人都会用各自的方式来解答，但是，谁又能说自己的解答是最完美的呢？不完美才是真实的人生，或许正是人生的不完美，方才成就了其完美的艺术。

这些文章中的相当一部分，都是在出访归来乘兴而作，见诸报端的。譬如丢勒、罗丹、伦勃朗、透纳、康斯太勃尔诸篇。这些文章的见报，引起了一些关注，有些书刊开始把其中一些篇章编入各类选集，也有一些杂志开始找我约稿。其中特别需要感谢的是北京《人物》杂志。这家有

和编辑李京华为这些"孤独的大师"付出大量的心血。也正是这家名刊的强力推介,引起了时任工人出版社编辑的崔自默先生的激赏,立即敦促我编辑成书。我对自默说,这个系列还没写完。他说,这么大的选题,哪里有个完?还是先出书吧,这并不妨碍你继续写下去。于是,《孤独的大师》就这样出版了,自默兄为其选配了上百幅精美的图片,把这本在我看来还是半成品的小书打扮得漂漂亮亮。

这些慧眼识珠的编辑们,是《孤独的大师》最早的知音,我对他们怀有深深的敬意和感激。

04

本次增订版,增加了两篇新作,一篇是《被遗忘的"四季诗人":西斯莱》,另一篇是《一个罪犯与圣徒:卡拉瓦乔》。此外,应编辑王虞兮的建议,我对丢勒一篇做了较大的增补和润色,差不多是重写了一遍。这显然是必要的,因为原书收录的那篇文章,只是我在德国纽伦堡参观丢勒故居之后写的一篇游记,内容显得过于单薄了。这次改写,使这位文艺复兴时期与达·芬奇齐名的德国艺术大师的形象更加丰满也更加鲜明了。

商务印书馆是中国读书人心目中的圣殿,能在这家书馆出书是无数写书人的梦想,当然,也是我的梦想。感谢丛晓眉总编的青睐,使《孤独的大师》(增订版)能被纳入商务印书馆的"宏大书阵"——这是一个辉煌百年的"书阵",是一个大师荟萃的"书阵",是一个学风醇厚的"书阵",是一个声誉卓著的"书阵"。我深知,我能忝列这个"书阵"并不是我写得有多么好,而是因为这些"孤独的大师"本身太精彩太耀眼了,说到底,我还是沾了他们的光。因此,在这篇前言的末尾,我要再次向这些陪伴我走过难忘岁月的"孤独的大师"们,鞠躬致敬!

目 录
Contents

001
Da Vinci
失败的英雄
达·芬奇的荣耀与悲哀

025
Dürer
忧郁的手艺人
丢勒

045
Michelangelo
"我的快乐是悲哀"
米开朗基罗的苦难人生

083
Raffaello
中天陨落
拉斐尔的悲剧人生

109
Caravaggio
一个罪犯与圣徒
卡拉瓦乔

137
Rembrandt
一身荣辱系斯楼
伦勃朗

Turner 151

透视
透纳

Constable 163

淡淡哀愁中的田园
探访康斯太勃尔

Rodin 175

走近
罗丹

Renoir 191

选择快乐
雷诺阿的痛苦与抗争

Sisley 207

被遗忘的"四季诗人"
西斯莱

Gauguin 229

"野蛮人"
高更

Van Gogh 247

孤独的恒星
梵高

Da Vinci

失败的英雄

达·芬奇的荣耀与悲哀

01

　　1452年4月15日，达·芬奇出生在意大利佛罗伦萨附近的芬奇镇。他的出生并没有给生他的人带来欢悦，因为他是一个私生子。

　　他的父亲是一位名叫皮埃罗·达·芬奇的公证员，他的母亲则是一位连姓名都没有留下的农妇。可怜的芬奇从降生之日起就被笼罩在一种令人琢磨不透的悲哀气氛里。

　　或许正是这种非同寻常的阴阳契合，造就了非同寻常的天才人物，达·芬奇从步入人生旅途开始，就显现出旷世罕见的才华和睿智，他的多才多艺足以令后世惊叹，他的渊博和深邃更是让人叹为观止。或许，在人类历史上再也找不到第二个人能够当之无愧地荣膺如此众多的头衔——他是画家、雕塑家、音乐家，又是文学家、哲学家，同时还是建筑师、工程师、舞台设计师，此外，还是当时最著名的数学家、解剖学家、博物学家、天文学家……他的发明创造和奇思妙想多得匪夷所思：他在五百五十多年前就提出并设计出飞行器和计时器的草图；在他潦草的笔记本里，后人还能经常读到这类惊世骇俗的论断——"那太阳是不动的"，这说明他比哥白尼更早发现了"日心说"；他还设计出世界上最早的潜水艇；他对胎儿在子宫中的成长情况有过精辟的论说；他观察大自然的一切变化，从飞鸟的生活习性到风的规律、火的性质；他对人类自身的探索深入到血肉、骨骼、内脏、疾病直至心灵。他曾亲自解剖过三十多具尸体，不少艺术史论家在谈到这一点时，往往更多地强调这些实践使他对人体的结构如何了如指掌，对他的人像绘画具有何等重要的作用。但是，我却以为，达·芬奇这样不厌其烦地热衷于解剖尸体，绝不仅仅是出于画好人体画的目的，而是缘于他作为科学家，对探索人体奥秘的强烈好奇心。

达·芬奇给这个世界留下了五千多页手稿，几乎每一页上都画着各种精密而复杂的草图。这些手稿几乎可以被视为当时人类文明的百科全书。但是，由于达·芬奇是左撇子，习惯于从右向左写字，而且常常是倒着写字，致使别人读他的文字常常要用个反光镜倒着看，结果，他的众多手稿至今还没有被全部解读。一代代艺术史家、一代代科学史家、一代代哲学史家，面对着达·芬奇那浩如烟海、包罗万象的遗稿不禁发出浩叹："一个人的小小头脑，怎么会装得下这么多东西？"达·芬奇简直是在向人类智慧的极限挑战，他以前无古人的雄心和睥睨万类的气魄，仰观天宇，俯察大地，把探寻的目光投向一切人类应知、欲知而未知的领域。他在不断探索中体悟到人生的大快乐，他在冥思苦想中感受到内心的大充实。然而，他在紧张的前行中竟然没有顾及一个最简单的事实：人生之有涯。以有涯之人生去探索无涯之宇宙，个人是何等渺小，人类的力量是何等微不足道。这巨大的反差，注定了达·芬奇的最终命运只能是失败，这是他人生之旅的莫大悲哀。

是的，达·芬奇是一个失败的英雄，他像中国古老神话中的夸父和精卫一样，以"知其不可为而为之"的强大精神力量和不可避免的悲壮结局，演绎出一个英雄的壮举。从这个特定意义上说，正是失败铸就了达·芬奇的辉煌。

古往今来，人类总是习惯于把鲜花和喝彩，献给那些拼搏到最后关头的失败者。这是因为：无论任何年代、任何种族，作为个体的人，永远是失败多于成功。作为人类理性和智慧的象征，达·芬奇是在一个呼唤巨人的时代应运而生的巨人，是昭示着人类永不枯竭、永无止境的探索精神的路标，是在人类从蒙昧走向文明的漫漫航程中，被设立在一个名为"文艺复兴"的历史转折点上的一盏耀眼的明灯。

人类已经把太多的美誉抛掷给达·芬奇，以至于每当提起他的名字，人们总会肃然起敬。在法国卢浮宫，我曾亲眼看到来自世界各地的参观者，如朝圣一般簇拥在达·芬奇那幅举世闻名的《蒙娜丽莎》跟前，把无尽敬佩的目光投向那永恒的微笑。是的，使达·芬奇最终成为世界名人并得以永垂青史的，是他的艺术而不是他设计的飞机和钟表。然而今天的人们似乎并未留意过，作为艺术家的达·芬

《蒙娜丽莎》
Mona Lisa
1503—1506

奇在创作他的绘画、雕塑、建筑作品时，从未有过一帆风顺的时候。事实上，他一生坎坷，受尽命运的捉弄；他半世漂泊，忍视他乡作故乡；他空怀报国之志，却常常请缨无门；他徒有经天纬地之才，却终生无处施展；他本来并不甘于当个画家，可最后却不得不以画画来谋生……多少痛苦和悲哀，早已被岁月的烟尘所遮蔽、所侵蚀、所覆盖，以至于今天已经很少被人记忆、被人谈起、被人关注。但是，不了解艺术家的痛苦和悲哀，又何以理解他的伟大作品和崇高人格？又何以真正参悟其作品因何而伟大、人格因何而崇高？朋友，还是让我们拨开那些笼罩在画家头上的耀眼光环，轻轻撩起飘逸在达·芬奇脸上的那层神秘面纱吧。

少年时期的达·芬奇简直就像一个从云端下凡的天使，金黄色的头发，漂亮的脸蛋儿，聪明伶俐，招人喜爱。据说，他很小的时候就会用琉特琴为自己伴奏，即兴作词作曲，引吭高歌，令父亲的客人们赞叹不已。

老芬奇希望小芬奇长大了继承自己的事业，去当一名律师。可是，小芬奇的兴趣却越来越倾向于艺术。有一回，小芬奇提出想到一位画家那里去学画画，立即遭到父亲的反对。在当时，画家、雕塑家等，是被视为低人一等的，和工匠差不多，都属于"手工劳动者"。我相信，当年的达·芬奇一定是受到了强烈的刺激，否则，他后来就不会如此矢志不渝地致力于改变艺术家的"卑下"地位了。

《基督受洗》(韦罗基奥与达·芬奇合作) The Baptism of Christ 1472-1475

小芬奇说服父亲的方式很有戏剧性：他背着父亲偷偷地在一块木板上画了一个漆黑的山洞，洞里正跳出一条凶神恶煞般的怪龙，张着血盆大口，喷着火焰和毒气。这是一个天才般的孩子凭着丰富想象力营造出来的一个可怕的画面。画好之后，他又精心设计了一个戏剧性的场面：预先挡住自己房间的半面窗子，让屋子里暗下来，只留下一条光线正好对准画架上的恶龙。这时他把父亲请进屋来。老芬奇一迈进房间，猛然见到一只凶狠的怪龙正要扑过来，吓得大叫一声，拔腿就跑。小芬奇忙上前拉住他，调皮地笑道："不要怕，爸爸，这是我画的一张画。"惊魂未定的老芬奇回过头来仔细一看，才知道被儿子戏弄了。不过，他也不得不承认儿子确实画得不错。或许，这孩子真是一个绘画的材料？老芬奇思考了一阵，终于决定把小芬奇送到佛罗伦萨最有名的画家、雕塑家和建筑师韦罗基奥那里去拜师学艺。

韦罗基奥是文艺复兴初期很有影响的艺术家，他最重要的作品是为威尼斯城雕刻的科莱奥尼像，这件作品完好地保存至今。韦罗基奥最著名的绘画作品是创作于1475年前后的《基督受洗》。然而，这幅画的出名却多少是沾了他的学生的光——据说，这幅画左下方的那个浪漫得如在梦中的小天使，是出自达·芬奇之手。艺术天分的高下从来不以年龄和辈分划分，尽管达·芬奇是在老师的指导下初试身手，却已展现出非凡的艺术感悟力和想象力。正是这个可爱的小家伙，把他旁边那个出自老师手笔的小天使，比得暗淡无光了。更有传说讲，韦罗基奥对这个学生画的小天使极为惊讶，自叹弗如，并从此永远放下了画笔，专心从事雕塑而不再画画了。

不过，达·芬奇在韦罗基奥那里也得到了两点非常重要的启示：一是韦罗基奥认为，一切艺术都必须以一种几何图形为依据，无论绘画还是雕塑，都必须精确而科学；二是韦罗基奥非常强调透视在绘画中的重要性，他是文艺复兴时期，最早意识到并且提出透视观念的意大利艺术家之一。这两个重要的艺术观念使达·芬奇受用终身。

达·芬奇现存最早的独立完成的画作，是一幅表现佛罗伦萨郊区景色的风景画，在画面的角落上有达·芬奇所特有的反写的题字："写于1473年8月5日，圣玛丽亚·斯涅日娜复活节。"离开韦罗基奥的画室后，达·芬奇画了几幅圣母像，这是当时最流行的画题，如 1478 年绘制的《拈花圣母》；1480 年开始绘制，但后来才完成的《丽达圣母》；等。年轻的画家摈弃了以往把圣母的形象永远描绘成威严的、感伤的或者沉思的传统模式，而是大胆地把她塑造成平和的、快乐的、充满了尘世美感的少妇形象。这种把神仙、上帝从神坛上引入民间的做法，恰恰是文艺复兴时期最重要的人文精神的体现。

1481 年夏，29 岁的达·芬奇得到了一份重要的订单，圣道纳多修道院的修士们让达·芬奇为他们的教堂绘制一幅名为《三博士朝圣》的大型油画。达·芬奇对这幅作品非常认真，他先是画了大量的草图，动笔之后又反复修改。然而，他做梦也没有想到，他的精益求精反倒害了他——他没能按时交出这幅作品，因为他总是感到不满意，总想画得更好一点。可是修士们却并不理会达·芬奇的创作态度，更无耐心听他讲什么艺术家的创作意图。在他们眼里，画家只不过是个干活儿的工匠，花了钱让画家来做一件东西，没有如期交货，合同就得撤销。我不知道这幅画是不是达·芬奇平生创作的第一件"遗憾的半成品"，但我相信这至少是他最早的半成品之一。如今，这幅永远无法完成的作品依然陈列在意大利著名的乌菲齐美术馆里，每一个从它面前走过的参观者，都会发出轻轻的叹惜。

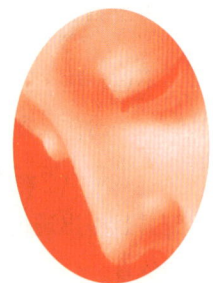

达·芬奇出道之时，恰值绘画大师波提切利完全控制佛罗伦萨画坛的时期。在当时的统治者洛伦佐大公的宫廷里，达·芬奇几乎找不到任何用武之地，尽管洛伦佐本人对达·芬奇的艺术才华也很欣赏。

1482年，就在达·芬奇的《三博士朝圣》被退货不久，他带着一封由洛伦佐写给米兰统治者卢多维柯公爵的推荐信，离开了故乡，来到了米兰。值得注意的是，他投奔米兰的首选目标并不是做一个宫廷画师，而是要当一个军事指挥家，他要以自己的文韬武略来建功立业，大展宏图。即使退而求其次，也要去做一个建筑师或者工程师，为城市建设留下永恒的丰碑。这种志向，在他到达米兰之后写给卢多维柯公爵的自荐信中体现得十分清楚。这是一篇被三百年后的德国幽默作家理西特戏称为"只有天才或者傻瓜才写得出来"的奇文。他在信中以一种冷静的、一本正经的口吻，写下了一些在当时许多人看来肯定是"痴人说梦"的奇思妙想。他告诉公爵，他能制造可以移动的桥梁，用于追击敌人实在太方便了；他对破坏敌人的桥梁也很在行，还能抽干河里的水；他掌握了一种秘密方法，足以摧毁任何不是以石料做地基的碉堡；他能建造一种新型的、威力巨大的大炮；他发现了一种修建河底隧道的无声法；他还知道如何建造进攻时使用的有掩蔽的坦克；他还拥有制造攻守两用的潜水武器的图纸……除此之外，他在建筑方面的才能也堪与任何人相媲美。至于绘画，他只是在不经意间写道：他"能和任何人并驾齐驱，不论那个人是谁"。最后，他说他还可以为公爵杰出的父亲大人塑造一座骑马的雕像，那将是世界上前所未有的巨型雕塑。

卢多维柯公爵对这位年轻人的"妄语"只是宽容地付之一笑。他早就听说过达·芬奇的鼎鼎大名，如今，一见到这个仪表堂堂的美男子就心生好感，他甚至从达·芬奇这些有趣的文字中看出了幽默感。于是，他委任达·芬奇担任官方的工程师兼非官方的娱乐总管，由他来安排宫廷内的文娱活动，如作曲唱歌啦，绘制布景啦，设计服装啦，在过年过节的宫廷庆典中担任主角啦，等。

就这样，达·芬奇成了米兰宫廷中各种狂乱生活最活跃的组织者和参与者。他年轻潇洒，风度翩翩，举止文雅，谈吐不凡，信手就能写出漂亮的十四行诗。这使他很快就成了米兰上流社会众多夫人小姐推崇的偶像。而这时的达·芬奇也很留意自己的仪表和风度，这个心比天高却出身低贱的私生子，必须在世人面前摆出一副高贵博学的面孔，以博取权贵们的好感和欢心。为此，他不得不节省自己的伙食费，而把大部分金钱用在置装和打扮上面。他必须花费心思去迎合鄙俗的时尚，必须想方设法赢得王公大人们的垂青，必须学会甜言蜜语、阿谀奉承，必须强迫自己低下那颗高贵的头颅，装扮成一个左右逢源、名实相符的弄臣！

没有什么能比这种自我作践更令人痛苦了——达·芬奇每天都得伺候那帮无所事事、俗不可耐的男男女女，虽然他从心底里蔑视他们，可是却又不得不对他们强颜欢笑，装巧卖乖。他讨厌这种宫廷弄臣的生活，可是他又十分清楚：一个胸怀大志的人离开宫廷是无法有所作为的。为了实现自己的远大理想，他只能先把自己变成一个小丑。他时常为自己的自甘堕落而感到羞耻，为整日与这些人同流合污、虚度年华而感到愧疚，因此，他也开始蔑视自己。

渐渐地，达·芬奇的性格变得越来越孤僻，他把自己分割在两个截然不同的空间里：在公开场合，他是个开朗幽默的绅士，博学多才的学者，激情四射的诗人和才华横溢的艺术家；而在私人空间里，他却是一个自闭性极强的孤独者。曾有专家分析，达·芬奇之所以把所有笔记都写成反字，其实只是因为他总在疑心别人会偷看；也有人猜测，达·芬奇一生写作了那么多文字，却从来不肯拿出去发表，同样是基于某种自我封闭的特殊心理；更有人据此推断，达·芬奇是不是具有同性恋甚至自恋倾向……

这种种推测，或言之有据，或似是而非，或捕风捉影，或空穴来风，如今均已很难定论。但是，达·芬奇内心的痛苦和愤懑却分明被记录在他那些反写的文字里。他不仅记下了对自己的蔑视，而且把这种蔑视扩展为对全人类的蔑视，并偷偷地把这种蔑视写进了一系列文学寓言里。在他所创造的想象空间里，人被塑造成天底下最无耻、最可怜的动物。"人，只不过是食物的通道、垃圾箱、粪便桶罢了，"他在笔记本中写道，"世界上没有什么东西能通过人而实现，人是没有任何美德的。……毫无疑问，自然界肯定想把人类当作废物一样地消灭掉。"他愤怒地发问："人啊，你对你的同类有何看法？对于自己的愚蠢，你难道不感到羞耻？"

迄今为止，我还没有见到过比这更激烈的诅咒人类的文字，它们竟然出自一

《丽达圣母》
Madonna Litta
1490

位以专门表现人的美好形象著称的画家之手，尤其令人惊讶。我宁愿将其视为在长期压抑中的达·芬奇，当苦闷达到忍无可忍的程度时，独自宣泄其内心愤怒的一种方法——我们的画家原本是何等地热爱人生？何等地热爱生活？何等地热爱艺术？他本是人类的骄子，是人类聪明才智的杰出代表，然而，世道竟然如此不公，竟让达·芬奇这样的旷世奇才，整日里混迹于欢情场上，委身于泥淖丛中，忍辱含垢，卑躬屈膝。请试想一下，这是怎样的悲哀啊！

达·芬奇一直希望通过取悦卢多维柯公爵来获得施展才华的机会。他不断地向公爵提交各种各样的宏伟计划，期待着有朝一日获得公爵的恩准，实现自己的抱负。在这些计划中，最了不起的一项就是改造米兰的城市总体规划。他试图把米兰这座文艺复兴时期崛起的名城改建得高贵气派，以人为本，美丽整洁。他主张加宽街道，并设计了双层的路面以方便车辆行驶；他设想把城市的教堂、住宅、花园，与运河、瀑布、湖泊等自然景观融为一体，使意大利的城市面貌焕然一新；他还颇具超前性地提出在大城市周围建设小城市的设想，这与现代城市规划中设立"卫星城"的想法不谋而合。按照达·芬奇的设想，这些小城市每个只有五千户人家，每家不超过六口人。他认为，居住得过于拥挤会使人们不愉快："这么一大堆人像羊群一样挤在一起，散发着臭气，散布着瘟疫和死亡。我们必须把他们分开。"

依照达·芬奇的设计，这些城市都将建在河边上，这样，他就可以给每座城市都建设一套完备的排污系统，这一系统的所有管道都将埋在地下。达·芬奇理想中的城市既没有难看的景象也没有难闻的气味，街道宽阔，空气清新，整洁安静，文化发达。这不正是人类的理想家园吗？

然而，如此美妙的设想只能永远留存在达·芬奇的梦境里——卢多维柯公爵哪里会拨款支持这类乌托邦计划呢？他把达·芬奇交来的诸如此类花样繁多的计划统统束之高阁。不过，他也清楚地知道，达·芬奇是一个能量巨大、才华过人的艺术家，放着这样举世罕见的人才不用就是傻瓜。于是，他从达·芬奇的诸多设想中挑出一件对自己家族最为有利的差事，交给了这个一直渴望订单的艺术家——让达·芬奇为他的父亲弗朗西斯科·斯福查雕塑一座骑马雕像。

达·芬奇非常欣悦地接受了这一使命。他是韦罗基奥的弟子，他要像老师为威尼斯城雕刻科莱奥尼像一样，为米兰城雕刻一件盖世巨作。他全情投入地开始了这件作品的创作。他将公爵的父亲弗朗西斯科·斯福查的雕像也设计成骑马全身像。所不同的是，韦罗基奥把科莱奥尼像放在一座高高的基座上，相形之下，骑马人像并不十分高大。而达·芬奇则把人像和马匹突出放大，而将基座的高度适当减低，这样就使雕像本身高大起来了。1493年，雕像的泥塑模型制作完成，公爵为这座庞然大物专门举行了一个揭幕典礼，并为这座泥塑模型的展出搭建起一座临时的凯旋门。全城的民众都被这座巨型雕像的规模和气派所震撼。达·芬奇的朋友，数学家鲁卡·帕奇利曾对别人描述过这座雕像的高度，他说雕像"从头顶到地面"有12肘高（约6米），这无疑是当时货真价实的世界第一。达·芬奇望着自己的杰作高高耸立在公爵广场，心里无比畅快。这里面浸透着他的心血，寄托着他的希望，萦绕着他的梦想，他几乎看到自己的梦想就要实现了。

然而，卢多维柯公爵在发表了一堆空泛的赞美之辞之后，便再无声息了。要按泥塑模型浇铸青铜雕像，需要耗铜80吨。彼时彼刻，米兰正在与强大的法兰西交战，全城的铜都必须优先拿去铸成武器和军火，怎么可能拿来给达·芬奇去浇铸铜像呢？巨大的泥塑模型默默地伫立在公爵广场上，忍对春风秋雨，迎送暑往寒来。随着日月的流逝，达·芬奇那五彩缤纷的梦，慢慢地褪色了、破碎了。

《最后的晚餐》
The Last Supper
1495-1498

"公爵阁下,您不再给我任务这一事实使我深感苦恼,"达·芬奇终于忍耐不住内心的失落和失望,给卢多维柯公爵写了一封倾诉不满的信,"我知道您的注意力已经转向其他方面……我愿不揣冒昧,向阁下追述一下我对您的微不足道的服务。"接着,达·芬奇小心翼翼地列举出自己这些年来为米兰宫廷和公爵本人所做的各种事情,并且看似漫不经心地提醒对方,他至少还有三年的工作报酬没有领到,他因此已陷入"极大的困难之中"。

可以肯定,如果不是万不得已,像达·芬奇这样一向清高的绅士,是绝对不肯向他的保护人写信要钱的。事实上,自从浇铸雕像被搁浅,达·芬奇便开始被疏远、被冷落,公爵或许是自觉理亏,总是躲避着达·芬奇。很多比他才能低的艺术家都得到了新的订单,而他却好像被遗忘了。尽管这时的达·芬奇早已声名远播,整个意大利都在向他投来敬佩的目光,可是谁能想到,此时的达·芬奇却囊中羞涩,正在遭受贫困的煎熬。

大概是达·芬奇的这封信"感动上帝"了吧,公爵总算又想起了达·芬奇,并且把装饰圣玛丽亚修道院饭堂的差事交给了他。尽管给一个饭堂画壁画的任务比起为公爵父亲做雕像来,显得多少有些无足轻重,然而,艺术史却因此得到了一幅"在人类所有绘画中最崇高的作品"——这,就是达·芬奇的不朽名作《最后的晚餐》。

有关这幅名画的论说,五百年间早已汗牛充栋,无须我在这里赘述了。我想告诉读者的是,为了画好这幅画,达·芬奇倾注了自己的全副身心。当时,有一位名叫班代罗的传记作者这样描写道:"他常常在拂晓时就来到教堂,……匆忙上了脚手架,就辛勤地作起画来,直到暮色使他不得不停笔为止。他压根儿就想不到要吃饭,他就是这样全神贯注在工作之中。也有时候,他会在那儿一连待上三四天,连画也不去碰一下,抱着膀子站着,凝视着画上的人物,仿佛在批评他们。"

可笑的是,那位圣玛丽亚修道院的院长却嫌达·芬奇画得太慢,他尤其不能容忍达·芬奇一个小时一个小时地叉着手站在画前发呆,在他看来,达·芬奇应当像拾掇花园的园丁一样,一刻不停地干活儿,否则就难辞怠工之咎。他跑到公爵那里告状，让公爵对这个"懒惰"的画家提出警告。于是，公爵把达·芬奇叫来问话。达·芬奇忍着被误解被侮辱的愤懑，向公爵和院长大人解释说，画作之所以进展缓慢，是因为一直没有找到适合画犹大的模特。"不过，现在总算找到了——您瞧，院长大人的头不是挺像犹大的吗？"

真该感谢与达·芬奇同时代的传记作家瓦萨里，如果不是他给后人留下了这一传神之笔，我们将无从知晓达·芬奇对付当时权贵们的机智和巧妙。此后，无论是公爵还是院长，都不再来打扰达·芬奇了，这使他终于得以完成《最后的晚餐》。这是他自1482年至1499年在米兰居留的十七年间，仅有的几幅完整作品之一，也是他一生绘画创作的巅峰之作。

遗憾的是，满脑子科学实验的达·芬奇在绘制这幅壁画时，不知在颜料中掺入了什么物质，致使这幅绝代佳作在后来的岁月中逐渐褪色，并且由于发生化学反应而变得斑斑驳驳。加上修道院的历代厨师先生并不懂得这幅画的价值，他们随意敲击隔壁厨房的墙壁，无所顾忌地让蒸腾的烟汽侵蚀着饭堂的墙面。这些都无情地加重了壁画的损坏。更有一些自作聪明的低能画家，竟然企图用他们拙劣的画笔为大师"拾遗补阙"，不啻佛头着粪，使本来已经模糊不清的画面更加面目全非。倘若达·芬奇在天有知，看到自己饱蘸心血画成的画作竟被后人如此糟蹋，真不知会发出怎样的浩叹！

不过，《最后的晚餐》也有不幸中的万幸：1943年，当盟军的飞机轰炸米兰的时候，圣玛丽亚修道院的院子里也落下了炸弹，修道院的饭堂被震毁。然而，上苍有眼，唯独画着《最后的晚餐》的那面墙壁被奇迹般地保全下来。1946年修道院的建筑物被重新修复。近年来，专家们又以最新的技术成功地除掉了后来画上去的颜色，复原了当初达·芬奇的手笔。今天的人们还能看到这幅盖世杰作，实在是我们这代人的幸运。

№5

  达·芬奇本人却没有这么幸运。在米兰期间，他每次创作都会遇到阻力和麻烦，这使画家不堪其扰。弄臣的身份与孤傲的天性所形成的巨大反差，使达·芬奇与他的主顾们永远处于紧张的对峙状态，他不肯迁就那些外行却又自作聪明的订画人，而且，总是对自己的作品精益求精，时常耽误交货时间。在他看来，什么时候交货必须由自己决定，这不仅关乎艺术品的质量，而且关乎艺术家的尊严。但是他的主顾们却并不买他的账，把他的追求完美视为拖沓，把他的保持尊严视为狂傲。他曾精心画了一幅《岩间圣母》，这本是应一家教堂之约而创作的。这幅画无论从其特有的金字塔型构图还是人物在岩洞的昏暗光线下的神秘笑容，都堪称不亚于《蒙娜丽莎》的杰作。然而，订购这幅画的教士们却借口他没有按时交货而拒绝按应付的数目交款。愤怒的达·芬奇不得不跟这家教堂打官司。但是，这实在是一场实力悬殊的较量，最后的结局只能是艺术家向神权和金钱妥协——差不多二十年后，达·芬奇不得不按照教堂的意愿重新画了一幅《岩间圣母》，并在画面上明显地向教堂的趣味做了让步：圣母的头上出现了神圣的光环，天使长了翅膀，而圣约翰则带上了十字架。这是达·芬奇存世作品中唯一的一对"孪生画作"。前者如今收藏在巴黎卢浮宫，后者则成为伦敦国家美术馆的镇馆之宝。我曾有幸欣赏过这两幅原作，观其画，思其人，记其事，不禁感慨唏嘘。

  1499 年 10 月，法国国王路易的军队攻陷了米兰城，卢多维柯公爵弃城而逃。达·芬奇于几年前塑造的那尊巨大的公爵父亲雕像泥塑模型，成了法兰西军人练习打靶的目标，不过几天的工夫，这件人类历史上最伟大的艺术品便消失了。人类的毁坏能力总是比创造能力要强一百倍。

失去了保护人，达·芬奇只能离开米兰，开始在意大利各大城市间漫游，从佛罗伦萨到威尼斯，从威尼斯到罗马，从罗马到安布阿赛……尽管他的名声很大，但是四处流浪的艺术家就如同稍微体面一点的乞丐，他必须推销自己的艺术，必须给自己的才华寻找买主。而作为战胜者的法国国王路易十二对达·芬奇的干扰和要挟从来没有停止过。他迫于压力不得不从一个城市迁徙到另一个城市。这种尴尬的境地，使这位自视极高的天才心理失衡了，他变得有些玩世不恭、举止乖张，常常会做出一些惊世骇俗之举——他会将一盘烧开的油一本正经地摆到宾客满堂的餐桌上，然后突然在上面浇些红酒，使之燃烧起来，举座皆惊，他却洋洋自得地欣赏着自己的"创作"所引起的强烈效果；他还曾当众取出一头羊的内脏，一样样地放在手里向客人展示，然后郑重地请客人进入自己的工作室。在那里，他用鼓风机把羊的大肠一节节地慢慢吹鼓，像气球一样飘得满屋子都是，把那些尊贵的客人们吓得躲到墙角——这一看似荒唐的举动，不知能否被现代艺术家们视为人类最早的行为艺术？这时的达·芬奇已经不必再为取悦权贵而屈节逢迎，也不必再为掩饰自己的寒微出身而故作高贵，他已经厌倦虚伪和矫饰，他已不再甘心去做弄臣。什么公爵、主教，什么王公、贵戚，统统见鬼去吧。在一位高居人类智慧之巅的天才面前，他们又能算得了什么？此刻，达·芬奇的脸上挂着一丝奇特的笑容，这笑容中有机智，有嘲讽，有鄙夷，有狡黠，有愤世嫉俗，有目空一切，有无可奈何的失落，有一事无成的悲哀……这是一种神秘的、令人永远琢磨不透的笑。或许因为这笑容太独特太神秘了，许多见过达·芬奇的人都把他称为"笑容画家"。后来，这笑容被画家传神地记录在一幅线描的自画像中，并且在此后的许多画作中都能依稀见到那奇妙莫测的笑影，若圣安娜，若圣母玛丽亚，若施洗者约翰，若蒙娜丽莎……尤以后者名声显赫。蒙娜丽莎那神秘的微笑简直成了人类智慧永难破译的艺术之谜。然而，以我偏执的外行之见，那蒙娜丽莎脸上的笑容不正是达·芬奇自画像上的笑容的翻版吗？

1503年至1506年间，达·芬奇回到了家乡佛罗伦萨，应邀为维乔官邸的大厅创作一幅巨型壁画。非同寻常的是，文艺复兴时期的另一位艺坛巨擘米开朗基罗也应邀为同一大厅的另一面墙壁绘制壁画。两颗人类艺术星空的巨星在此相遇，并将在同一城市的同一大厅里，展开一场真正大师级的艺术较量——这本是人类

《岩间圣母》 The Virgin of the Rocks 1483-1486

艺术史上难得一见的壮观场面。然而，不知是何原因，这两位真正的对手在短时间的相持之后，却做出了相同的选择——他们最终都没有完成自己的作品。不过，达·芬奇为自己计划中的壁画《安加尔战役》画了许多草图，这些草图集中表现了战争的激烈和残酷：围绕着一面富于象征性的战旗，双方的将士展开殊死的搏斗，战士变形的脸孔、成堆的伤员和尸体、高举过头的刀剑以及遍布战场的破盔烂甲……这是达·芬奇以艺术家的良知对战争所发出的诅咒。订货人本来是想让画家表现一场充满胜利荣耀的战役，怎么能容忍他来表现战争的残酷？或许，达·芬奇的这幅壁画从一成形便注定要胎死腹中了。两百年后，有人将他的一部分草图制作成铜版画。虽然从规模和场面上看肯定要比巨幅壁画逊色许多，但是，从中依然不难感受到达·芬奇原作的巨大震撼力。这幅"名作"未曾面世即遭厄运，是达·芬奇给这个世界留下的又一个无法挽回的遗憾，同时，也使他和米开朗基罗这两位终生都在较量的艺术上的死对头，失去了唯一直接交手的机会。

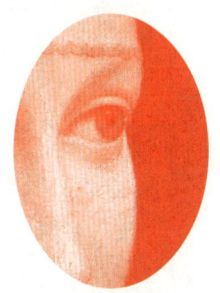

1506年，达·芬奇回到了米兰。时移事异，物是人非，画家对人生的无常充满了感慨。他在米兰又想重温十年前的雕塑旧梦，打算为法军元帅特利乌尔乔建造一座纪念碑。但是，毕竟"廉颇老矣"，英雄不复当年，这个梦想依然没能实现。

1513年，他从米兰来到罗马，因为他得知教皇利奥十世正准备在罗马大兴土

《费隆妮叶夫人》
La Belle Ferronnière
1490—1496

木,他期望能借助这次机会,找到自己创造性想法的用武之地。果然,他很快就接到了教皇的订单。年逾六旬的老画家立即开始为未来的绘画创作做准备。正当他着手用自己的特殊配方调制一种新型清漆,以备创作之用时,不知是谁向教皇进了谗言,说达·芬奇正忙于制作绘画完成之后才能派上用场的清漆。教皇一听就勃然大怒,他把达·芬奇召来,厉声训斥道:"呜呼,谁要是还没开始工作,就在想着工作的结束,那他就永远做不成任何事情。"

达·芬奇不再争辩,也无所畏惧。他所能做的只是收拾画具,远走他乡。他想回米兰,也想回佛罗伦萨。恰巧在这时,对达·芬奇的大名仰慕已久的法国国王弗朗西斯一世向他发出邀请,希望他到法国去。这使窘迫中的达·芬奇感到了一丝慰藉。1516 年,已经 64 岁的达·芬奇平生第一次也是最后一次离开了自己的祖国意大利,踏上了前往一个陌生国度的漫漫征程。随行的只有他心爱的学生麦尔奇和忠实的仆人巴蒂斯塔。

1517 年 5 月,达·芬奇终于来到了法国国王的官邸之一——阿姆布斯附近的克鲁堡。他在那里受到了隆重的欢迎和崇高的礼遇,他被法王封为国王首席画师,法国上流社会对这位传奇人物顶礼膜

《抱貂鼠的妇人》 Lady with an Ermine 1483-1490

拜，贵族们模仿他的举止和穿戴，期待着他的新杰作。然而，一个艺术家离开了故土，就好像失去了精神的依托，达·芬奇的创作欲望在逐渐衰退，就像他的身体机能在衰退一样。这位生不逢时的天才，一生都在寻觅和期待着能够不受任何干扰、随心所欲展示才华的机会，然而，当这样的机会真的降临到他面前的时候，他却无力使用甚至不再需要它了。达·芬奇痛苦地在他那字迹潦草的笔记本上写道："铁找不到用场就会生锈，水不流就会腐臭，遇到寒天还会结冰。而人的智慧若找不到用场就会枯萎。"这位奔走劳碌了一生的老人，这位冥思苦想了一生的哲人，这位对美的真谛穷原竟委追逐了一生的艺人，这位为解答无数科学疑问而耗尽毕生心血的奇人，几乎把自己的生命能量使用到了极限，他实在太累了，他此刻感到了前所未有的疲倦。"即使失去了活动能力，也比感到疲倦更有用些，"他写道，"虽死也比疲倦强。"

晚年的达·芬奇沉浸在一种难以排解的失败情绪中。是啊，他为自己的一生制定了一个高不可攀的目标。他并不是不努力，相反，他几乎没有一分钟懈怠，一直在忘我地劳作；他也不是不具备攀上高峰的才华和能力，上帝已经把超人的智慧和巨大的能量赋予了他，然而，他却无可救药地失败了——这是多么巨大的悲哀啊！

"我们总是对未来抱有希望，但未来只为我们准备了一样东西——一切希望的破灭。"他痛苦地写道，"当我认为我是在学着活着的时候，我只不过是在学着去死罢了。"当他意识到自己的人生失败已无可挽回时，他平静地迎接了死亡——达·芬奇在到达法国后的第三年，即1519年的5月2日在克鲁堡逝世，终年67岁。这位哲学家在临终前曾写下这样一段极为精彩的人生格言："丰富多彩的一天会带来酣睡，丰富多彩的一生会带来幸福的死亡。"

据说，他是死在学生麦尔奇的怀里的。在弥留之际，他反复念叨着一句话："我一生都没干完一项工作，我还没干完，没干完哪……"

Dürer

忧郁的手艺人

丢勒

阿尔布雷希特·丢勒被视为"德国的达·芬奇"。他在德国所受到的尊崇,仿若文学家歌德、席勒,哲学家康德、黑格尔,音乐家巴赫、贝多芬……足见其在德国人心目中的地位。

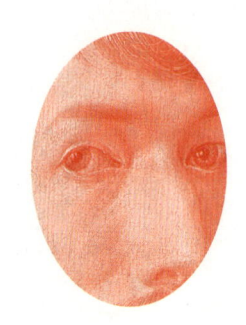

01

丢勒 1471 年 5 月 21 日出生在德国纽伦堡的一个金银首饰工匠家庭。但是,他的父亲却并不是纯正的德国人,老丢勒出生在匈牙利,是在匈牙利学会了首饰制作工艺,先是在荷兰住了几年,随后移居到德国,1455 年才在号称德国"手工艺之乡"的纽伦堡找到了安身立命之地。

纽伦堡坐落在北欧的商道交叉点上,在 15 世纪末期,成为德国最重要的商品集散地和手工业基地。当时,连一向瞧不起德国人的威尼斯商人也对这座城市另眼相看,他们中流传着一句俗话,说"德国的所有城市都是瞎子,只有纽伦堡用一只眼睛看东西"。

老丢勒曾有过十八个孩子,但是长大成人的只有三个。这就意味着,在这个家庭里失去生命成了司空见惯的事情,这个家庭的所有成员都过早且过度地目睹和亲历疾病、夭折、失去。有艺术史家据此断定,丢勒的那种挥之不去的忧郁气质,与他幼年时期的这些目睹和亲历,或许有着某种微妙的关系。

侥幸长大的三个儿子都在父亲手下学过制作金银首饰的手艺。老丢勒显然希望儿子们能够继承父业。但是，最终只有一个儿子安德列斯把制作金银首饰当成了自己的职业，另外两个儿子都成了画家，其中小丢勒成为德国美术史上开宗立派的大师。

丢勒很小就展露出对绘画的兴趣和天才。他 13 岁时曾用银针笔刻画了第一幅自画像，并在画上写道："1484 年我还是一个孩子的时候，我照着镜子画了自己。"那逼真的画面让大人们非常惊奇。于是，他父亲决定让他去学绘画。1486 年，丢勒进入纽伦堡画家米哈爱尔·沃尔格穆特的画室当学徒。他从这位老师那里学会了各种绘画技巧，而这个老师最擅长的是版画技艺，这使得丢勒小小年纪就已经掌握了完整的木刻和铜版画的制作技艺。

学徒三年期满以后，年轻的画家开始在欧洲各地旅行，他专程前往科尔玛小镇去拜见他仰慕已久的铜版画大师施恩格尔，谁知这位画家已于数月前逝世了，丢勒非常失望。不过，老画家的三个弟弟对这位远道而来求学问道的艺术虔徒给予了热情的款待，并将老画家遗留下的一些版画作品赠给丢勒。这对丢勒来说，不啻无价之宝。随后，他游览了美茵河畔的法兰克福，又沿着莱茵河先后造访了斯特拉斯堡、科隆和瑞士的巴塞尔。各个城市都有自己的特色，都有各自的手工艺绝活儿，这些手艺人的秘密是外行人所无从知晓的。而丢勒是个内行，他从这次长达四年的游历中学到了很多东西，这对他此后在版画制作上异军突起，具有重要的自信心和技艺上的奠基作用。在这次游历中，他也初次造访了文艺复兴的发源地意大利。在这里，他被帕多瓦城中的乔托壁画深深吸引，而威尼斯人的色彩和对自然的描绘对丢勒也具有极大的启发作用。他十分认同文艺复兴的艺术价值观，也十分仰慕意大利艺术家在造型艺术上的成就，开始有意吸收意大利艺术的某些元素。此时，他或许并没有清晰地意识到，他已在有意无意间把意大利文艺复兴的思想火种，带到了相对封闭落后的德国。

丢勒所处的时代是德国历史上最为黯淡无光的时期。思想和信仰的混乱，饥荒和瘟疫（黑死病）的肆虐，社会矛盾的激化使德国一直处于动荡和灾难之中，文化与艺术更是极度的低迷。而此时此刻，以南方的意大利为首的欧洲各国却已先后走出中世纪的沉寂，步入了政治、经济和文化的开放与繁荣时期，人文主义的

《自画像》
Self-portrait
1498

光辉已开始照亮欧洲大陆。丢勒正是在这样一个历史节点上，一步踏进了意大利文艺复兴的晨曦之中。后来的事实证明，这对他和他的国家来说，都具有非凡的意义。

丢勒漫游四年回到故乡，于1494年与纽伦堡的阿格涅萨·弗列伊结了婚，她是一个在纽伦堡很有影响的音乐家兼机械师的女儿。当时，丢勒画了一张自画像，据说这是他为向她求婚特意画的。然而，令人诧异的是，画上的年轻丢勒似乎并没有新婚燕尔的那种甜蜜与兴奋交织的神态，相反，却隐隐透出一丝忧郁，而且，这种忧郁在此后的多幅自画像中似乎一直没有消减，几乎成了丢勒自画像中的典型符号。

一年以后，丢勒在离家不远处开了一个店面。此时，父亲刚刚去世，丢勒子承父业，以首饰匠和画家的双重身份正式"出道"，接下了顶门立户的重任。然而，这个双重身份并不足以概括丢勒的全部才智。事实上，这个"手艺人"的身份恰恰是丢勒内心深刻忧郁的根源之一。

丢勒与达·芬奇、米开朗基罗、拉斐尔这三位文艺复兴时期的巨匠是同代人，他比达·芬奇小十几岁，比米开朗基罗和拉斐尔都年长。这是一个群星璀璨的时代，也是一个人类历史上少有的"百科全书式的人物"辈出的时代。与达·芬奇一样，丢勒也是这样一个"百科全书式的人物"：虽说他的谋生身份是首饰匠和画家，可他同时具有科学家的头脑，是一个数学家和机械师，写过几何学的专著《量度四书》；他还从事过建筑学研究，建立了一套建筑学体系，出版过《筑城学原理》；他在透视法和人体解剖学方面写下了大量笔记和论著，并在1528年绘制出《女人体图解》，完全可以与达·芬奇的《人体比例图解》相媲美，成为男女人体比例之"双璧"；丢勒还是位美术理论家，著有《绘画概论》和《人体解剖学原理》……如此伟大的科学与艺术巨人，在德国历史上恐怕难以找出一个可与之比肩者，难怪他的同胞恩格斯，在数百年后把丢勒与达·芬奇相提并论。

然而，在他生活的时代，画家是没有任何社会地位的，他们不仅被旁人视为"手艺人"，连他们自己也常常自称是"手艺人"，因为画家甚至比首饰匠还要低人一等。丢勒终生都在为改变艺术家的这种卑微地位而抗争。只有理解到这一层面，才能看懂丢勒画中的那种无处不在的忧郁。

º2

　　一幅版画，题为《忧郁》。这是丢勒的早期代表作之一，也是西方艺术史上一直难以破解的一个"画谜"。《忧郁》的画面构成十分丰富：在一间小木屋外，一个肩膀上生出羽翼的女子手持一只圆规，正在冥思苦想。在她身旁有发呆的爱神，有打盹儿的小狗，还有一堆散落的工具——天平、沙漏、锯子、刨子、圆球、多面体、木梯……最神秘的是在墙角上画出的那幅"四阶幻方"，这是数学史上著名的"丢勒幻方"，而最下一行则标着"1514"这个数码，那应该是丢勒创作这幅作品的时间，也是他的母亲去世的年份。

　　这个忧郁的女子是谁？画面上的一切又有何寓意？丢勒本人没有留下任何解释。有人推测，画中作为计量工具的天平和计时工具的沙漏，代表着科学。在神话传说中，几何学、木工乃至科学都属大地之神统管，而这个内藏智慧外露深沉的神祇则是思想家和文艺家的化身。那么，丢勒把这些物件刻印到画面中，是不是也寓含着这些特指呢？迄今还没人能揭开谜底。唯一具有标识意义的是：从天际迎面飞来一只蝙蝠，爪子上抓着一条标签，上面赫然写着那个触目惊心的字眼——"忧郁"。

　　显然，那个身材健硕的女子正是"忧郁"的象征。而图中的所有细节又意味着什么呢？几百年来，一代代美术史家对此做出了不同的推测，但众说纷纭，莫衷一是，迄今没有一个被公认的解读。

　　我曾在威尼斯的一家美术馆里，有幸赶上一次丢勒的版画展，展品中就有这幅《忧郁》。站在这件美术史上的名作跟前，我发了很长时间的呆。我在猜想，丢

《忧郁》 Melancholia I 1514

勒在这幅作品中到底在"忧郁"着什么？也许画家是借此来抒发自己的人文主义思想？或许他是要表达自己作为一个科学家对宇宙奥秘的无穷困惑？或许他只是在感叹生在一个黑暗的时代，又身处社会的底层，有志难伸，有翅难飞，空有健壮的身躯和睿智的大脑也难以有所作为的苦闷……是的，在他所处的时代，凡是勇于探索人类奥秘的智者，都会产生一种莫名的孤独感——人类原本把所有思考都交给了上帝，如今却要独立思考世间的种种问题，他们怎么能不孤独？怎么能不忧郁呢？这不正是画家的一种内在自我的写照吗？

我知道我的臆测是徒劳的，但是，这对我走进丢勒的艺术世界显然是有意义的。尤其对把握丢勒作品中特有的深邃、冷静、理性和忧郁的气质，具有非凡的意义。

03

如果说，意大利文艺复兴的代表性作品主要表现在油画和雕塑方面，那么德国的文艺复兴则主要是以丢勒的系列版画作品为其标志。版画艺术在15世纪末兴盛于德国，并崛起于丢勒，并不是偶然的。当时的德国正酝酿着一场影响深远的宗教革命，即后来爆发的马丁·路德的宗教改革运动。因此，印刷大量的宗教书籍便成为一种巨大的社会需求。丢勒的成名作，正是为1498年出版的《启示录》所做的18幅木刻。这是根据《圣经·新约》的最后一章——《圣约翰在拔摩岛上的秘密启示录》而画：圣约翰听到一种声音，又看到许多怪异和恐怖的幻象，他预感

《启示录》系列之《四骑士》
The Four Horsemen of the
Apocalypse
1498

到这是一种警示和预告,魔鬼撒旦将要把种种灾难降临到人间。这些故事曲折地反映了现实中人民的悲惨处境和对未来不可把握的恐怖。丢勒第一次形象地表现了这部诡谲的典籍,把虚幻怪异的故事通过他的版画变得触手可及、触目惊心,在当时的德国引起了轰动。尤其是其中的《四骑士》刻画得惊心动魄——四个骑士代表着四种人间灾难,"战争"手举利剑,"饥荒"举着天平,"死亡"手执三叉戟,"征服者"握着弓箭,紧跟其后的是地狱之神哈德斯,正在蚕食一个主教。他们像旋风一样,横扫大地。被践踏的人民或匍匐在地,痛苦呻吟;或悲苦无助,仰天呼号。丢勒以这组版画形象地记录了当时欧洲大地上战乱频仍，饥荒瘟疫遍地的情景，表现了人类在 15 世纪末叶，对世界末日的预言感到无可奈何的恐怖和绝望的情绪。丢勒以超凡的想象力和艺术创造力，为《启示录》中的幻境一一赋予寓意。其中几幅画，毫不隐讳地对统治势力进行了批评，对民众的疾苦给予无限的同情和悲悯，画中所表现出的精神力量和人文关怀，显然是受到了文艺复兴的直接影响。这套组画的木刻技巧也被丢勒发挥到空前精准纯熟的境界，人物造型多样，细节刻画逼真。《启示录》的刊行，使丢勒声名鹊起，跻身于当代名画家之列。

作为丢勒的同胞，德国大诗人歌德曾经充满敬意地说："当我们知道了丢勒的时候，我们就在真实、高贵甚至丰美之中，认识了只有伟大的意大利人可以同他等量齐观。"

正是从《启示录》开始，丢勒给自己设计了一个别致的"形象标识"：他用 AD 两个字母组合成他的署名标记。这个标记从此风靡欧洲，几百年后依旧随处可见。1996 年我第一次去德国访问，在波恩购得一件锡制的艺术挂盘，题材就取自丢勒的版画。那是我第一次见到这个"AD"标识，从此，它便深深地镌刻在了我的脑海里。

丢勒创作出《启示录》时，只有 27 岁，可谓少年成名。因此，当他 1505 年再次游历意大利时，威尼斯艺术界给予他热烈的欢迎，他也得以遍访当时艺术界的名宿俊彦。据史料记载，他拜访了闻名已久的贝里尼画室，还与大名鼎鼎的拉斐尔有过一次十分愉快的会见，丢勒将一幅以水粉颜料画在画布上的自画像赠送给拉斐尔留念，拉斐尔也回赠了一幅自己的画作以为答谢。丢勒在意大利拜访名家，绝对是抱着非常虔诚的学习心态的。但是，包括拉斐尔在内的意大利画家们，却对德国出了位如此杰出的版画大师感到惊讶。

在威尼斯逗留期间，丢勒为德国商人定制了一幅油画《念珠节》。这幅油画明显地显现出丢勒主动吸纳意大利艺术的营养，构图的明晰和匀称，整体的和谐与平衡，柔和的写实手法与丰富的色调变化，都体现出这位德国艺术家在油画方面的高超领悟力。丢勒对自己的这幅作品也相当满意，他在写给自己的朋友皮尔格伊梅尔的信中写道："这幅画的色彩既好又漂亮，它给我带来颇多的赞誉。……我堵住了所有那些说我在版画方面行，而在油画方面不会使用色彩的画家们的嘴。现在他们都说，他们没有看见过比这更漂亮的色彩。"

从意大利载誉回到纽伦堡后，他的木刻活动达到高峰。1510 年完成了从 1498 年就开始创作的《基督受难》大型木刻组画。这是最常见的《圣经》故事题材，表现基督从被出卖、被钉十字架直到重新复活的历程。丢勒一生共以木刻和铜版画的形式，刻制过六套基督受难的故事。为了区别，这套幅面较大的木刻被称为《大受难》。同年又完成了于 1509 年开始刻制的一套 37 幅较小幅面的木刻《基督受难》，即《小受难》。这实际上是一套圣经故事的连环画。这些作品给丢勒赢得了更大的声誉。

1511 年丢勒又完成了另一套木刻组画《圣母的一生》，表现了圣母慈爱深沉的性格。与此前的那些组画不同的是，这套表现圣母的组画，不再刻意描绘人间的惨状，画面变得平静、柔美而抒情，这与《启示录》及《基督受难》激烈动荡的笔触构成鲜明的对比。

这一系列成功的艺术创作，让丢勒的名字进入德国上层社会的视野。1512 年，奥格斯堡的马克西米利安皇帝找到丢勒，委托他设计两件为其歌功颂德的大型木

《四使徒》 The Four Apostles 1526

刻。丢勒被任命为总设计师，带领许多画家和刻工通力合作。这是两件版画史上罕见的大制作。一件由192块木版拼成、长宽各3米的巨形木版画。丢勒将其精心设计成一座凯旋门建筑，这座凯旋门有三个拱门，墙上刻着表现皇帝家世和一生业绩的历史场景，并点缀着大量的装饰图案，极为富丽堂皇。另一件是刻画一个胜利归来的游行仪仗队伍。丢勒将其设计成一幅木刻长卷，画面的中心当然是皇帝本人，丢勒让皇帝盛装坐在一辆布满豪华饮品和古玩的轿车里，车的驾驶者名为"理智"，他手中握着"权力"和"贵族"这两根缰绳，奔驰的车轮则由"豪华"、"荣誉"和"繁荣"组成，充分显示了不可一世的皇族的奢侈排场。

可惜的是，这两件耗费丢勒很大精力的作品于1519年完成之日，正是这位皇帝归天之时。凯旋门的建造和凯旋游行自然随着皇帝的"驾崩"而化为泡影，他应得的荣誉和报偿也无法如约兑现，这让丢勒十分失落和沮丧。不过，艺术史上却留下了两幅空前巨大的木版画，这对丢勒来说，实属不幸中的万幸。

《祈祷的手》 Praying Hands 1508

º5

　　艺术上的成功并不能改变艺术家的社会地位——在当时文化相对落后的德国，即使丢勒在艺术上获得了空前的成功，笼罩在其头上的"手艺人"的阴影仍无法驱散。

　　本来，丢勒的父辈们从未想过要改变这种卑下的社会地位，假使丢勒没有去过意大利，他或许也会像其父辈一样，虽有不悦却依然会安之若素地听凭命运的安排。但是，丢勒却偏偏两次游历意大利，尤其是在1505年第二次游历意大利之后，他更加深刻地感受到意大利艺术家所受到的尊崇，反观自己在德国的实际处境，他不能不感到内心失衡。在写给当时的人文学者威利伯·皮克海默的一封信中，丢勒毫不掩饰地表达了他对意大利艺术家在本国所拥有的崇高地位的羡慕，并将之与德国艺术家在本国的卑下地位进行了比较。或许，丢勒是德国第一位真正意识到要对自己的社会身份进行重新认定的艺术家，在这一点上，他与比他年长的达·芬奇若干年前在意大利的所作所为，可谓同工异曲、殊途同归。

　　由此，我们不难破译丢勒艺术中那种无时不在的"忧郁"——是的，丢勒是忧郁的，这种忧郁不仅源自他的性格，也源自他对自己身处的"手艺人"的社会底层地位的不平和愤懑。这种不平和愤懑的情绪，几乎贯穿了他的一生。

　　丢勒在西方艺术史上被称为"自画像之父"。因为在他之前，还没有过画家"对镜画像"的先例，而在他之后，除了荷兰艺术大师伦勃朗之外，也很少有在自画像的数量和质量两方面都超过丢勒的个案。为什么丢勒如此热衷于描绘自己的形象？对这个问题美术史家们早就给出了明确的答案：他需要对着镜中的自己倾诉心底的隐秘，他需要把内心的忧郁和对幻想中的美好希冀倾诉在自己的画像中——除此之外，他没有人可以去倾诉，他是极度孤独的。

翻开丢勒早期的画作，有两幅自画像是值得玩味的：一幅作于 1498 年，那是丢勒靠着《启示录》的成功而志得意满的年份，画上的丢勒确实是摆着一副轻松高雅的姿态，身着意大利流行的服饰，头上戴着时髦的格子帽，肩上披着褐色的斗篷，手戴白手套，长发披肩，短须潇洒，几分矜持，几分做作。显然这是在着意表明自己是一位像意大利艺术家一样深具修养的绅士。但是他的眼神却透着忧郁和迷茫，目光有些飘忽，并没有定睛于一个方向。从艺术审美的角度说，这是一幅无与伦比的杰作，单凭那迷蒙的目光，就令人钦佩丢勒在表现微妙神态方面的超人本领。但是，我们不能忽略的是，这是一幅《自画像》，他所表现的那些"微妙的神态"，其实是隐含着许多潜台词的。如果说，这幅自画像是丢勒力图提高自己社会身份的一种象征，那么，另一幅作于 1500 年的自画像，则集中表现出丢勒力求提升画家在宗教方面地位的迫切希望——丢勒把自己的肖像画得和基督肖像几乎完全相同，暗示着他的一个强烈理念：艺术家同样是一位创造者，是非同一般的大人物——这是丢勒第一次采用正面直视的特殊角度来画自己的形象，此前的若干幅自画像通常是侧面像。而在他所处的时代，似乎是早有约定俗成的行规：所有画家若采取这样的正面角度画像，那一定是用在表现基督的圣像画上。然而，丢勒这位沐浴了文艺复兴雨露的德国画家，却以卓异不凡的勇气和胆识，刻意用耶稣的范式为自己绘制了一幅理想化的、超凡脱俗的《自画像》。这难道仅仅是出于虚荣心吗？显然不是，他早已意识到自己作为灵感创造者的天赋，他就是想用这样惊世骇俗的方式来捍卫艺术家的尊严，他就是艺术的上帝，是与造物主具有相同能量与威严的艺坛盟主！

这种将艺术家的创造力等同于造物主的暗示，后来也出现在他的版画《亚当与夏娃》中。伊甸园中的亚当手举着一块挂在橄榄枝上的木牌，上面写着"阿尔布雷希特·丢勒制作"。这就像米开朗基罗在西斯廷教堂天顶画中，把造物主的形象画得接近自己的面貌一样，是一个艺术大师对自身地位和价值的庄严宣示。

但是，丢勒最终也未能像拉斐尔等意大利艺术家那样，获得他所期望的崇高地

《亚当和夏娃》
Adam and Eva
1504

位。在当时的上流社会眼里,他始终不过是个能工巧匠,只不过比一般的金银首饰匠更高明、能用机器印出很多精细插图的画匠而已。我相信,丢勒是带着满腔的不平和不甘离开这个世界的。这一印象在我参观了丢勒的故居之后,得到了进一步的强化。

06

丢勒的故居坐落在纽伦堡的一个小山丘上,不远处有一条小河穿城而过,河上古桥,河下小船,夹岸林木,倒映水中,不时还有三三两两的白鸥掠过河面。城中甬路以石块铺成,蜿蜒曲折,依山上下。丢勒故居所在的小巷,两侧的建筑大约都有几百年了,显得古朴而清幽。这样的环境对艺术家来说是再合适不过了。

丢勒的故居是一座三层旧式小楼,现在已改建成丢勒纪念馆了。一进门,最惹眼的就是摆放在前厅的一台类似老式印刷机的装置。据介绍,这就是当年丢勒印制铜版画的机械,其中有些部件还是他亲自设计的。我抚摸着这台五百年前画家亲手操作过的机器,想象着当初丢勒先生身穿沾满油污的工装,在这里一张张地按照订货人的要求印制铜版画的情形,无论如何也无法将他与其自画像上的神情与风度联系起来。

如今,解说员可以带着几分炫耀的口吻向参观者介绍,说丢勒不仅是一个画家,还是一个印刷机械设计师、钟表设计家、金银首饰设计家,他还研究过建筑学,等等。但是,在画家生活的年代,所有这些行当,都离不开"匠人"二字,都与画家在自画像中所暗示的"绅士艺术家"和"神圣造物者"的形象相去甚远。

丢勒故居里的陈设并不豪华，甚至可以说是相当朴素的。家具不多，所用的木材也不名贵，样式也不讲究，简单实用而已。唯一使我感兴趣的是一个瓷制的装置，是以一块块烧制好的瓷片拼装而成的，瓷釉呈绿色，与中国古代"唐三彩"中的绿色极为相近。一块块瓷片上精雕着各种骑马人物的造型，整个装置有一人多高，像是两个摆在一起的箱子。大家围着这个洋玩意猜了半天，也不知它被摆在屋子里是干什么用的。后来请教了管理人员才恍然大悟：原来这是个古老的取暖散热装置。

令人遗憾的是，丢勒故居里并没有陈列画家的原作，除了一部分版画之外，摆放在这里的所有油画都是后人临摹的。我想，这多半是出于安全的考虑，因为五百年后的丢勒已经不再被世人视为一个工匠、一个手艺人，他已经被历史引入了艺术的圣殿，被德国人视为"国宝"了。他的画作被世界各大博物馆所珍藏，享受着最严密的安全保护措施。而这些，在丢勒先生当年所蜗居的这座小楼里，显然是不可能的。他的作品如今已经获得了画家当年所期望的尊崇，可惜这一切已经与画家本人无关。

那些铜版画的印制设备，至今仍然可以使用。我们围着一位操作者，看着他把一块老铜板安置在机器上，用力操纵着那个装置，慢慢地印出了一张铜版画，画面表现的是一座教堂及周边的景物。我通过翻译询问那位操作者："可不可以收藏这张版画作品？"他笑笑说，这张作品已经被别人订走了。解说员解释说，这部机械并不常用，也是受到保护的，只是偶尔给游客演示一下。"你们今天赶上了，亲眼见到用丢勒大师的机器印制铜版画，很幸运呢！"她说。

从那女孩的蓝色眸子中，我看到了她对大师的发自内心的尊崇。而这不正是丢勒本人希望在世人眼中看到的神情吗？可惜，尽管他在有生之年获得了"御前画家"的头衔，但却来不及享用这世间的尊荣，长年的疲惫和疾病的困扰，使他57岁时就因严重的肝病而撒手人寰。他被后世公认为是在德国把画家从"手艺人"提高到美术创作者的第一人，而他以毕生艺术奋斗所争得的一切，都化为后人脚下的一条坦途。这一点，倒也与他的意大利前辈达·芬奇十分相似。

《大片草地》
The Large Piece of Turf
1503

《野兔》 Hare 1502

  距丢勒故居不远，有一个小广场，广场正中矗立着一尊丢勒的青铜雕像，短须长发，目光深沉。倘若不是手中握着一支画笔，看上去倒更像一位哲人。他满怀忧郁地注视着过往的人群，注视着排着队在他雕像前留影的男男女女，好像在思索，又好像在发问：孩子们，你们知道站在这里的是个什么人吗？

Michelangelo

"我的快乐
是悲哀"

米开朗基罗的苦难人生

01

　　我动笔写作这组"独孤的大师"系列文章的最初冲动，应当说是源于米开朗基罗。在这位艺术巨匠的漫长一生中，苦难就像魔鬼靡菲斯特一样，如影随形地跟随着他，挥之不去，躲避不开。他几乎从没享受过任何常人所应享受到的人生乐趣，但却创造出了超过任何常人想象的艺术杰作——以其数量之多、品种之全、质量之高、创造性之强，米开朗基罗堪称千古一人。即使是与他同时并肩于艺术巅峰的伟大艺术家，若达·芬奇，若拉斐尔，站到他的面前都会感到一种无形的重压——在形式上，达·芬奇与之相比略输于雕塑；在风格上，拉斐尔与之相比稍逊于雄强。更何况，上帝似乎对米开朗基罗格外垂青，让他在病痛与超负荷劳作的煎熬中活到了89岁，也就是说，在比他年长23岁的达·芬奇去世之后，他又多活了四十五年，在比他年少8岁的拉斐尔去世之后，他又多活了四十四年。对于一个艺术家来说，创作生涯的漫长无疑是历史老人的特殊关照。而恰恰是在这一段生命的延长期里，米开朗基罗以其超凡入圣的毅力和鬼斧神工的能量，完成了人类历史上那些前无古人、后无来者的旷世巨作，若绘画中的《最后的审判》，若雕塑中的《摩西》，若建筑中的圣彼得大教堂穹顶……

　　纵览几千年的人类文明史，有哪个艺术家以自己有涯的人生，创造出如此辉煌的艺术财富？没有！请原谅我的孤陋寡闻，我确实没有发现第二个例子。这，就是米开朗基罗的不可替代性。这，就是一个艺术家的永恒！

　　然而，当我们向那个高傲的灵魂表达这些赞颂和钦敬时，米开朗基罗已经远离尘世五百多年了。他在有生之年尝尽了凡人所难以想象的痛苦，他为身后之世建树起一座难以逾越的高峰。人们在欣赏他所创造的艺术神话的同时，也在惊叹他的生命力的顽强和创造力的巨大，仰望西斯廷教堂穹顶壁画，人们无不为他摄人心魄的气势和谋篇布局的精审所撼动；站在他的巨人"大卫"面前，每一个观赏者都会真真切切地感受到那逼人的英气和充沛的活力。而这些旷古罕见的鸿篇巨制，竟都是米开朗基罗独自一人完成的。这，不禁使人怀疑他是人还是魔鬼。

长年超强度的劳作，使他的艺术工程变成了一种苦役，使他所从事的美的创造演化为无尽无涯的跋涉。他要想尽早摆脱痛苦，只能寄希望于尽快把今日的事情做完——然而今日复今日，每个今日都是一场新的苦役的开始。米开朗基罗在这种无休无止的轮回中挥霍着自己的生命。他对痛苦似乎已经麻木了。他知道，他的痛苦停止之日，就是他的生命终结之时。为此，他甚至渴慕死亡——"死！不再存在！不再是自己！逃出万物的桎梏！逃出自己的幻想！啊！使我不再回复我自己！"

悲哀啊！一个人渴慕起死亡，那就意味着他对痛苦的忍耐已经到了极限；而他最终战胜痛苦，也正说明他付出了超越痛苦的代价——如果你意识到了这一点，那就请你再去看看我们的大师留给后人的那些美的杰构吧，相信你会从中真正体悟到一种独特的生命对生命的震撼，这恰恰是你欣赏其他任何一个艺术家的作品都难以体味到的。这也就是米开朗基罗的魅力之所在！

米开朗基罗一生的最后作品是为自己设计的四座陵墓雕塑——圣母把基督从十字架上抱下来，玛丽·玛格德林和尼克代莫斯上前扶住悲痛的圣母。艺术家给尼克代莫斯的脸上蒙了一块头巾，而头巾掩盖的却是米开朗基罗本人那悲苦不堪的面容。

历史常常会出现一些惊人的巧合——1499年，24岁的年轻雕塑家米开朗基罗完成了他在罗马的第一件杰作，那刚好也是一座圣母与基督的雕像。作品引起了轰动，人们纷纷议论着这件令人耳目一新的雕塑：这个圣母怎么比基督还要年轻呢？成年的儿子怎么可以躺在年轻母亲的膝盖上呢？这是哪个家伙雕塑的？然而在当时的罗马，米开朗基罗还是一个无名晚辈，人们在以讹传讹中，竟把这件作品的作者说成是另外一个雕塑家。年轻气盛的米开朗基罗听说之后，当夜就来到圣彼

《大卫》 The Statue of David 1501-1504　　　《被缚的奴隶》 The Rebellious Slave 1513-1515

得大教堂，在搭过圣母肩头的衣带上郑重其事地刻上了自己的名字："佛罗伦萨人米开朗基罗作"。这是他平生第一次在自己的作品上署名，也是最后一次。这标志着他以一个艺术征服者的身份走上了艺坛。而六十六年之后，在他给自己准备、计划安放在圣彼得大教堂的同一题材的雕塑里，他把自己塑造成一个与基督同时代的殉道者。

米开朗基罗，一个背负着沉重十字架的艺术殉道者，他以一生的辛劳、一生的奋斗、一生的孤独、一生的痛苦，酿造出的琼浆，让世人品味了五百年、陶醉了五百年、思索了五百年、仰望了五百年。在巴黎的卢浮宫里，我曾站在他的《被缚的奴隶》面前久久徘徊，想象着五百年前的大师以粗壮的手臂，雕凿着坚硬的岩石，赋予它们生命。它们的生命熔铸着大师的精神，吸附着大师的心血，折射着大师的命运，凝聚着大师的痛苦。它们的不朽是用艺术家的生命滋养出来的。当它们一个个鲜活起来时，艺术家却在耗损着心力，衰减着体能，忍受着悲哀，透支着生命。他是以自己的一生做代价，把它们托举着送上人类艺术的圣殿。他在追求这宏伟的目标时，不得不忍受巨大的痛苦——这痛苦是任何一个艺术殉道者通往艺术圣殿的入场券。你要去追逐那美的极致吗？请先接受痛苦的洗礼吧！米开朗基罗深知这是无法逃脱的宿命，因此，他从不拒绝痛苦，甚至竟有些嗜好痛苦——他曾在自己的诗集中写下这样的诗句："愈使我受苦的我愈欢喜。"他甚至公然宣称："我的欢乐是悲哀！"

º2

　　米开朗基罗 1475 年 3 月 6 日出生于意大利的卡普莱斯小镇。但是他和他的家族却固执地把佛罗伦萨视为真正的故乡。这是因为他们的姓氏波纳罗蒂·西莫尼，裔出于塞蒂洛纳诺家族，而这个家族在 12 世纪的佛罗伦萨地方志上早有记载。但是到了米开朗基罗降生之时，他的家族业已败落。米开朗基罗的父亲是个法官，还当过卡普莱斯的地方行政首长，但他却经常失业，以致生活困顿。血统的高贵并不能改变经济地位的低下，这窘况使他心理失衡，性格暴戾。每当心情烦躁时，孩子们自然就成了首当其冲的"出气筒"。他有五个儿子（米开朗基罗排行第二）却没有女儿，而孩子的母亲又在米开朗基罗 6 岁那年去世了。这样一来，波纳罗蒂家族就成了一个只有男性的家庭。米开朗基罗在这样一个缺乏母爱和女性特有的柔性因子的家庭里长大，与他后来形成刚烈而孤僻的性格，乃至形成以壮美的男性身躯为主要表现题材的艺术风格，都有直接的关系。

按照老波纳罗蒂的如意算盘，他要让五个儿子都去经商，最好都成为富有的银行家，使自己这个拥有高贵血统的家族彻底摆脱贫困，改换门庭。然而，父亲的这种期望，注定要与米开朗基罗一心想当艺术家的选择发生激烈的冲突。据说，他在学校里最用功的是素描，为此，他父亲曾对他动过鞭子。他的所有长辈都认为，在他们这样"高贵"的家族里，出一个艺术家是辱没门楣的。这种观念对叛逆之子米开朗基罗来说，无疑是一个强刺激，在他的心灵深处留下了终生无法磨灭的印痕。成年之后，他时常感到自卑，甚至以为自己的艺术家身份玷污了家族的荣誉，他常常为此而陷入痛苦和矛盾中。即使在他功成名就之后，他还固执地不肯承认自己是个艺术家："我不是雕塑家米开朗基罗，我是米开朗基罗·波纳罗蒂！"在一封写给哥哥利奥纳多的信中，他宣称："我从来不是一个画家，也不是雕塑家、做艺术商业的人。我永远保留着我们世家的光荣。"

然而，少年时期的米开朗基罗对艺术的痴迷，却足以抵御父辈的皮鞭。他的倔强和执着令父亲无可奈何，在他 13 岁那年只得把他送到画家基兰达约的画室去当学徒。

就像达·芬奇与他的老师韦罗基奥，拉斐尔与他的老师佩鲁其诺一样，米开朗基罗与老师基兰达约的关系从一开始就是微妙的，原因也大同小异——这位老师也遇到了一位才华与智力都远远超过自己的学生。但是基兰达约的胸怀和境界似乎比他的那两位同行要略逊一筹，他发现这位学生所临摹的自己的作品，竟然比原作还要生动传神，不禁对这个学生心生忌妒。可巧的是这个学生又没有拉斐尔那么伶俐乖巧，既不会察言观色，表示顺从；更不会甜言蜜语，讨人欢心。相反，他倒生就了一副犟牛脾气，从来不服软不认输。这样的一对师徒碰到一起，其结

《摩西》
Moses
1513—1515

果是可想而知的。

有记载讲，在基兰达约的画室，米开朗基罗受了老师很多气，这位心胸狭隘的师父总是想方设法地为难他、打击他，以发泄妒意。这使米开朗基罗幼小的心灵中充满疑惑和不平。试想一下吧，一个13岁的孩子，为了实现自己的艺术之梦，与父辈顽强抗争了好几年，好不容易才来到这个著名的画室，满怀虔诚来学艺，谁知却因为自己过于优秀而招致老师的忌妒——天哪，父亲不可信，老师也不可信，那他还能相信谁呢？

脆弱而敏感的心灵就这样蒙上了灰尘。从此，米开朗基罗不再轻易相信任何人，他把自己的心灵封闭起来，无论做什么事情，他都不肯让别人参与，甚至固执地不要任何助手，一律亲力亲为。这种人生态度和工作方式一直保持到他去世。

基兰达约很快就对米开朗基罗失去了耐性，一年以后，他把这个虽才华横溢却绝不驯服的学生移交给老雕塑家伯尔托里多。他可能做梦也想不到，这次"移交"恰恰成就了艺术史上最伟大的雕塑家。直至多年之后，米开朗基罗还因此而对基兰达约感念不已。

伯尔托里多是一位雕塑家，更确切地说，是一位雕塑教育家。他的学校就设在佛罗伦萨最高统治者美第奇家族的圣马可花园里。当时美第奇家族的掌门人洛伦佐大公是一位著名的艺术保护人。在他的花园里，收藏着许多刚刚发掘出来的古希腊、古罗马艺术品，伯尔托里多的教学就是对着古物给学生们讲解历史故事和雕塑艺术。

米开朗基罗离开基兰达约，据分析还有一个内在原因，那就是他的雕塑家之梦。与绘画相比，他似乎更热爱雕塑。这种偏爱几乎伴随他的一生。伯尔托里多是伟大的雕塑家多纳泰罗的学生，米开朗基罗投其门下，得其真传。而美第奇花园里随处摆放的古代雕塑，更使米开朗基罗如入宝山，如鱼得水，每日里手摹神追，发愤用功。一日，他正在花园里雕塑一个老人的头像，洛伦佐大公正好从这里经过，他对这个全神贯注地雕塑自己作品的孩子产生了兴趣，就站在他的身边观看，米开朗基罗全然不觉。看了一会儿，洛伦佐大公说话了："我的孩子，你知不知道一个人老了总会掉几颗牙齿的。"

米开朗基罗猛然发现是洛伦佐大公跟他讲话，顿时激动无比。他乘兴拿起凿子，麻利地敲掉了一颗牙齿："大公您瞧，这样是不是好一点儿？"

"嗯，好多了！"大公满意地点点头，走了。

米开朗基罗此时并不知道这次短暂的会面，将给他的一生带来什么影响。他只是感到几分意外、几分兴奋。但是随后发生的事情，却使他的意外和兴奋发生了戏剧性的变化——他被洛伦佐大公召进了美第奇宫，鼓励他与大公的孩子们一起玩耍，时常与他同桌进餐，给他讲解宫廷里的艺术品，每月还给他五个金币的零花钱。一次，大公还赠送给他一件紫色外套。这一切无疑使这个14岁的少年受宠若惊。这个从小生活在贫寒之家的孩子，一直铭记着自己的贵族血统，如今终于亲眼看到了梦中故乡佛罗伦萨的王公贵戚们的真实生活。这是一个铺张奢华、挥金如土的社会，同时又是一个弥漫着艺术氛围、思想相对自由的社会。米开朗基罗睁大眼睛看着眼前的一切，心中却充满了矛盾——他对洛伦佐大公的厚爱充满感激，但却看不惯宫廷中挥霍无度的奢华风气；他喜欢这里的精美绝伦的艺术品，却无法忍受整日出入其间的公子贵妇们的无知与平庸；他喜欢这里特有的无拘无束的自由空气，让各种异教的思想都可以流通，但却不喜欢那些玩世不恭、轻浮放荡的行为举止……

这个绝顶聪明而又内心封闭的少年，在美第奇的宫廷里学习生活了三年。这三年对他的成长起到了无法估量的作用——在这里，他大开眼界，饱览了无数民间难得一见的古代艺术珍品；在这里，他练成了中国人所谓"童子功"，临摹、复制了古代雕塑家的许多精品，掌握了高深的雕塑技巧；在这里，他创作了自己的处女作——浮雕模型《森陶尔斯战役》，那半人半马的希腊裸体，呈现出一种匀称的美，仿佛两千年前的古希腊艺术又重现在面前；在这里，他结识了一大批当代思想文化界的精英，如哲学家皮克·米兰多拉，诗人波利奇阿诺，神秘主义学者菲奇诺等，他们的言谈和争论，给了少年米开朗基罗最早的思想启蒙；而这里，也给米开朗基罗留下了一个终生难忘的印记：一次，他对同学陶里基阿诺的画作提出了坦率的批评，谁知竟把这个性情暴躁的家伙说恼了，他抡起拳头就冲米开朗基罗的鼻子砸了过去，只觉得他的鼻梁骨一下子变得像薄饼一样软乎乎的。从此，米开朗基罗破了像，他的塌鼻梁永远歪在脸上，就像一个丑陋的符号，永远压在他的心头。

　　我们知道，在文艺复兴时期的意大利，对美的崇尚成为一代世风，而美好的容貌自然成了时尚的一个基本要素。达·芬奇曾经以英俊潇洒赢得世人的青睐；拉斐尔也是因年轻漂亮而成为世人推崇的偶像。然而，世道不公，偏偏让米开朗基罗在青春年少之时遭此一拳，打掉了他一生的自尊。米开朗基罗当时的愤懑和痛苦，如今已无法得知。但是我们知道他从此变得沉默寡言，性格孤僻；他害怕见人，他宁可把自己关在屋子里也不愿出现在大庭广众之下；他终身未婚，对心上人他宁愿以诗传情，却迟迟不愿，确切地说是不敢去见上一面。这位一生都在创造美的艺术大师，固执地认定自己的塌鼻梁是一个无法抹掉的丑陋印记，以至终生都不肯向世人展示自己的真容——这是怎样的悲哀啊！

03

　　米开朗基罗置身于美第奇宫廷的时期，外面的世界正在发生一场激烈的宗教论争，一位 37 岁的宗教政治家来到了佛罗伦萨，以极端的言辞对异教的不道德和佛罗伦萨统治者的荒淫腐败发动了猛烈的抨击。15 岁的米开朗基罗听了这位名叫萨伏纳罗拉的教士的布道，内心陷入深刻的矛盾冲突之中：他对美第奇宫廷中的异教气息是非常喜欢的——挣脱了神学的桎梏，呼吸着自由的、无拘无束的空气，这对一个艺术家来说，就像阳光和水一样重要；然而，他同时又因这里弥漫着的奢华糜烂的腐臭之气而感到窒息。米开朗基罗无法在这两者中间找到平衡，尤其是当他得知自己的哥哥毅然加入了萨伏纳罗拉的阵营，投身多明我会当教士的时候，他的心灵受到了极大的震撼，一度也想放弃艺术去当一名隐士。不过，米开朗基罗毕竟太爱艺术了，他怎么舍得离开自己刚刚入道的事业呢？

宗教的热潮席卷了佛罗伦萨，在萨伏纳罗拉的鼓动下，焚烧书籍、毁坏艺术品，竟然成了当时最时髦的"革命"行动。眼睁睁地看着大量精美的艺术品被狂热的人们损毁，米开朗基罗感到不知所措，他不禁对萨伏纳罗拉的漂亮口号产生了怀疑。随后，一直关爱着米开朗基罗的洛伦佐大公去世了，佛罗伦萨立即陷入了政治危机。萨伏纳罗拉号召相信他的民众奋起反抗统治者的暴政，美第奇家族的继任者皮埃罗逃跑了，米开朗基罗的一场艺术春梦也随之破灭。1492年，17岁的米开朗基罗带着失望和迷茫离开了佛罗伦萨，来到包罗纳寻找机会。

米开朗基罗在包罗纳市领到了一项为小教堂塑像的差事，他雕了一个精美的天使。然而，就是这样一件小东西，也招致了该城艺术同行的忌妒，他竟然被赶出了包罗纳市。无处栖身的米开朗基罗只得暂时回到家乡，休养生息。

1496年，21岁的米开朗基罗来到了当时欧洲的宗教中心罗马。起初两年，这座骄傲的"不朽之城"并没有给这位年轻的艺术家提供像样的机会，他感到十分寂寞与孤独。1498年，他应征为圣彼得大教堂塑造基督和圣母像，他在申请书中写道："这座雕像将是当代的大师谁也比不上的！"他竟然中标了。这就是我们在前面所讲过的那座《哀悼基督》，即米开朗基罗唯一署名的作品。

以此为开端，米开朗基罗终于敲开了成功之门。他的订单逐渐多了起来，他的名声也越来越大。1501年，他带着荣誉和憧憬回到了佛罗伦萨，他要在这里建树新的辉煌。

此时的佛罗伦萨已经从萨伏纳罗拉所掀动起来的宗教冲突中平复过来，萨伏纳罗拉本人也早已在四年前被当众处死。人们重新对艺术女神表现出应有的敬意，同时也呼唤艺术家创作出能够代表时代精神的强有力的英雄——恰恰在这个时候，米开朗基罗回来了，他似乎是受到上天的感召，专门回来塑造一个英雄的，这就是

"我的快乐是悲哀" 米开朗基罗的苦难人生 | 055

《朱利亚诺·德·美第奇之墓》
Tomb of Giuliano de' Medici
1520—1534

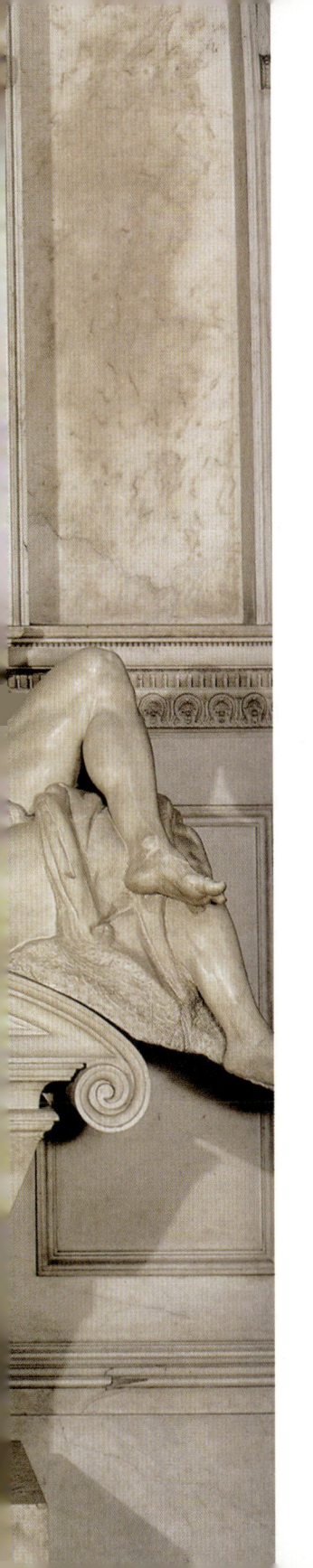

雕塑史上的皇皇巨作《大卫》。

一块巨大的白色石料，原本是为另一个雕塑家预备的。然而那位雕塑家却被这巨大的石料震慑住了。他没有勇气驾驭这个庞然大物。于是，这块"怀才不遇"的巨石就被委弃一旁，听任风侵雨淋。直到1502年，它终于等来了无论才华能力还是胸怀气魄均足以涵盖天地、超迈古今的艺术巨人，它被赋予了英雄的容貌、胆略和性灵，于是，这块顽石变成了一个顶天立地的英雄。

《大卫》的形象早已世人皆知，用不着我在这里赘述了。它的出现在佛罗伦萨所引起的轰动，我们只需从一件事情中即可想见：在《大卫》雕成之后几十年间，整个佛罗伦萨乃至意大利的人们，都用它来计算时间，"巨人雕成的那一年"（1504年）竟然成了一个时代的新纪元。

1504年1月25日，佛罗伦萨的艺术委员会为确定《大卫》的安置地点而开了一整天会，这个会议的记录至今依然完好地保存着。最后，委员会决定尊重雕塑家本人的意向，把这座高达四米多的巨人安放在"诸侯官邸"的前面。艺术委员们都在决议上签了名，其中包括一些令人肃然起敬的名字，譬如一代名画《维纳斯的诞生》的作者波提切利、拉斐尔的老师佩鲁吉诺以及达·芬奇。

04

当米开朗基罗在意大利声名鹊起之时，达·芬奇早已如日中天。这两位艺坛巨擘原本是在各自的领地里互相眺望，一个在米兰大显身手，一个在罗马牛刀小试，然而，机缘凑巧，他们在佛罗伦萨狭路相逢了。

"擂台"就摆在维乔官邸的会议大厅，两面墙壁各画一幅壁画，行政长官索德里尼别出心裁地把这两幅壁画分别交给了达·芬奇和米开朗基罗。两颗人类艺术星空的恒星在同一城市的同一大厅里展开较量，不发生摩擦和碰撞几乎是不可能的。对米开朗基罗来说，达·芬奇的存在，本身就是一种无形的压力。他必须倾尽全力战胜这个对手，才有可能真正脱颖而出。好斗本是年轻人的天性，而脾气火爆的米开朗基罗更像一头力大无穷、横冲直撞的蛮牛，《大卫》的成功使他充满自信，满怀着征服一切的渴望。如今，横亘在他面前的高峰已经屈指可数，而达·芬奇无疑是最难逾越的一座。既然如此，那就只有与他正面交锋了。是的，米开朗基罗就是以这样的心态来对付达·芬奇的。

当时的一位作家曾记载了这样一幕街头小景，或许对我们了解当时两位大师的真实情状有所帮助——

莱昂纳多面貌生得非常秀美，举止温文尔雅。有一天他和一个朋友在佛罗伦萨街上散步，他穿着一件玫瑰红的外衣，一直垂到膝盖，修剪得很美观的卷曲的长须在胸前飘荡。在圣三一寺旁，几个中产者在谈话，他们辩论着但丁的一段诗。他们招呼莱昂纳多，请他来帮助他们辨明诗中的意义。这时候，米开朗基罗从旁边走过。莱昂纳多说："米开朗基罗会解释你们所说的那段诗。"米开朗基罗以为这是达·芬奇有意嘲弄他,冷酷地答道:"你自己解释吧!你这个只做过一个铜马的模型而不会铸成铜马的家伙,真是个不知羞耻的人!"说完转身就走了。莱昂纳多站在那里,脸红了。米开朗基罗还以为不够,满怀着要中伤他的念头,又回过头来喊道:"而那些混账的米兰人竟会相信你做得了这样的工作!"

就是这寥寥数语,已经把一个年轻气盛、争强好胜、一心想着征服别人的米开朗基罗活生生地展现在读者的面前。而达·芬奇的儒雅忍让以及英雄落难的境况,也隐隐约约地流露在字里行间。此时,达·芬奇已经五十几岁了,米兰易主使他无处栖身,怀抱利器,施展无门。如今,面对这个比自己年少二十几岁的后生的挑战,他又能说什么呢?

达·芬奇只能以自己的作品来与米开朗基罗对话。他为了画好这幅题为《安加尔战役》的壁画,使出了浑身解数,制作了许多草图,这些草图集中表现了战争的激烈和残酷。而米开朗基罗也把自己的全部激情和才华,倾注在自己所承担的那幅题为《卡西纳之战》的壁画上。这两个艺术大师的交手,本是人类艺术史上罕见的奇观。然而,不知是何原因,这两位真正的敌手在短时间的相持之后,却做出了相同的选择——他们最终都没有完成自己的作品,甚至连草图都流失了。这样的结局,与其说是一个历史的遗憾,莫如说是冥冥中上天的安排——让这样两个旷世罕见的艺术天才,进行一场既没有统一标准又没有谁能充当裁判的艺术角力,意义何在?没有结果,其实恰恰是最佳的结果。

在与达·芬奇发生这次较量不久,米开朗基罗又与当时的另一位艺术大师拉斐尔发生了一场颇具戏剧性的碰撞。

1505年,米开朗基罗被新教皇朱利叶斯二世召到了罗马。这位雄心勃勃的教皇一心想的是建立霸业和永垂不朽。因此,他要在罗马大兴土木,使之成为真正的"万国之都"。他召来米开朗基罗的目的,是要他给自己修建一座宏伟的、举世无匹的陵墓。这个庞大的计划,使米开朗基罗兴奋不已。他自忖,一个千载难逢的施展才华的机会到来了。他向教皇描述了自己的设想:在陵墓周围要雕成四十

《洛伦佐·德·美弟奇之墓》
Tomb of Lorenzo de' Medici
1520—1534

余座雕像，其中最重要的就是摩西与保罗，此外就是历史上最伟大的圣徒和英雄。教皇被米开朗基罗感染了，他问："这个工程要花多少钱？"

米开朗基罗壮着胆子开了一个高价："十万！"

教皇微笑着说："给你二十万，怎么样？"

米开朗基罗简直不相信自己的耳朵了。他兴致勃勃地投身于这个巨大的工程之中。

然而，就在他全神贯注地在采石场选购石料、筹备开工的时刻，他的竞争对手们却在处心积虑地给他掣肘下绊。其中有两个人是他的劲敌，一个是建筑师布拉曼特，另一个就是拉斐尔。

布拉曼特与拉斐尔既是同乡，更是密友。他们眼看着米开朗基罗春风得意，从教皇那里抢去了风头，自然不能无动于衷。艺术竞争的背后，其实也是经济的竞争。每一单艺术工程都意味着丰厚的利润，别人抢去的越多，也就等于自己得到的越少。在当时，教皇无疑是艺术品的最大"买主"，米开朗基罗得到了教皇如此宠信，岂不等于是让他独占了天下风水？这不免令其他艺术家心理失衡——布拉曼特与拉斐尔为此而心生忌妒也是完全可以理解的。

布拉曼特所采取的最关键行动，是动摇教皇对米开朗基罗所承担的工程的信心。他抓住了教皇的迷信心理，对他说，生前就给自己建造陵墓是非常不吉利的事情，何况米开朗基罗根本就没把心思放在建造陵墓上，他只顾埋头给他自己选购石料，已经花去了一千多个金币，却还没为陵墓砌上一块石头。

教皇是个既好大喜功又刚愎自用的人，他听信了布拉曼特的谗言，不再给米开朗基罗拨款。同时也采纳了布拉曼特的建议，把建造陵墓的计划拖延下来，改建圣彼得大教堂，并委任布拉曼特担任总建筑师。而出道不久的拉斐尔也在布拉曼特的推荐下，得到了他一生中第一个重要的订单：为梵蒂冈绘制壁画。

这一切发生时，米开朗基罗还被蒙在鼓里。他在卡拉拉采购的石料正源源不断地运到罗马，可是钱却花光了。他在一封信中抱怨说："当教皇转变了念头，而

《创世纪》（西斯廷教堂天顶壁画） Genesis 1508-1512

运货船仍从卡拉拉把石块运到时，我不得不自己来付钱；同时我从佛罗伦萨雇的石匠们也到了罗马；正当我在教皇分配给我的屋子中安排他们的住处与用具时，我的钱花完了，我处于极大的窘境中。"

米开朗基罗不得不停下自己的工作，来找教皇要钱。但是教皇不再见他了。他只得一次次地求见，却一次次地碰壁。终于有一天，他被教皇的侍从逐出了梵蒂冈宫。

一个内心十分孤傲的艺术家遭此奇耻大辱，其愤怒是不难想象的，更何况米开朗基罗是个脾气火爆的汉子。他回到住所就给教皇写了一张便条："圣父：我今天早上由你的命令而被逐出宫廷，我因此通知你：自今日起，如果你再需要我的话，你只能到罗马以外的地方去寻找了！"随后，他立即托人卖掉了罗马家中的一切家当，挂冠而去。

此时此刻，米开朗基罗已经非常清楚是自己的同行在从中作祟。他在回到佛

罗伦萨之后所写的一封信中说："我与教皇朱利叶斯所发生的争执，完全是布拉曼特与拉斐尔忌妒的结果，他们设法要压倒我。……因为他在艺术上所知道的，都是从我这里学去的！"

许多艺术史家本着为尊者讳的惯例，不愿意谈及拉斐尔的这一不光彩的行为，他们宁可把全部责任推卸给布拉曼特。也有一些论者认为，一向给人以温柔敦厚印象的拉斐尔，似乎不大可能如此过分地对待艺术上的同行。而我却相信这一切都是曾经发生过的事实。理由有三：首先，当时的拉斐尔初登画坛，为了最快捷地超越前人，他必须以超常规的方式击败他的对手，而米开朗基罗恰恰是他在罗马教皇面前的最大竞争者——这是他参与打压米开朗基罗最直接的动机。而事实上，恰恰是在他与布拉曼特的阴谋得逞之后，他在罗马画坛才得以一帆风顺，迅速蹿红。其次，拉斐尔与布拉曼特不仅有同乡之谊，更是一对艺术盟友。布拉曼特对他这位才华横溢的小老弟寄予厚望，步步提携，可以说没有布拉曼特就没有拉斐尔的成功。对于拉斐尔来说，当这位既是恩师又是盟友的老兄要向他们共同的敌手米开朗基罗进攻的时候，他怎么可能袖手旁观？连曾给米开朗基罗作传的罗曼·罗兰也认为："他和布拉曼特交情太密了，不得不和他采取一致的行动。"最后，拉斐尔与达·芬奇、米开朗基罗两人最大的区别，就是他对权力的极度顺从。这在统治者眼中是难得的优点，但在艺术家眼中则是一个致命的弱点。正是由于这个性格上的弱点，使得他在创作《海利道勒斯被逐出教堂》这一历史题材的壁画时，竟把当世的教皇朱利叶斯也画了进去，这种明显的颠倒史实、混淆天国与尘世的做法，显然不是出于无知，而是拉斐尔故意讨好教皇、阿谀奉承的小伎俩。这一品格上的缺陷，使人们有理由相信他会借机落井下石——举凡喜欢阿谀奉承的人，一般地讲，都惯于落井下石。这类例子，古往今来不胜枚举。

就在米开朗基罗愤然离去的第二天（1506年4月18日），布拉曼特举行了盛大的奠基礼，庆祝由他主宰的圣彼得大教堂的开工。接着，他下令让民众把米开朗基罗为建造陵墓所堆放的物资全部清除。于是，米开朗基罗辛勤准备了几个月的石料和建材被洗劫一空。

º5

米开朗基罗的不辞而别，令教皇大为震怒。他一接到米开朗基罗的短笺，就派了五名骑兵快马加鞭去追赶，晚上11点多钟在波吉旁西追上了。他们交给他一道教皇的命令："接到此令，立刻回转罗马，否则将有严厉处分。"米开朗基罗回答道："只有教皇履行他的诺言，我才可以回去；否则，朱利叶斯二世永远别指望再见到我。"说罢，继续向佛罗伦萨扬长而去。

教皇大概做梦也想不到会受到如此冒犯。他接连给佛罗伦萨的诸侯下达了几道敕令，让他逼迫米开朗基罗返回罗马。诸侯只得把米开朗基罗叫到宫廷里，对他讲，你怎么能跟教皇捣蛋呢？连法兰西国王都不敢那么做。我可不愿意为了你而与罗马教廷发生争端，你还是赶快回罗马去吧！

米开朗基罗没有答应。诸侯又提出他可以给米开朗基罗出具必要的文件，要求教皇对他以礼相待，一切对他的非理都将被视为是对佛罗伦萨诸侯的非理。米开朗基罗还是没有答应。

一个艺术家竟然斗胆与堂堂教皇公开叫阵，这在人类艺术史上恐怕是绝无仅有的一个孤例。在双方的僵持中，一位名叫鸠利亚诺的宫廷建筑师出面居间调停，一方面劝教皇息怒，一方面给米开朗基罗写了一封信，说是秉承教皇的旨意，令其立即返回罗马。只要他能回来，其他一切条件都好商量云云。在这种情况下，米开朗基罗写了那封有名的致鸠利亚诺书——

教廷建筑师鸠利亚诺大师：

收到来信，得悉教皇对我擅自离职一事大为震怒，说他愿意把款子交给我，听我支配，继续执行双方协议，还说他召唤我回去，叫我不必有所疑虑。

关于我离职的原因，事实真相是这样的：复活节的那个星期六，我听见教皇和一个珠宝商及司仪一同进餐时说，他不愿意再花一个白奥科（罗马教廷旧币名）买石头了，无论是大石头还是小石头。我听了十分惊讶。尽管如此，我动身之前还是去向他支一部分继续工作所需要的款子。教皇陛下要我星期一再去。我星期一去了，星期二、星期三、星期四又去——教皇陛下是知道的。最后，星期五早晨，我遭到他们的驱逐，也就是说，他们竟把我赶了出来！赶我出门的人说，他们知道我是谁，但他们是奉命而行。上星期六我就听他们说过那种话，如今又见他们付诸行动，我失望极了。然而，这还不是我离职的全部理由，另外还有一个原

《亚当的创造》 The Creation of Adam 1512

因，不过我不想谈，我可以得出这样的结论：如果我再在罗马待下去，恐怕我自己的坟墓比教皇的陵墓还要先完工。这就是我突然离职的缘故。

既然你是代表教皇给我写信，那就还是请你把这封信念给教皇听吧——请告诉教皇陛下，如果他真想修建陵墓，请他最好不要拿工作地点这个问题来纠缠我。反正我答应按规定在双方协议的五年内，在圣彼得大教堂内他选定的地基上建成，而且按我承诺的那样，修建得非常美观。因为我坚信：如能按照我的计划进行，它一定会成为一座举世无匹的陵墓。

如果教皇陛下愿意继续修建，就请他把上述款项存在佛罗伦萨某君

处（他的姓名我会通知你）。对于上述款项和修建工作，我将按教皇陛下的要求具结保证，无论他要佛罗伦萨什么人作保，我都可以办到。我可以提供充分保证，不管什么保证，即使他要佛罗伦萨全城的人担保都行。我还要说明一点，那就是：上述工作如在罗马进行，这个价钱绝对不够，但在此地则可以办到，因为这里有许多在罗马找不到的方便条件……

请早日示复。余不详述。

你的米开朗基罗

建筑师，1506年5月2日于佛罗伦萨

我之所以不惜篇幅地引述这封信的全文，只想请诸位读者朋友从中窥得一位真正艺术家的勇气和风骨——这哪里是一个地位低下的艺匠给至高无上的教皇上书，分明是一个傲视群伦的艺坛骄子在与一位买主进行毫不妥协的交涉。由此，米开朗基罗那种傲视权贵、宁折不弯的刚烈个性和锋芒毕露、大义凛然的文字风格，也随之毕现于纸端。

米开朗基罗的执着与强硬，使教皇感到既恼火又尴尬，但却无可奈何。毕竟像米开朗基罗这样的艺术家是只可有一不可有二的，罗马巨大的建筑计划不能缺少他；进而言之，朱利叶斯二世本想树立起一个爱好艺术、保护人才的美名，岂能因为一个倔强家伙的桀骜不驯而自毁美名？尤其是当有人传言，说米开朗基罗即将离开意大利，投奔奥斯曼苏丹的时候（事实上，米开朗基罗确实动过这样的念头），教皇终于坐不住了，他亲自签发了一道谕旨，声称自己"并没有生雕塑家的气"，并正式宣召米开朗基罗回罗马复位。

在常人看来，教皇做出如此表示，已经是破天荒的让步了。孰料，米开朗基罗依然不肯就范。他坚持履行自己在离开罗马时发出的誓言，即教皇要想再见到他，必须到罗马以外的地方去！

这是一次值得艺术史家大书特书的会见，地点选定在位于佛罗伦萨与罗马之间的波伦亚城。教皇的军队刚刚攻陷了这座城池，他是以一个征服者的身份君临这里的。然而，他却要在这里会见一个不可征服的艺术家。

"你呀，真是个怪人，"教皇对米开朗基罗说，"你应当到罗马去晋见我们的，却偏偏要等我们来这里找你！"

"圣父，"米开朗基罗跪在教皇面前说，"我不回去是因为陛下曾经大大伤害了我，我在罗马不应当受到复活节周里的那种待遇！"

教皇把手放到这位艺术家的头上，给他祝福，说："我会补偿你所受到的创伤的。我的孩子，跟我回罗马去吧！"

06

佛罗伦萨的统治者索德里尼曾经这样描述米开朗基罗，他说："米开朗基罗是这样一种人，他吃软不吃硬。……你必须对他表示关切，表示尊敬。那么，他就会创作出惊天动地的作品。"

是的，在教皇对他表示了一定程度的关切和尊敬之后，他又开始为其卖命了。不过，由于教皇依然迷信生前修墓不吉利的观点，所以，陵墓的建造计划被迫搁浅了。但是，为了表示对他的补偿，教皇给了他另外一件工程——在西斯廷教堂的天顶上绘制装饰画，其面积之大是任何一个前辈画家所不敢想象的。

有人认为，这项委任实际上也是布拉曼特给米开朗基罗设的圈套。他见到自己的敌手重新得到了教皇的信任，心有不甘，就在教皇面前极力怂恿把这件吃力不讨好的差事交给米开朗基罗——谁都知道，米开朗基罗的强项是雕塑而不是绘画，确切地说，他此前从未完成过一幅壁画。而就在他离开罗马的这段时间里，拉斐尔已经完成了诸侯厅中的几幅名作，若《雅典学派》《辩论会》等，其绘画大师的声望正节节攀升，俨然已是众望所归的罗马头号画师。当此之际，让米开朗基罗去涉足他最生疏的艺术门类，无疑是将他置于死地。

米开朗基罗又何尝不知道这件工作的风险？据说，他曾费尽心机辞谢这个可怕的差事，他对教皇说自己并非画家，肯定画不好；他甚至提议请拉斐尔来代替他（由此也可看出米开朗基罗的人品）。但是，这回轮到教皇固执己见而米开朗基罗无可奈何了。他不得不接受这件注定会令他受尽磨难的苦役。

布拉曼特对这件事所表现出来的异乎寻常的"热心"也令人生疑——他主动为米开朗基罗在西斯廷教堂内搭好了一个台架,还从佛罗伦萨招来了好几个据说是很有壁画经验的画家,专门给米开朗基罗当帮手。可惜米开朗基罗从来不用帮手,他什么理由也不说,就把他们请出了绘画现场;连布拉曼特搭建的脚手架他也不用,自己重新搭了一个。"他自己关在教堂里,他不愿再开门让他们进来,即使在自己家里他也躲着不令人见。"他像一头困兽,在教堂里对着天顶、对着墙壁、对着他自己,展开了一场无人见证的殊死搏斗。

西斯廷的天顶像一座山峰,沉甸甸地压在米开朗基罗的心头,他要从压力中挣脱出来,变成征服者,才能驾驭整个画面。搏斗的结果是米开朗基罗把原先的壁画又扩大了,不但要画天顶,而且要让天顶的壁画延伸到四周的墙壁,这就意味着他要用壁画覆盖五百多平方米的面积,工作量势必成倍增加。

他改变了原先的画面设计。本来,他只要按照教皇预先给出的计划,画出十二名使徒的形象就算大功告成了。可是米开朗基罗却以其巨人般的气魄和力量,完全推倒了原先的设计,重新结构画面,以圣经故事为经纬,创作出《创世纪》《大洪水》《创造亚当》等九幅既有连续性又独立成篇的巨幅壁画。

作为一个雕塑家,他还要在西斯廷的穹顶上"速成"学会画壁画。他拒绝接受布拉曼特为他准备的"助手",完全凭借自己的悟性处理墙基、调制颜料、敷着蛋彩。无人知道他曾遭遇了多少挫折,史料上只记载着在画完《大洪水》一幅后,画面就开始发霉,人物的面貌变得模糊不清。这意味着他必须改变方法,从头再来一回。米开朗基罗几乎绝望了。他曾找到教皇请求就此罢手,未获准许,他只得硬着头皮继续苦斗下去。

他固执地不肯让任何人进入自己的工作现场,包括教皇本人。但是教皇却有权力催问工程的进度。一年过去了,两年过去了,教皇似乎越来越不耐烦了。据岗蒂维记载:"一天,朱利叶斯二世问他何时可以画完?米开朗基罗依着他的习惯,答道:'当我能够的时候。'教皇怒极了,挥起手杖打向他,口里反复地说着:'当我能够的时候!当我能够的时候!'"米开朗基罗跑回家里,立即准备行装要离开罗马,朱利叶斯二世马上派了一个人去,给他送去500金币,竭力抚慰他,并替教

《大洪水》（局部）
The Deluge
1508–1509

皇道歉，米开朗基罗接受了道歉。"

　　1512 年 11 月，西斯廷壁画完成了。人类艺术史从此增添了无比光彩的一页。而对于米开朗基罗来说，与其说这是他的又一次成功的征服，毋宁说是又一项苦役的结束。长年累月地仰面向上，使米开朗基罗身体畸形，眼睛向上斜视。整整四年，他把自己的全部生命都扑在这幅前无古人的巨作上面，工程完成之后，他已经变得不成人样儿了。瓦萨里说，好久以后，他要读一封信或者看一件东西，必须把它们举到头顶上才能看得清楚。

　　他在一首充满自嘲的诗中曾这样写道："我的胡子向着天，我的头颅弯向肩……画笔上滴下的颜色，在我脸上形成富丽的图案。……我的皮肉，在前身拉长了，在后背缩短了，仿佛是一张叙利亚的弓。"

07

米开朗基罗的情感世界是一个永远的谜，没有人能够完全彻底地破译。然而，对于一个艺术家来说，情感是像阳光和水一样，一刻也不能或缺的东西——没有情感，何来艺术？

但是，命运对米开朗基罗实在过于苛刻了，一个把美视为生命的人却年纪轻轻就破了像，一个内心永远被爱情的火焰灼烧的人，却不敢去触摸爱神的翅膀。人们发现在他青年时代创作的十四行诗中，有大量的爱情题材——有炽热的表白，有真诚的赞美，有直率得近乎露骨的肉欲的宣泄，也有痛苦得近乎绝望的失恋的悲哀。

他写道：

一日不见你，我到处不得安宁。

见了你时，仿佛是久饥的人逢到食物一般……

当你向我微笑，或在街上对我行礼，

我像火药一般燃烧起来……

你和我说话，我脸红，我的声音也失态，

我的欲念突然熄灭了。

他写道：

啊，无穷的痛苦！

当我想起我多么爱恋的人绝不爱我时,

我的心碎了!

怎么生活呢?

他写道:

我生活得多么幸福,爱啊!

只要我能胜利地抵拒你的疯癫。

而今却是可怜,

我涕泪沾巾,

我感到了你的力……

他写道:

太阳的光芒照射着世界,

而我却独自在阴暗中煎熬。

人皆欢乐,

而我,倒在地下,

浸在痛苦中,呻吟,哭嚎!

  据说,米开朗基罗曾经在一次痛苦的感情挫折之后,把自己青年时代的诗歌手稿统统付之一炬,致使目前存世的诗歌只是九牛一毛。即便如此,我们也不难看出他的内心是多么敏感而多情,又是多么脆弱而孤寂。更令人疑惑的是,他年轻时似乎爱过很多女子,却没有留下任何足以考证的具体人物的信息,这不禁使人怀疑:这些出现在诗歌中的"她"们,其实只是米开朗基罗单相思的梦中情人。他的自卑使他不敢与她们接近,更不敢公开去表白,他所能做的,只是把自己的满腔热情倾泻在诗歌中,以此来平衡那激荡汹涌的心潮。只有理解了这一点,我们才能悟到他何以会发出如此痛心疾首的浩叹:"我爱:我为何生了出来?!"

《最后的审判》 The Last Judgement 1535—1541

可怜的米开朗基罗，你本是一个天生的情种，却为何欲爱不能？你本是一个美的使者，却为何终生与丑陋同行？你身后的五百年凝聚着无数美女崇敬的眼神，可是，为什么在你的生前却寥若晨星？

在爱的焦渴与煎熬中，米开朗基罗的情感被挤压着、被扭曲着，他开始把爱的目光转向了自己的同性——前面已经提到，米开朗基罗从小生活在一个只有男人的家庭，他在女性面前永远是怯弱的羞涩的腼腆的，但在男人面前却要自然得多也自信得多。他一生的艺术杰作，几乎无一例外都是以男性为主要角色，这无疑表现出他鲜明的审美倾向，即对男性的崇拜。

米开朗基罗的男性崇拜，与其说是出自他的天性，毋宁说是出自他的精神饥渴。因为，米开朗基罗的爱情观完全是纯精神的，是无比纯洁而虔诚的。这一点在他当时的朋友中早有共识："我时常听见米开朗基罗谈起爱情，在场的人都说他的言论全然是柏拉图式的。……我在他口中只听到最可尊敬的言语，可以抑灭青年人的强烈的欲火的言语。"他自己在一封信中也说过："当我看见一个具有若干才能或思想的人，或一个为人所不为、言人所不言的人时，我不禁要热恋他，我可以全身托付给他，以致我不再是属于我的了。"

他最早的理想恋人，据罗曼·罗兰考证，是 1522 年前后的佩里尼。接着是以美貌吸引了米开朗基罗的波其沃，可是这个家伙却是个卑鄙无耻的小人，曾借着米开朗基罗对他的好感找他要钱。随后，一个佛罗伦萨流戍者的儿子又闯进他的视线，他叫勃拉琪。可是这个不幸的人却在 1544 年英年早逝，米开朗基罗为他写了 48 首悼诗，成为米氏诗集中最悲怆的作品。

不过，对米开朗基罗来说，最专一最持久进而达到最狂热境地的恋人，却是一个名叫卡瓦列里的青年。关于这个人，我们还是引用当时的记载来做一描述吧。瓦萨里写道："他（指米开朗基罗）爱卡瓦列里甚于一切别的朋友。这是一个生在罗马的中产者，年纪很轻，热爱艺术；米开朗基罗为他作过一幅肖像——是米氏一生中唯一的画像——因为他痛恨描画生人，除非这个人是美丽无比的时候。"

瓦尔基也写道："我在罗马遇到卡瓦列里先生时，他不独是具有无与伦比的美貌，而且举止谈吐亦是温文尔雅，思想出众，行动高尚，的确值得人家的爱戴，尤其是当人们认识他更透彻的时候。"

在米开朗基罗干涸的感情河床上，卡瓦列里就像是一脉清泉，平静而舒缓地滋润着他的心田。米开朗基罗写给他无数充满激情的信函和诗歌，简直就像是"俯伏在泥尘里向偶像倾诉"。他把他称为"一件灵迹""时代的光明"；他谦卑地哀求他"不要轻视他"；他在诗中想让自己成为他的鞋子，甚至要把自己的皮蒙在他的爱人身上。除了这些爱情的表白，米开朗基罗还毫不吝啬地把自己的心爱之物作为礼品慷慨地赠送给卡瓦列里，据瓦萨里记载，这些礼物包括"可惊的素描，以红黑铅笔画的头像……其次，他送给他一座《被宙斯的翅翼举起的甘尼米》，一座《提提厄斯》和其他不少最完美的作品"。

对于米开朗基罗的这些夸张渲染的言辞和过于热情的举动，卡瓦列里却一直保持着一种得体的感动和冷静。无论回信还是交往，他总是带着几分矜持，几分谨慎，几分崇敬。读着他们之间的往还信件，你会觉得米开朗基罗倒像个激情四射的少年，卡瓦列里却像个年长的兄长。而事实上，卡瓦列里要比米开朗基罗年轻得多。有时，米开朗基罗也能感觉到自己的热度过高给卡瓦列里造成了难堪，这使他感到不安，他曾写信求他宽恕："我亲爱的主：你不要为我的爱情愤怒，这爱情完全是奉献给你最好的德行的；因为一个人的精神应当爱慕别人的精神。我所愿欲的，我在你的美丽姿容上所获得的，绝非常人所能了解。"有时，米开朗基罗也被卡瓦列里非常得体的谨慎和冷静所折磨，他奢望对方也像自己一样激情澎湃。一旦这种奢望落空，他又会感到极大的痛苦："我哭，我燃烧，我磨难自己，我的心痛苦死了……"他甚至抱怨："你把我生的快乐带走了。"

然而，作为年轻人的卡瓦列里，对于米开朗基罗似乎是永远怀着深深的崇拜，这种崇拜显然要比单纯的爱慕深刻得多，也理性得多。他虽然不像米开朗基罗那样热情洋溢，但却表现得恒定而持久——他对米氏自始至终都是忠诚不贰的，这种忠诚一直保持到米开朗基罗去世：在给米氏送葬的六个人中，他的名字被排在第一位。他的忠诚也赢得了米开朗基罗永远的信任，这在以多疑而著称的米氏的交往史上，堪称是一个奇迹。他把这种信任转化为对米氏重大决策的直接影响力，并最终成就了米开朗基罗的未竟事业——"是他使米开朗基罗决定完成圣彼得大教堂穹隆的木雕模型；是他为我们保留下来米开朗基罗为穹隆构造所设计的图样，是他努力把它实现；而且亦是他，在米开朗基罗死后，依照他亡友的意志监督工程的实施。"

米开朗基罗是在 1533 年结识卡瓦列里的，那年他已经 57 岁。他的情感沸点持续的时间并不长，在卡瓦列里理智而清醒的回应下，米开朗基罗也很快就从柏拉图式的恋爱中清醒过来。在此后的漫长岁月里，他们二人的感情世界中，友情的成分逐渐超越了爱情，并维持了下去，直到米氏去世。

促使米开朗基罗从对卡瓦列里狂热追求中清醒过来的另一个原因，是他在 1535 年结识了女诗人维多利亚·科隆娜。这位当时已经 42 岁的寡妇，出身于意大利最高贵的门第，17 岁时嫁给了一位侯爵。但是很不幸，她虽然很爱他，他却不爱她，而且到处拈花惹草，闹得满城风雨。她饱受屈辱却无力反抗，因为她知道自己长得并不美。她只能遁入宗教，在上帝那里寻求精神的庇护；同时，她写诗自娱，在文学的天地里抒发内心的情感。结果，她的文学才华和成就给她赢得了极高的声誉，她的十四行诗风靡整个意大利。就是在这种情况下，她走进了米开朗基罗的生活。

应当说，米开朗基罗与科隆娜的交往是从宗教开始的。科隆娜当时住在罗马的一家修道院里，而米开朗基罗就住在修道院附近。每到礼拜日，他就到科隆娜所在的教堂去做礼拜，他们在那里相识，一起听教士布道，一起讨论宗教教义，渐渐地熟识起来。后来，交往的范围不再局限在教堂，而是扩展到罗马的花园——坐在石凳上，傍着喷泉和雕塑，听着水声和鸟鸣，谈诗歌、谈艺术、谈宗教、谈人生……这些难忘的情景，被记录在当时人的记忆里。

到了 1538 年前后，他们的友谊发生了质的飞跃，她成了他的精神向导，他则成了她的精神寄托。于是，一个 63 岁的艺术大师与一个 46 岁的著名诗人，演绎出了一段委婉动人的爱情童话。

我们对这段"黄昏之恋"的了解，只能从他们之间越来越频繁、越来越亲密的往还信件和当时接近大师的人们的记录中窥得一丝端倪。值得注意的是，侯爵夫人只有在离开罗马的日子里，才会写来大量的信件和诗歌，而米开朗基罗也是在回复她的信和诗时，才敢于表露自己的一腔真情。对此，岗蒂维有过一些零星的记载：

> 她（指科隆娜）时常离开维丹勃回到罗马来，只是为了访问米开朗基罗。他为她的神明的心地所感动了，她使他的精神获得安慰。他收到她的许多信，都充满着一种圣洁的温柔的爱情，完全像这样一个高贵的心魂所能写的。

艺术史家们普遍认为，正是因为与科隆娜的深切交往，才形成了米开朗基罗晚期的艺术风格。科隆娜为米开朗基罗开启了一条重回宗教的道路，使他的作品洋溢着越来越浓郁的宗教色彩——他现存于法国卢浮宫和英国大英博物馆的两张《复活》被认为是受了科隆娜的直接影响。也正是在与科隆娜密切交往的那些年，他完成了西斯廷正面的巨幅壁画《最后的审判》。这幅巨作与二十五年前所画的天顶壁画相比，更加强调了上帝的力量和尊严，被认为是米开朗基罗最伟大的绘画作品。而其中浓郁的宗教信念，则标志着他的精神世界发生了新的升华。

更重要的是，科隆娜教会了米开朗基罗以平静的心态对待人世间的诸多苦难与不平，以宗教的力量来平衡自己内心的狂风骤雨。显然，这对医治米开朗基罗的狂暴脾气和多疑性格，多少有些作用——在这里，我们不妨举出一个最典型的例子：当他的《最后的审判》接近完成时，当时的教皇保罗三世前来看他作画。陪同者中有个司礼长名叫切塞纳，他对教皇说，在这样的庄严场所，画那么多猥亵的裸体是大不敬的，这些画只能拿去装饰浴室或者旅店。面对如此恶毒的攻击，如果放到从前，米开朗基罗肯定会暴跳如雷，当面予以回击的。可是，现在他不再发火了，他只是依照自己的记忆，把这个家伙画成了判官米诺斯的形象，放到了地狱中。后来，又有一些家伙纷纷起来向米开朗基罗发难，到教皇那里去告状，说他"有伤风化"，说他是"异教徒"，最后昏聩的教皇竟然让人把《最后的审判》中的裸体"统统穿上裤子"……凭米开朗基罗一贯的火爆脾气，他怎么能容忍这些愚蠢的做法呢？然而，现在他不再发火了，他异常平静地对给他报信的人说："去告诉教皇，说这是一件小事，容易整顿的。只是希望圣上也把这个世界整顿一下吧，与此相比，整顿一幅画是不必花费多大心力的。"如此的从容，如此的淡泊，如此的自信，如此的平和，这都是从前的米开朗基罗所缺乏的，而现在他获得了。不能不承认这是宗教的力量，而这力量恰恰是由科隆娜带给他的。她使他认识到：与那些污浊的灵魂和下流的攻击正面交手，对他来说只能是一种耻辱。他们怎配与一个高贵的灵魂对话？

科隆娜之于米开朗基罗，与其说是一个爱情的化身，不如说是一个精神的符号。他们很少在一起亲近，确切地说，在他们的情感历程中，更多的时间是分居两地、鸿雁往还。这种柏拉图式的精神恋爱，恰恰是米开朗基罗所习惯了的，甚至是不可或缺的。而对科隆娜来说，好像也是自自然然、顺理成章的。他们高居各自的精神殿堂，遥相呼应，默默对望，各自感受着从另一方所发射出的思想光芒，他们于这光芒中体悟到神的启示，感受到对方的存在和温暖，在深情的对视中，他们感到无比的满足——因为这至少能够说明：他们都不是完全孤独的！

1544年，科隆娜终于决定搬来罗马，居住在圣安娜修道院。米开朗基罗异常高兴，时常去看望她，她也热情地思念他，并且经常为他准备一些小礼物。但是，据当时人的记载，米开朗基罗从来不收受任何人的礼物，连科隆娜的也不例外。

1547年，科隆娜去世了，终年55岁。米开朗基罗守护在她的跟前，看着心爱的女人离去，米开朗基罗悲哀地说道："即使她躺在灵床上，我也只敢吻她的手，而不敢吻她的前额和嘴唇。每当想到这里，我真是哀痛欲绝啊！"

如果不是听到米开朗基罗亲口所言，谁会想到他们的"爱情"竟然贞洁到如此地步！

科隆娜的去世，使米开朗基罗真正地感到老了——那一年，他已经72岁了。

08

一个人的晚年原本应是安谧的、恬静的、轻松的，然而那样的晚年并不属于米开朗基罗。这个命中注定要终生浸泡在苦难中的殉道者，何尝不想有一个幸福安逸的晚年呢？但是这对他来说只能是一种奢望。

困扰着晚年米开朗基罗的,是他四十多年前所签下的那份为教皇朱利叶斯修建陵墓的合同。这份罪大恶极的合同啊,你耗尽了艺术家半生的心血,使艺术家在教皇生前蒙受屈辱,在教皇死后又饱受攻讦。多少年来,朱利叶斯的后人一直没有停止对米开朗基罗的侵扰,他们说他违约,让他赔偿当年花的金钱;他们告他欺诈,说他贪污了建造陵墓的款项。这类声音一直伴着米开朗基罗从中年走进老年。那曾经是萦绕在米开朗基罗心中宏伟的艺术之梦啊,曾几何时,竟蜕变成一个摆脱不掉的噩梦。他多少次下定决心要完成这个未了的心愿,但是一个又一个新的教皇登基了,他们贪婪地霸占他的才华、损耗他的精力、掠夺他的生命,他们无休无止地委派他做这做那,令他始终无法抽出足够的时间来完成这件艺术杰构。如今,他老了,他想利用自己最后的这段时光来偿还这份孽债。然而,就在这个关头,教皇又逼迫他放下陵墓的事情,专心去为他修建波里纳教堂。米开朗基罗悲愤地回答道:"我一生被这陵墓联系着,我为了要在利奥十世和克雷芒七世之前争得了结此事,以致把我的青春葬送了;我的太认真的良心把我毁灭无余。我的命运要我如此!我看到不少的人每年进款达二三千金币之巨,而我,受尽了辛苦,终于是穷困,人家还当我是窃贼!"老人充满屈辱地自辩着:"我不是一个窃贼,我是一个佛罗伦萨的绅士,出身高贵……当我必得在那些混蛋面前自卫时,我将变成疯子!"

他已经为这个世界贡献出无人比拟的艺术,他有理由得到这个世界的尊重。然而,天地不公,他在年逾七旬的时候,竟然还要为自己的清白而辩解而呼号,老人内心的悲哀恐怕是今人所无法想象的。

无奈之际,他只能把自己最后的时光分散在两处乃至三处,以加倍的辛劳来偿还自己的艺术债务。1545年1月,朱利叶斯陵墓总算完工了。但是与米开朗基罗当初的计划相比,建成的陵墓只能算是一幅大画的"速写"——原先当作配角的《摩西》雕像,如今成了陵墓的压轴大戏,而其他40座使徒和英雄的雕像则只能作罢了。米开朗基罗充满遗憾地交出了自己作了四十年的答卷。

1547年,教皇不顾米开朗基罗72岁的高龄,坚持要把圣彼得大教堂总建筑师的重任委派给他。这个职位曾经由他昔日的对手——布拉曼特与拉斐尔先后担任,

《哀悼基督》 The Pietà 1498–1499

如今，他们都死了，而教堂的浩大工程尚未完工。上帝似乎是故意把这件伟大的建筑留给米开朗基罗来完成。然而，米开朗基罗起初却不肯接受这项任命，他说他太老了，上帝随时会把他召唤到另一个世界去，这对巨大的工程来说肯定是不适宜的。

可是教皇却非常执拗，不肯收回成命。米开朗基罗在坚持了一阵之后，忽然答应了这个使命，而且提出了一个惊人的条件：不要任何报酬。人们相信他的态度转变，与科隆娜和卡瓦列里的劝慰不无关系。他在写给侄儿的信中承认："许多人以为——而我亦相信——我是由神安放在这职位上的。不论我如何衰老,我不愿放弃它。因为我是为了爱戴神而服务,我把一切希望都寄托在他身上。"

就在他接受教皇的任命之后不久,科隆娜去世了。米开朗基罗把全部精力和时间都扑在圣彼得大教堂的建设工程上,这项神圣的使命给了米开朗基罗生活的信念和勇气,使他得以焕发出英雄的气概去迎接最后的挑战。

他在这个最后的岗位上一干就是十六年。在这期间,他经受了无数新老对手的诬陷和阻挠,又经历了四位教皇的驾崩和登基,有几次,他几乎要愤而离开罗马,但是对艺术的执着和信仰的力量使他最终坚持了下来。

1564年2月12日,他站了一整天,雕凿着《哀悼基督》(亦称《隆丹妮妮的哀悼》)。14日,他冒着大雨外出。一个朋友埋怨他不该在这种天气外出,他说:"你要我怎样?我病了,无论在哪里我都不得休息。"

然而,这一次他真的要休息了——四天之后,即1564年2月18日,米开朗基罗终于从苦难中解脱了。临终前,他异常清醒,当着周围的人念完他的遗嘱,然后表达了他的最后心愿:"至少死后,我要回到佛罗伦萨去!"

是的,佛罗伦萨是他精神的故土,自从1534年离开佛罗伦萨,他已经整整30年没有回去了。现在,他终于可以魂归故乡了。

据说,依照教皇的旨意,米开朗基罗将被安葬在罗马的圣彼得大教堂。可是米开朗基罗的朋友与侄儿决定遵从他生前的遗愿。他们把他的尸体伪装得像一捆货物似的偷偷运出了罗马,运到了佛罗伦萨。佛罗伦萨的人们庄严隆重地迎接了他,就像迎接一位凯旋的英雄。

他被安葬在圣克罗切教堂,那里安葬着佛罗伦萨历代的伟人。

Raffaello

中天陨落

拉斐尔的悲剧人生

命运是一把双刃剑，它有时以极度的漠视和冷淡来毁灭那些生不逢时的天才；有时也会以过分的亲热和荣耀来戕害那些春风得意的天才。纵览中外艺术史，人们固然是看惯了命运之神的冷漠，听惯了艺术家们生不逢时的慨叹。如果说那只是命运之神的常态的话，那么，拉斐尔的命运则无疑是一个十分罕见的特例——这个艺术之神的宠儿，生当文艺复兴之盛世，身怀天纵神驱之奇才。少年成名，一帆风顺，杰作与美人相伴，财富并盛誉同来，真是一个时代的骄子。在其生前，曾令多少当世豪杰向往景慕，乃至心生嫉妒；当其死后，又引得无数后世艺术史家抚卷唏嘘，扼腕沉思。

拉斐尔以其一生的辉煌，铸就了一生的悲剧，恰如一颗划破夜空的璀璨的陨星，当其光芒最为耀眼之际，也正是其生命活剧即将落幕之时。这或许正是一种无法抗拒的宿命？

01

拉斐尔出生于意大利中部的小城乌尔比诺。他出生于1483年的耶稣受难日，这个特殊的生日使后来给他作传记的意大利作家瓦萨里，在渲染其一生的神异、神奇、神秘、神圣之时，平添了一个不可替代的证据，他甚至据此把拉斐尔比作基督的化身。在素称严酷的人类艺术史上，像这样明显的比附之说，本来是很难被后世所接受的。但是，在拉斐尔身上却出现了罕见的例外，人们不仅接受了这个神异的说法，而且一代代艺术史家还对此津津乐道，五百年间不绝，致使这一说法流传至今。

是的，拉斐尔在短短三十七年的生命历程中所创造的艺术成就，确实是前无古人、后启来者的——他以二十年的艺术生涯建造起一座艺术高峰，使后代无数艺术家倾尽毕生之力也难以超越；他以数百幅杰作，奠定了文艺复兴以来的一套艺术标准和审美规范，集时代精神之大成；他以一个后生晚辈的身份跻身于群雄并峙的意大利艺坛，在不断吸纳和超越中日夜兼程，奋力攀登，终于成为与伟大的达·芬奇和米开朗基罗比肩而立的"文艺复兴三杰"之一……拉斐尔以短暂的生命完成如此辉煌的艺术伟业，倘若不是神仙转世，倘若不是上帝垂青，何以得之？据说，早在拉斐尔生前就已经被许多追随者奉为"神圣"；在其死后不久，艺术史家就开始使用一个非同寻常的字眼——"超凡入圣"。这一切，都使拉斐尔的头上始终笼罩着炫人眼目的神圣光圈，也使艺术史家们最终不得不承认：在艺术的神殿上，拉斐尔与耶稣同在。

拉斐尔的父亲基奥瓦尼·桑蒂是一个御用画家和诗人，但是他的画和诗都很平庸。他留给拉斐尔最宝贵的财富，大概就是那种对绘画和诗歌一往情深的基因。父辈总是把自己一生向往而未能达到的理想，寄托在自己的后代身上，老桑蒂也同样把他对艺术的挚爱和追求传递给自己的儿子。在拉斐尔很小的时候，老桑蒂就时常把儿子带到宫廷画室去观摩画师作画，这使拉斐尔的童年沉浸在浓郁的艺术氛围里。然而好景不长，拉斐尔7岁时失去了母亲，11岁时又失去了父亲。这种悲惨的人生遭际，使拉斐尔幼小的心灵过早地蒙上了阴影。幸好，父亲似乎具有先见之明，在去世之前把11岁的儿子送进了当时最有名的皮耶特罗·佩鲁其诺画室去学艺，那时是1494年。从此，少年拉斐尔开始了其艺术征程的跋涉与超越。

佩鲁其诺是当时极负盛名的画家，甚至有人将他与大名鼎鼎的达·芬奇和米开朗基罗并称。他在色彩和透视方面的技巧，对拉斐尔影响很大，而他的抒情风格在拉斐尔的早期艺术中也留下深深的烙印。然而，若论艺术才华和绘画能力，老师显然不是学生的对手。这一点，佩鲁其诺很快就发现了。于是，他开始让拉斐尔参与自己承担的画作。事实上，佩鲁其诺的许多作品，恰恰是这位杰出的学徒与他合作而成的，譬如1497年完成的法诺城新圣玛丽亚教堂的祭坛画以及1500

《粉红色的圣母》
Madonna of the Pinks
1506-1507

年完成的圣奥古斯汀教堂的《多连提诺的圣尼古拉斯》——后者虽已残缺不全，但从仅存的残部和几张草图来看，这个图稿显然出自拉斐尔的手笔。后来，佩鲁其诺终于允许拉斐尔在其画作上单独署名，这使他的画名迅速传扬开来，约请他作画的订单源源不断地涌来。拉斐尔迎来了其艺术创作的第一个丰收季节。他有些洋洋得意，有些飘飘然，他甚至在一些画作上直接署名"伟大的拉斐尔"。

对拉斐尔来说，跟随佩鲁其诺学艺的那段日子，不仅仅是掌握了绘画的技巧，更重要的是学会了挣钱的本事。当地民众的宗教意识非常浓厚，他们甘愿花掉一生的积蓄去为村子里的教堂添置一幅宗教题材的绘画。这种无比的虔诚，使画师们即使不停地绘制耶稣像、圣母像或者圣贤像，也难以满足订购者的需求，他们必须加班加点，批量生产。这真是画家们求之不得的黄金时期。拉斐尔参与其间，既获得了大量的艺术实践机会，又能够积蓄财富，可谓名利双收。有人曾做过统计，从他11岁进入佩鲁其诺画室到其19岁离开，他所挣的钱大约相当于50万美元。作为一个初出茅庐的年轻艺徒，拉斐尔几乎是不费吹灰之力就实现了"脱贫致富"，幸运之神对他实在是过于偏爱了。

但是，幸运之神的过分偏爱也带来两个负面影响：一是它使拉斐尔的绘画题材受到极大的限制，除了一幅接一幅的"圣母像"之外，人们很少见到他这一时期的其他作品；二是大量订单的不断涌来，使拉斐尔的艺术创作从其步入艺坛开始，就一直处于高度紧张的供不应求的状态中。这种生命节奏使他长年累月地超负荷运转，加速消耗着他的生命能量，为他的英年早逝埋下了伏笔。当然，这已经是后话了。

№2

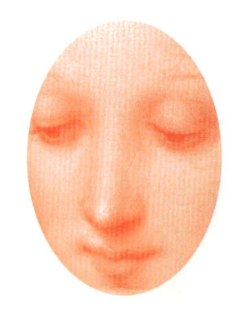

　　1504年，21岁的拉斐尔来到了文艺复兴的艺术中心佛罗伦萨。此时，达·芬奇和米开朗基罗已经在佛罗伦萨确立起崇高的声望，《大卫》的巨像刚刚完成并已矗立在佛罗伦萨的辛奥利广场，《蒙娜丽莎》已经把她的微笑撒遍了意大利城乡。这一切对拉斐尔来说，无形中构成了巨大的压力——在这里上演的艺术飨宴，并没有给他预留位置，当其步入这个艺术殿堂的时候，许多好菜已经上过了，许多好戏已经演完了，人们预先准备的鲜花和掌声已经消耗殆尽了，谁还会留意到这个满脸稚气的小伙子呢？

　　拉斐尔是怀揣着一封沉甸甸的介绍信前往佛罗伦萨的。写信者是他在乌尔比诺的女保护人焦万娜·费尔特里娅·德拉罗韦蕾，而他所要拜见的人则是佛罗伦萨著名的艺术家保护人皮耶尔·索代里尼。信中写道："持信人拉斐尔，乌尔比诺画家，矢志于艺术，欲暂往佛罗伦萨学艺。""该青年稳重、温顺，余甚钟爱之。"拉斐尔带着这封信前往佛罗伦萨，显然是希望得到皮耶尔·索代里尼对自己的关照，但是，索代里尼却对这个乳臭未干的小子不太感兴趣，既没有表现出对一个艺术家应有的热情，更没有给他安排什么有价值的绘画任务，这使拉斐尔多少感到有些失望。

　　与在老家的显赫名声和优裕待遇相比，拉斐尔初到佛罗伦萨的那段日子，境遇实在不佳。不过，这种巨大的落差很快就在这里浓郁的文化气息中融化了。佛罗伦萨毕竟是意大利的艺术之都，而且就在拉斐尔进城之际，当时艺术星空的两大巨星——达·芬奇和米开朗基罗碰巧也在这里难得地相遇。他们两人分别承担了为维乔大厅绘制壁画的任务，达·芬奇画了一群妙不可言的骏马（即《安加尔战役》），与之挑战的米开朗基罗则画了一组无与伦比的人体（即《卡西那战役》）。这两幅作品的草图都受到人们的交口称赞。而对拉斐尔来说，亲眼观赏这两位大师的杰作，正是他立志前来佛罗伦萨的诸多原因之一。这位 21 岁的年轻画家贪婪地吸吮着前辈艺术家的丰厚养分，眼界打开了，思路开阔了。他从达·芬奇的画面中学到了人物的空间布置及色彩融合；从米开朗基罗的作品中学到了画面的律动感以及用螺旋形或者金字塔形铺展画面的构图方法；在圣灵区的卡尔米内教堂里，他被前辈画家马萨其的壁画所感动；在利卡尔提宫，他在美第奇家族所收藏的历代艺术大师的杰作中间流连忘返，心灵受到极大的震撼。他开始对自己在乡下时枉称"伟大"的署名而感到羞愧。一个人，忽然发现自己的不足，进而为之羞愧，恰恰是新的飞跃的前兆。试想一下，如果拉斐尔一直满足于他在乡下不错的知名度和收入，不厌其烦地重复着自己轻车熟路的画风，陶醉其间而不能自拔，那么，他充其量也只能成为一个名不出乡里、身殁而艺亡的上等画匠而已。从这个意义上说，拉斐尔毅然走出乡间，甘愿忍受一时的失落而到佛罗伦萨闯荡一番，无疑是一个极富远见卓识的人生抉择。

没有证据显示拉斐尔初到佛罗伦萨时曾拜见过达·芬奇和米开朗基罗，这时的他辈分还太低、名分还太小、资历还太浅，他还没有获得大师们垂顾的资本。他对大师的学习和借鉴还只限于对他们作品的观摩和研究。然而，凭着敏悟而谦恭的天性，他很快就赢得了另外两位相当有分量的艺术家的好感，并且与之结下了深厚的友情。他们就是画家巴托罗米欧和建筑师巴西奥·达格诺罗。

巴托罗米欧是意大利宗教改革家萨福纳罗拉的弟子。他年轻时曾狂热地追随他的先师，扫荡一切异教徒的艺术品，把佛罗伦萨所能找到的古希腊、古罗马的绘画、雕塑、书籍等统统付之一炬。很难想象这样一个对艺术抱有执着偏见的清教徒，在"烧毁并埋葬"了异教的东西之后，会重新皈依于艺术，成为天主教多明我会的一个专画宗教画的教士。他与拉斐尔的相识、相交直至成为挚友，似乎是由上帝牵线搭桥，因为拉斐尔毕竟是从宗教观念十分保守的乡间来的，并且在宗教画方面已经卓有成绩，自然与巴托罗米欧有着相当多的共同语言。他们在绘制宗

《带金莺的圣母》
Madonna of the Goldfinch
1505—1506

教题材的画作上，都以充满虔诚的激情和丰富的想象而著称。这也就构成了他们日后成为志同道合的艺术盟友的前提条件。我相信，拉斐尔最终成为举世公认的"圣母画家"，绝对是与巴托罗米欧的影响分不开的。他们的友谊从1504年拉斐尔初进佛罗伦萨开始，一直延续到1517年。那一年，巴托罗米欧去世。

与巴托罗米欧截然相反，建筑师巴西奥是一个非常务实的人。他通晓世故，善于交游，在佛罗伦萨上下灵通，有十分广泛的朋友圈子。他与拉斐尔的相识，应当是他先把拉斐尔"网罗"进他的圈子中，然后才逐步加深了解，成为好友的。当然，对于初来乍到的拉斐尔而言，能够在佛罗伦萨结交这样一个朋友也是相当幸运的。甚至可以说，与巴西奥的结识在拉斐尔的成功道路上，具有举足轻重的意义。因为，正是在巴西奥的工作室里，他才有缘结交到佛罗伦萨知识界的各色人等，他们中有艺术家、诗人，也有哲学家、建筑师以及贵族显宦、富商大贾。拉斐尔本来并不缺乏交际的才能，他的学识、睿智、机敏和才华更是出类拔萃，加上他的年轻美貌和温文尔雅，更为佛罗伦萨的众多贵妇名媛所欣赏、所折服、所倾倒。是的，拉斐尔在佛罗伦萨的事业，正是从巴西奥的客厅里起步并迅速攀上高峰的。在这里，他被那些年长而有钱的大人物奉为上宾，被那些醉心于他的翩翩风度同时也醉心于他笔下的迷人圣母的太太小姐们视为偶像，他们因为喜欢他而百般地溺爱他娇宠他崇拜他，一方面把他当成一个温柔听话的大孩子，一方面又对他的艺术才能推崇备至乃至顶礼膜拜。大家都把与拉斐尔相识视为一种荣耀，把拥有一幅拉斐尔的画作（无论是圣母还是肖像）当成一件值得炫耀的大事。我想，倘若以今天的时髦词语来形容的话，当年的拉斐尔堪称是一个拥有大量追星族的"超级明星"了。

虽然高傲的皮耶尔·索代里尼并没有给拉斐尔什么机会，但是佛罗伦萨的上流社会却以特有的方式，接纳了这个来自乌尔比诺的招人喜爱的小伙子。他的订单开始多了起来，尤其是他最拿手的圣母像，已然成为佛罗伦萨艺术界的新宠。一时间，圣母题材几乎成了他的一张王牌，他陆续画出了一批名垂画史的圣母像：《统帅的圣母》《大公爵的圣母》《凉台上的圣母》《带金莺的圣母》《花园中的圣母》……

拉斐尔巧妙地汲取文艺复兴时期人文精神的营养，在神的身上注入了人的因子，使高居于圣殿之上的圣母、耶稣以及诸位圣贤、天使，统统沾润了浓郁的人间气息，具有了凡人的亲切与亲情。让我们举《带金莺的圣母》为例。在这幅完成于 1506 年的画作中，亲情和爱意洋溢着：小耶稣和小约翰依偎在圣母的腿间，小约翰手捧着一只可爱的金莺，圣子耶稣则伸出那只胖乎乎的小手，正小心翼翼地抚摸鸟儿的头部，这个动作使表现爱意的画旨得到充分的体现。圣母正在阅读祈祷书，就在圣子伸手抚鸟的瞬间，她的视线从书转向了两个孩子，右手则习惯地揽住了小约翰的肩膀，这一次回眸和一个动作，使圣母的母爱天性展露无遗。再看圣子耶稣，脸上一副天真无邪的样子，全没有神的呆板与宗教的庄严，与人间的男孩并无两样。最传神的是那只肉墩墩的右脚，正好踩在圣母的脚面上——这真是一个极富人情味儿的细节，一笔即出，神与神的接触变成了人与人的接触，似乎那远在天堂的圣母和耶稣，也随之降临到人间。人们欣赏拉斐尔的杰作，往往惊叹于细节刻画的逼真和传神，而这画幅中的"一踩"，实为最具拉斐尔特色的神来之笔。

单从这幅画作中，我们也不难看出拉斐尔对当时艺术大师们的借鉴与汲取。譬如，画面背景的处理，显而易见是受到了达·芬奇《蒙娜丽莎》的启示，远山近树，小桥流水，体现着达·芬奇式的布局与匠心；而画面的整体构图则呈现出典型的金字塔式的三角形构图，这又得益于米开朗基罗。据说，拉斐尔画人物的程序也与米开朗基罗相似，他们都习惯于先画出人物的裸体像，然后再添加服饰。这样做的最大好处是，一方面能够形成人物的稳重感，另一方面则可以呈现出人物的立体感。这本是作为雕塑家的米开朗基罗的独创，而后来者拉斐尔则对其采取了"拿来主义"的策略，融化吸收之后据为己有。这也恰恰是拉斐尔迅速崛起并取得成功的关键：他以极为强健的胃口消化前人的艺术成果，他以无比广阔的胸怀容纳他人的创作经验，他从来不以竞争对手的姿态抢占艺术舞台，他也从来不以某一派别继承者的身份去谋求廉价的捧场。他是一个最优秀的综合者，是一个善于融会贯通、把别人的有效成分融入自身血脉的艺术精灵，他甚至把自己的"迟到"也变成了独有的优势，他可以不直接冲上跑道，去和达·芬奇或米开朗基罗去竞争、去追逐、去冲刺，他只需沿着他们跑过的足迹去寻觅、去搜索、去发现最合理、最直接、最快捷的成功之路。

如果谁要评选古今中外最聪明的艺术家，我首先要投拉斐尔一票——因为他是真正懂得审时度势和扬长避短的人，正是靠着绝对精审的自我设计，他才能以最短的时间和最便捷的路线，攀上人类艺术的巅峰，从而赢得了文艺复兴集大成者的美誉。

№3

我们如今已经无法准确地描述当年拉斐尔是怎样引起教皇朱利叶斯二世注意的，但是我们可以做出一系列假设，譬如，可以假设是某一位曾在巴西奥的工作室里约请拉斐尔作过画的贵族大人，出于公心或者私利，把其中的一幅作为珍贵的礼品呈献给尊贵的教皇；也可以假设是声名鹊起的拉斐尔主动通过某种渠道，向素来号称雅爱艺术的教皇传递了什么信息；当然还有一种可能性，那就是拉斐尔的那位同乡、罗马最著名的建筑师布拉曼特，在教皇的御前对这位天才的画家美言了几句，结果引起了教皇大人的浓厚兴趣。无论哪一种假设更接近真实，结果却是相同的：1508年，拉斐尔应教皇朱利叶斯二世的邀请，离开佛罗伦萨前往罗马的梵蒂冈教廷。比起四年前投奔佛罗伦萨，拉斐尔的这次出行已是今非昔比了——如今的拉斐尔已经是一个成功的艺术家，他再也不必靠什么保护人的推荐信去寻求关照了，现在关照他的是至高无上的教皇，而陪他一同前往罗马的，正是他的同乡、大建筑师布拉曼特。

《雅典学院》
The School of Athens
1509–1511

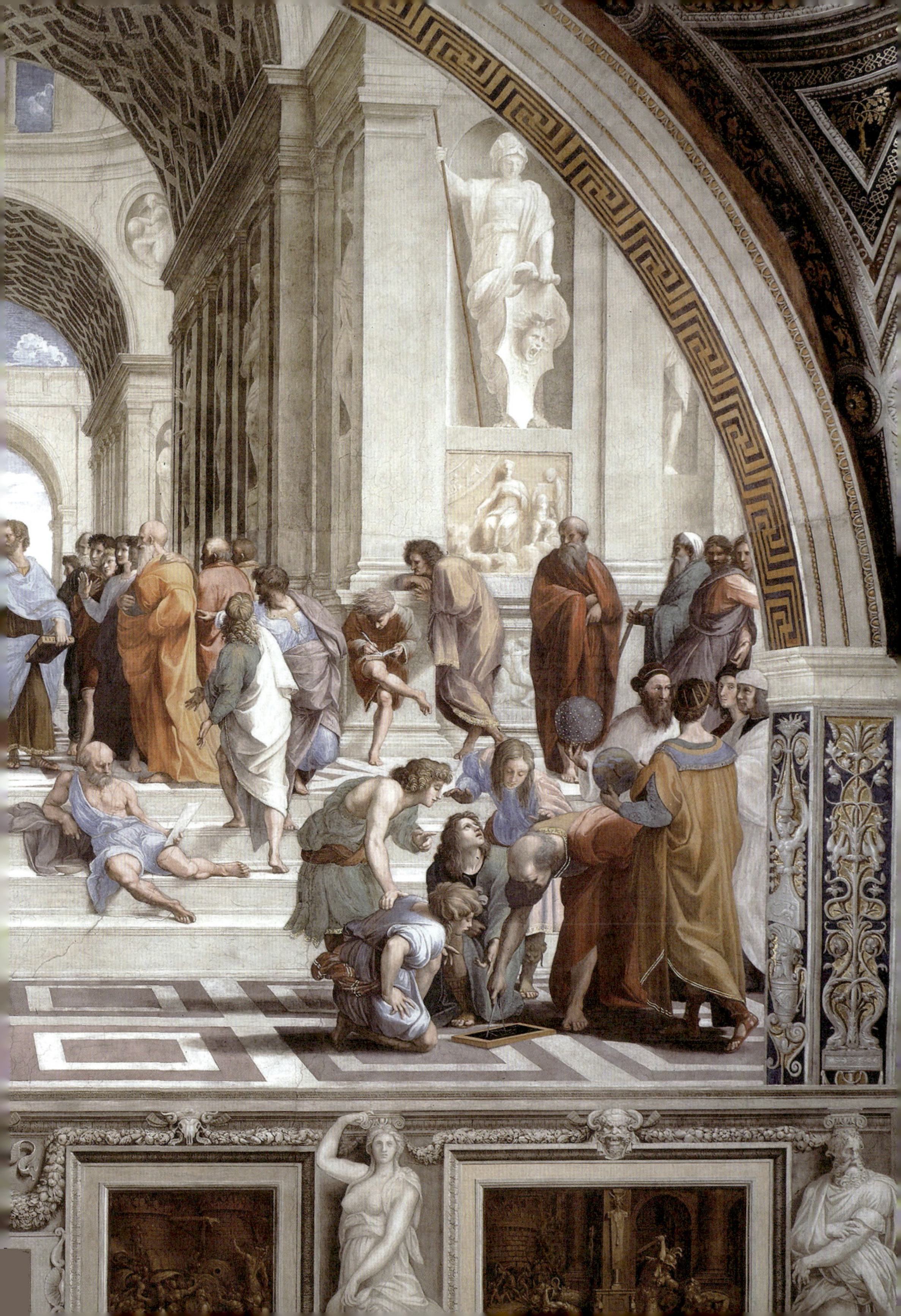

教皇朱利叶斯二世是一个野心家，他出身于行伍，性格暴躁，好大喜功。他向往不朽盛名，他希望名垂千古。因此，他要让当代最伟大的艺术家为他画像、为他创作、为他服务，他想以此来邀得慷慨大方的艺术保护人的荣誉，就像著名的美第奇家族的洛伦佐大公一样。然而，朱利叶斯二世却并没有洛伦佐大公所具有的文学艺术修养，他对待艺术家更像一个严酷的监工，只让他们尽力给自己干活，却从来不舍得恩赐半点尊重。

然而，他对年仅25岁的拉斐尔却十分和蔼，器重有加。在拉斐尔到来之后，他立即下令解雇了几乎所有在教廷工作的艺术家（其暴戾无情的一面由此可知），只留下三位艺术大师：雕塑家米开朗基罗、建筑师布拉曼特和画家拉斐尔。他给这三位艺术家分配的工作是：米开朗基罗为他的陵墓塑造雕像，布拉曼特负责修复圣彼得大教堂，拉斐尔则为梵蒂冈宫廷绘制壁画——本来，教廷已经与名画家彼埃洛·德拉·法兰契斯卡签订过绘制壁画的合约，但是由于拉斐尔的加入，教皇毫不犹豫地终止了与前者的合约，而把绘制壁画的任务全部委托给了拉斐尔。

艺术之神再一次对拉斐尔表现出特殊的青睐，让他与顶级艺术大师米开朗基罗站在同一起跑线上。如果说，当初朱利叶斯二世的垂青有可能是缘于同乡的引荐，那么现在，已经没有谁能帮助他了，画要靠他一笔一笔地画，作为艺术家的实力和价值，也要靠他自己来证明了。

拉斐尔是从签字大厅开始他的创作的。他在这个大厅里画出了足以奠定其在艺术史上的崇高地位的名作《圣礼之争》和《雅典学院》。按照拉斐尔的宏大构想，他要在整个壁画群中，以庞大的场面和象征性的人物来讴歌真、善、美，颂扬基督教的胜利。而签字大厅的这两幅壁画则是集中歌颂真理的。前者歌颂的是已经得到启示的真理，而后者则歌颂人类对真理的理想探求。这正是文艺复兴时期文化精神的体现。

拉斐尔在这组壁画中充分展现了其驾驭浩大题材和把握鸿篇巨制的超凡本领，令世人看到了他绝不仅仅是一个只会画圣母的画师。瓦萨里在《拉斐尔传》中曾这样描绘他所画的《圣礼之争》："拉斐尔在另一面墙上画了天上的基督、圣母、施洗者约翰、使徒、圣人、殉道士（他们以天父为中心，坐在云端），还画了圣灵,在他们之下是众多的圣徒,正在撰写着弥撒经并争论着置于祭坛之上的圣饼。圣徒中有四位教会圣师,圣师周围是多明我、方济各、托马斯·阿奎纳、布拉文图拉、邓斯·斯各托、里拉的尼古拉、但丁、费拉拉的吉罗拉莫·萨福纳罗拉修士等圣徒,还有多位基督教神学家和许多真实人物。空中还画有四个手持翻开的福音书的小天使。拉斐尔用这些形象创造了其他画家望尘莫及的最完美的作品。"

《雅典学院》在艺术史上名气更大,影响也更深远。这是一首对人类理性、智慧和科学探求精神的永恒颂歌。在这巨大的画面中,人类的先哲和智者被请进了崇高的殿堂,而无所不在的神力却在古代圣贤的光芒中遁形。画面的正中是白发皤然、以手指天的柏拉图,与其并行的是一手持书卷、另一只手伸向前方的亚里士多德。两个人边走边谈,引领着人类走出了混沌,走向了文明。拉斐尔以最简洁的形象表现出最深邃的思想,其艺术手法之高超令人叹为观止。在柏拉图和亚里士多德的左边是苏格拉底和一群年轻学子;在他们下方则是头带葡萄叶冠的伊壁鸠鲁和坐在地上的毕达格拉斯;在画面前部正以肘支颊、伏在一张石桌上书写的是赫拉克里特;画面右边正躬身画着几何图形的则是欧几里得……这真是一次智慧殿堂的盛会,拉斐尔以天才的历史透视感将古代人物、古代科学与现实生活巧妙地联系在一起。有人经过考证认定,拉斐尔在这幅画中所描绘的历史人物,大都是以同时代的杰出人物作为原形加工塑造的,譬如柏拉图的形貌就颇似达·芬奇,赫拉克里特的面容则是米开朗基罗的翻版,而欧几里得的形象中则具有布拉特曼的某些特征。最具戏剧性的是,画家也把自己的肖像搬进了画面——在壁画的右侧,站在索多玛旁边的那个头带深色圆帽的青年,不就是拉斐尔本人吗?他,面庞清瘦,面容庄严,一双眸子,直逼画外。在画面上的几十个人物中,好像只有他的这双眼睛是直接对着观众的。这或许寄寓着拉斐尔的某种艺术理念、某种同观者交流心曲的渴望与期待。

04

　　在宫廷里伺候那些王公贵族，本来就不是一件容易的事情，伺候像朱利叶斯二世这样以暴戾和妄自尊大著称的主子，更是难上加难。但是，拉斐尔在教廷内却似乎如鱼得水、游刃有余，从来没有听说过他与教皇之间发生过任何不睦或者摩擦。我相信，拉斐尔能够做到这一点，多半是靠着当年他的女保护人焦万娜·费尔特里娅·德拉罗韦蕾在论及其性格特征时所用到的两个典型字眼——"稳重"和"温顺"。这实在是极为到位的知人之论——不错，拉斐尔是稳重的，这种稳重原本不是他这个年龄所能具备的，但是他恰恰具备了，这就成了他特有的优势。而他的温顺更是整个艺术家群体最缺乏的，甚至是与这一群体的本质特征炯然对立的。艺术家一般都是些具有叛逆性的家伙，而且，其叛逆性往往与其艺术成就成正比。仅以拉斐尔同时代的另外两位大师为例。达·芬奇曾一度强迫自己成为温顺的奴仆和弄臣，但这只是一种人生谋略，一旦他的忍耐力达到极限，他的叛逆性便如火山爆发一般喷薄而出，其强度远远超出一般水平。而米开朗基罗却从来没有驯服过，就在与拉斐尔同时给朱利叶斯二世服务之时，还曾上演过一幕因对教皇不满而挂冠而去、给他撂挑子的活剧。后来，到底还是教皇让了步，乖乖地按照米开朗基罗的要求屈尊降贵地亲自前去迎请，米翁才重返梵蒂冈。这样的事情绝对是拉斐尔连做梦都不敢想的。拉斐尔是以异常的温顺来感化教皇，以绝对的驯服来取悦教皇，以无原则的退让来满足教皇无休止的野心和自我膨胀的，正所谓"以柔克刚"。

　　在拉斐尔为朱利叶斯二世所画的诸多壁画中，有一幅最典型地反映了拉斐尔对教皇的这种温顺、驯服以及只为取悦而不惜名节的价值取向，这就是《赫里奥多罗被逐出神殿》。这幅画的故事源自一个宗教神话：军士赫里奥多罗因企图霸占耶路撒冷教堂的财产而触犯天条，被突然出现的天兵打翻在地，逐出圣堂，随后又被天兵的马踩死。这幅画是朱利叶斯二世点的题，拉斐尔对教皇的意旨心领神会：他在画面的右边画上了愤怒的天兵，他们正鞭打着赫里奥多罗，把他赶出教堂；左边则画着当今教皇朱利叶斯二世坐在宝座之上，其神情在庄重与严厉中又透出几分志得意满，他在众人的簇拥下亲眼看着违背教规的罪犯受到应有的惩罚。朱利叶斯二世指定要画这一题材，不仅是要象征性地表现把罪恶驱逐出基督教会，更是要象征性地表现把他的死对头法国驱逐出意大利。为了迎合教皇的虚荣心，拉斐尔不但背离了他本身的纯洁性，还故意混淆了这一史实发生的年代，把天国的题材与世俗的题材杂糅在一起，在一幅描绘古代神话的作品中，无端地画上了一个现代的教皇。这幅画一经问世就引起了各种各样的议论，人们私下里指责拉斐尔对教皇一味迁就，称他是个没有骨气的小人。更有些言辞激烈的艺术史家，毫不留情地谴责他阿谀奉承，不够诚实，是个靠绘画来搞欺诈的骗子……

　　我并不完全赞同这些指责。今人对古人的品头论足，永远是最简单最省事的事情。但是，我们千万不要忘记古人所处的历史环境——在16世纪的意大利，所有艺术家都必须仰仗有权有势者的惠顾和资助才能生存，而宫廷无疑是艺术家的最大赞助者和保护人。拉斐尔明白，虽然教皇对自己十分宠信，但是如果他冒犯了教皇，他就会失去机会，甚至失去一切。教皇绝对不会像对待米开朗基罗那样对他这个晚辈画家屈尊降贵的，他还没有那种分量。拉斐尔不是神仙，他也有凡人的弱点，他爱虚荣、爱金钱、爱美女、爱名声。为了得到这一切，他已经付出了许多；为了保住这已经到手的一切，他也只得抛弃另外一些东西，即使他心里明白被抛弃的那些东西其实比自己所要保住的更有价值。如果我们设身处地地想一想，也许就会理解古人进而原谅他们。然而，我在这里之所以不厌其烦地回述这些史实，更重要的目的在于，通过对这些表象的剖析，拨去多少年来笼罩在艺术大师头上的迷人光圈，从而更准确更深刻地把握他们的艺术本质和性格特征。譬如，我们正是通过这幅饱受指摘的《赫里奥多罗被逐出神殿》，得以更透辟地洞悉拉斐尔作为一个宫廷画师的生存处境和他所采取的与众不同的对策。试想一下，倘若他也像米开朗基罗那样对教皇说"不"，世上还会有这样一幅画作吗？还会出现拉斐

《戴蓝色皇冠的圣母》
Madonna with the Blue Diadem
1512—1518

尔的独特艺术风格吗?

拉斐尔固然可以为我们所理解,但却很难见容于当世的艺术界同行。据说,米开朗基罗就对这位八面玲珑的小兄弟很不感冒,一有机会就要对他冷嘲热讽。当然,米开朗基罗也是一个性格乖僻的人,任何人想要与他长期共事都很难。在布拉曼特与米开朗基罗的长期对垒中,拉斐尔无疑是站在他的老乡一边的,这也必然使米开朗基罗对拉斐尔心存芥蒂。此外,米开朗基罗习惯于独自行动,而拉斐尔却习惯于使用大量艺徒和助手。这也形成了一种反差:米开朗基罗总是形单影只地踽踽独行,而拉斐尔却常常是前呼后拥地招摇过市。一次,米开朗基罗见到拉斐尔,没好气地挖苦道:"你带着一批随从在街上逛来逛去,哪像个画家,活像个当官儿的。"拉斐尔立即反唇相讥:"你单身只影地逛来逛去,活像个刽子手。"

从这段史料中,我们可以窥测到这样一个事实:原来拉斐尔先生并不总是那么温顺和谦恭的,他只是对那些他必须仰仗的人物才温顺、才谦恭。连米开朗基罗这样很有名望的艺术前辈他都敢当面顶撞,可见他平时的温顺和谦恭多少包含着作秀的成分。类似的例子还有他对两位主教大人的反唇相讥。一次,两位红衣主教在议论拉斐尔的一幅作品,他们以貌似内行的口吻指摘道:"耶稣的两个弟子,圣彼得和圣保罗的脸画得太红了。"拉斐尔听到后立即毫不客气地反击道:"我是故意画得这么红的,两位主教大人。他们在天堂里看到是你们这些人在治理他们的教会,所以他们感到脸红了!"

在这样的唇枪舌剑中,哪里还有一点温顺和谦恭的影子?我一直固执地坚信,作为一个真正的艺术家,从本质上说,拉斐尔的内心一定是相当孤傲不驯的。但是为了生存、为了成功、为了出人头地,他却只能以巨大的忍耐力来抑制自己的孤傲和不驯,努力迫使自己变成一个极端温顺而谦恭的谦谦君子。这需要何等巨大的自制力啊!

从这个角度来说,拉斐尔的温顺和谦恭的背后,隐藏着更加深刻的痛苦和不平。这是拉斐尔所独有的悲哀。

º5

拉斐尔为梵蒂冈绘制壁画的任务尚未完成，朱利叶斯二世就去世了，新教皇利奥十世继位。这位新教皇就是大名鼎鼎的佛罗伦萨艺术保护人洛伦佐大公的儿子，他从乃父那里继承了热爱艺术的天性，而且比朱利叶斯二世具有更高的艺术鉴赏力。他对拉斐尔的艺术才华有着比其前任更加深刻的认识，不但给了他更多的绘画订单（其中包括绘制梵蒂冈官殿"火灾厅"的大型壁画），使他的艺术能量得到更加充分的释放，而且不断地委以重任：先是任命他接替刚刚去世的建筑大师布拉曼特，担任圣彼得大教堂的建筑总指挥（31岁）；接着又采纳拉斐尔关于保护古代文化遗产的建议，任命他为教廷的古罗马美术品管理官（32岁）；随后又派他前往皮耶特罗、本波等地区调查古代遗址（33岁）……

对新教皇的厚爱，拉斐尔是不会说"不"的。他只能竭尽全力、废寝忘食、呕心沥血、夜以继日，以自己年轻的生命去博取新的荣耀、新的成功。当一个艺术家被太多的身外之物所拖累、所羁绊的时候，他是不可能全身心地投入艺术创作的。盛名之下的拉斐尔，整天受到无数王公显宦、达官贵人、名流大贾的追捧，人们争先恐后地给他荣誉、给他地位、给他金钱、给他订单……这都是别的艺术家梦寐以求的东西啊！而对拉斐尔来说，这一切来得实在太容易太突然也太集中了——我们甚至有理由怀疑：这是不是命运之神在故意用过度的恩宠来考验一个宠儿的自我克制能力？

遗憾的是，拉斐尔一向是温顺的，是不会说"不"的。他似乎没有想过一个人的精力和才华终究有限，以有涯之身去追逐无涯之事，是无望成功的。就在一片赞誉和掌声之中，拉斐尔的人生悲剧开演了。

《主显圣容》 Transfiguration 1520

赫里奥多罗被逐出神殿
Expulsion of Heliodorus from the Temple
1511-1512

　　如潮水般涌来的绘画订单使拉斐尔应接不暇而又分身无术，他只好把越来越多的订单转交给自己的学生去做。这势必使许多作品的艺术质量下降，招致顾客的不满，更为严重的是使拉斐尔的声誉受到影响。为了尽快挽回局面，拉斐尔不得不回到画架跟前，全神贯注地去亲自完成几幅像样的作品，其中最著名的一幅，就是他受朱利奥·迪·朱利亚诺·德·美第奇（即后来的教皇克雷芒七世）之托绘制的《主显圣容》。这是拉斐尔留给这个世界的绝笔。有人认为拉斐尔正是由于画这幅大画过于劳累而致死的，也有人认为拉斐尔至死也没有完成这幅杰作，这幅画是在他死后由其弟子朱里奥·罗马诺最后完成的。这一谜团直到四百六十多年之后，即1981年重新修复这幅画的时候，才得到了确凿的解答：整个作品全部出自拉斐尔本人的手笔。现代人在感到庆幸的同时，也为之震撼：当年，拉斐尔是以年轻的生命为代价才完成这幅巨作的，因为，就在这幅作品完工之际，拉斐尔就倒下了，从此再也没有起来。

　　据传说，拉斐尔在弥留中曾让人把这幅画摆到自己的病榻前，他要看着耶稣升天的画面走进天堂。令人惊异的是，他的死期与他的生日一样，恰好也是耶稣受难日。

06

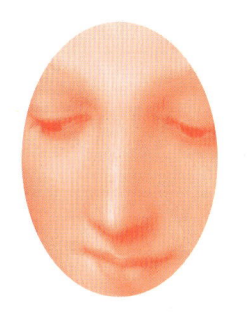

照理说，写到这里，拉斐尔的人生悲剧已经落幕，我的文章也该煞住了。但是，这位艺术大师谜一样的爱情生活，我们尚无暇顾及，这不能不说是一个缺憾。对于一个艺术家来说，没有爱情的人生该是多么苍白和乏味啊！然而，在拉斐尔的人生轨迹里，爱情却是一个充满迷惑、充满传说、充满无奈、充满苦涩的字眼，它是拉斐尔人生悲剧中的一个乐章。

凭拉斐尔当时的名望、地位、才华和财富，他是绝对不乏追求者的。在拉斐尔流传下来的极少的文字资料中，有一封他写给叔父的信——当时，拉斐尔已经是梵蒂冈宫廷中的大人物，他的叔父却写信招他回故乡去当乌尔比诺的宫廷画师，并且给他找了一位当地的姑娘让他完成终身大事。拉斐尔在回信中写道："我在罗马已获得成功，收入甚丰，有不少富家女子等着与我成婚，我现在无法考虑回乡结婚等问题。"据说，这是画家留存下来的唯一正面论及婚嫁之事的文字资料。我相信他讲的情况是真实的。

但是，这样一位受人尊敬且广为美女爱戴和追求的才子，却终身未婚。这难道不是一件匪夷所思的怪事吗？然而，这恰恰就是拉斐尔的爱情悲剧的症结所在——爱情的天平从来就是不平衡的，在拉斐尔的众多追求者中，固然有他所心仪的女子，但是，更有些是出身名门、权倾朝野的王侯之女，令他不能甚至不敢拒绝。他那温顺的本性使他在爱情问题上同样不敢说"不"——后来，拉斐尔终于把自己"许配"给了梵蒂冈的实权人物枢机主教比比埃纳，与他的侄女订了婚。然而，拉斐尔对这位主教的"千金"并没有爱情，尽管对方一再催促他早日成婚，

《草地上的圣母》
Madonna of the Meadow
1506

《圣礼之争》 Disputation of the Holy Sacrament 1509-1510

他却把婚期一推再推，直至这位倒霉的未婚妻突然暴病而亡。

拉斐尔一再推迟婚期，不愿与之成婚，显然是因为他的心另有所属。许多美术史家都认同这样一种推测：这位为拉斐尔所深爱的姑娘，就是被画家在一幅题为《披纱女郎》的肖像画中精心描绘过的福尔纳里娜。

福尔纳里娜曾被称为"面包店的姑娘"，这说明她的出身并不高贵，社会地位十分卑微。但是她的美貌却令拉斐尔心动神摇。细心的人们不难发现，在拉斐尔所创作的诸多圣母像中，那个温柔美丽的圣母形象中，总是萦绕着福尔纳里娜的影子。在画家的心目中，她是美的极致，是圣母的化身，是造物主的杰作，是艺术灵感的源泉。然而，地位的悬殊与现实的压力，却使他无法与心爱的人儿结合，甚至连想都不敢想，这是多么残酷的心灵创痛啊！

1520年春，拉斐尔拼尽全力画完了《主显圣容》，身心交瘁地倒下了。突如其来的高烧吞噬着拉斐尔最后的生命力。据说，在画家病重的最后七天里，一直是福尔纳里娜在病床前陪伴着他。然而，当拉斐尔临终之际，闻讯前来探望的教皇忽然驾到了，出身低贱的福尔纳里娜竟因没有觐见教皇的资格而被驱逐，可怜的姑娘连与画家做最后诀别的机会都被剥夺了。换句话说，可怜的拉斐尔在临终之前也只能眼睁睁地看着心上人被强权夺走，这或许正是这位阅尽繁华的艺坛骄子永世难平的痛悔与遗憾！

　　拉斐尔的葬礼隆重而庄严，利奥十世教皇率领高官显贵们向英年早逝的艺术家献上了最高规格的礼遇，拉斐尔可谓备极哀荣。他的灵柩被安葬在罗马的圣仙祠，在他身旁陪伴他的是那位从未过门的未婚妻。

　　相传，在拉斐尔死后，对世俗生活已彻底绝望的福尔纳里娜进入了一家修道院，在青灯黄卷中度过了余生。

Caravaggio

一个罪犯
与圣徒

卡拉瓦乔

1610 年 7 月 18 日，停泊在罗马城西面帕罗港的一条客船离港起航了，却把一个乘客甩在了岸上。

　　这个倒霉蛋是一个罪犯，曾因杀人罪被缺席判处死刑。在外流亡多年之后，承蒙教皇的特赦，如今要赶回罗马领受这份足以改变命运的赦免令。谁知命运弄人，眼看就要回到罗马了，竟然在最后关头又把他抛弃了。

　　这个港口属于西班牙管辖，驻守的官吏或许并不知道他即将得到特赦，依然把他当成逃犯，或许受到他昔日某个仇人的暗中指使，故意要给他找点麻烦。总之，他在船到帕罗港的几天后就被关进了监狱。他费尽周折，花钱打通关节之后才被放出来。但是，当他急匆匆赶到港口的时候，船却已经开走了。

　　那船上有他的行装，还有他的两幅画作，那是他精心准备的礼物，是要送给教皇的侄子波格塞的——正是仰仗这位大人物的上下斡旋，教皇才答应赦免他的罪名。为此，他以最真诚的忏悔之心，画出了这两幅日后彪炳艺史的杰作——不行，他要追上这条船，他要徒步前往下一站艾尔卡雷港，他相信自己能够追上，他还不到 40 岁，身体里并不缺乏男人的野性、勇气和力量，更何况，当下在他内心还饱含着一个迷途知返的圣徒对上帝的虔诚感激。于是，他顶着 7 月的炎炎烈日出发了。他在沙滩上狂奔，途中还蹚过了疟疾肆虐的沼泽区。最后，终于倒在了追赶希望的路上。据说，当人们在艾尔卡雷港附近的海滩上发现他时，他正发着高烧，被送到当地的教会医院不久就断了气。没人知道他是谁，更没人知道他的名字，甚至没人记下他埋尸何处藏骨何方⋯⋯

　　若干年后，后人只能依靠当地的一则小讣告来推断他的死期和死因。中外艺术史上，从来没见过如他这样悲惨的死法，正如从来没见过如他那样悲惨的活法！

　　然而，四百多年后的今天，全世界都在纪念这位划时代的艺术大师，无数人都在称颂着他的名字：卡拉瓦乔！

01

　　卡拉瓦乔出生于 1571 年 9 月 29 日，他的原名叫作米开朗基罗·梅里西。他的父亲（米兰公爵的建筑装饰总监）给他起了这么一个"大师的名字"，或许就是希望他像前辈大师米开朗基罗一样，也成为一个艺术大师。他出生那一年，米开朗基罗刚刚去世五年，他的光芒还在辉映着意大利文艺复兴的星空。卡拉瓦乔似乎是命定的要像米开朗基罗那样为艺术殉道，他以自己短暂的一生，尝尽了人生苦难，阅尽了世态炎凉，用尽了全部心智，最终矗立起一座艺术的丰碑——艺术史家们把卡拉瓦乔定位为文艺复兴时期的最后一位大师。同时他又是开启巴洛克艺术风格的第一位大师，他的画风在他去世后的十年间，激发了欧洲画坛的大变革，形成了西方艺术史上影响深远的重要画派，史称"卡拉瓦乔风"。

　　可是，这一切对于卡拉瓦乔本人来说，都已来得太晚了。换句话说，我们的天才艺术家实在是生不逢时，他的艺术不是为其同时代的人创作的，他属于未来。这也就注定了他与他的时代格格不入，他的天纵奇才和命运多舛，造就了他的与众不同。他的绘画用罪恶来打底，用痛苦来调色，用忏悔来浸泡，用灵性来升华；他的伟大，源自他内心的搏斗和灵魂的挣扎，源自他眼中现实与理想的矛盾，源自艺术家狂放无忌的天性与野性的张扬，源自于人性、兽性与宗教神性的纠结与冲突。卡拉瓦乔之所以成为独一无二的存在，是因为他的生存环境与人生经历是独一无二的。他的艺术，亦如他的人生。

　　卡拉瓦乔的家乡是伦巴底一个叫卡拉瓦乔的小村庄，因此成年之后他给自己取名为卡拉瓦乔。他的父亲费尔摩·梅里西是一个对艺术有着良好鉴赏力的人，为

《手提歌利亚头的大卫》
David with the Head of Goliath
1609-1610

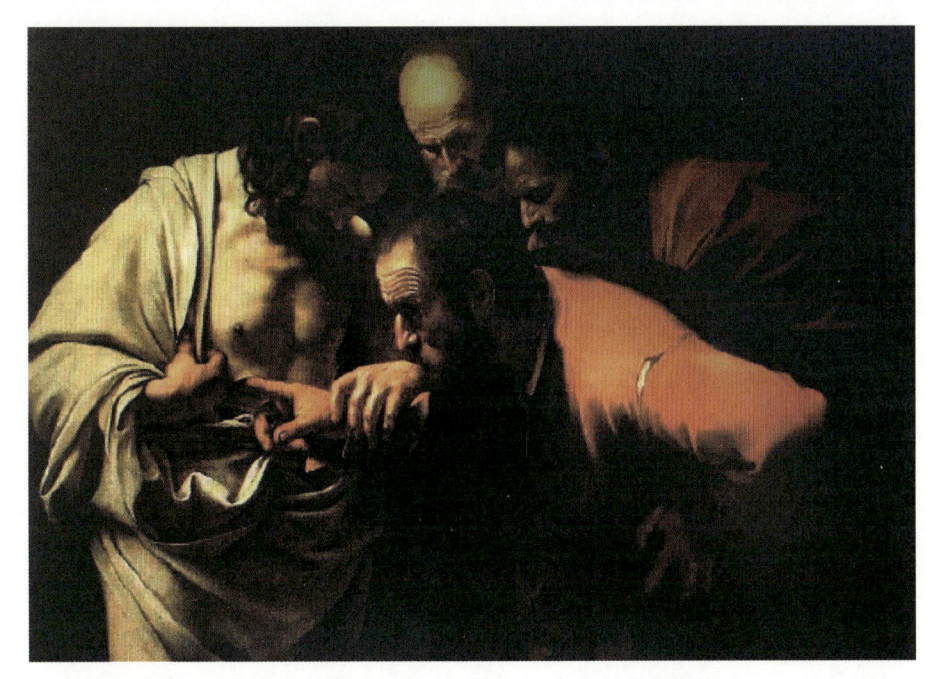

《圣托马斯的疑惑》 The Incredulity of Saint Thomas 1601

人正直，家境小康。如果卡拉瓦乔就在这样一种安宁平和的家庭中顺顺当当地长大，他也许会像拉斐尔一样，成为一个少年成名、万人推崇、有名有利、一路顺风的艺术家。但是天有不测风云，就在卡拉瓦乔5岁那年，一场瘟疫粉碎了所有的希望。父亲和祖父在同一天染上瘟疫病发身亡。10岁那年母亲也去世了，卡拉瓦乔的哥哥成了他的监护人。后人曾找到一份订立于1584年4月5日的契约，那上面记载着卡拉瓦乔被正式送到米兰画家西莫内·佩特查诺的画室去当学徒，为期四年。当时卡拉瓦乔才13岁。

或许正是这份如同卖身契一般的合同，使卡拉瓦乔从小就对哥哥抱有成见，卡拉瓦乔在罗马立足后，他哥哥曾专程去看他，他不仅拒绝与其见面，还放出一句狠话："我没有哥哥，从来就没有！"

西莫内·佩特查诺虽自称是提香的门生，但画艺并不高明。卡拉瓦乔在他那里学会了基本的绘画技巧，却对他所追求的"优雅轻盈"的矫饰画风不感兴趣。他在合同期满之后立即离开了佩特查诺，前往米兰观摩前辈大师们的画作和雕塑，也了解到当时米兰绘画界刚刚兴起的"以更平凡的人文精神，融合更谦逊的宗教情操，用色较近现实"（19世纪艺术史家罗勃多·朗基语）的新画风，这对他后来形成自己的独特风格具有先导意义。他在米兰还结识了当权者波隆纳王子，并得到了他的赏识。于是，这个漂亮的天才少年在米兰赢得了最初的名声。

在此期间，他还回到家乡处理家庭遗产，他毫无保留地卖掉了自己名下的全部财产，然后毅然决然地告别家乡小镇，开始了职业画家的生涯。只不过，他的目的地并不是已接纳他的米兰，而是当时的艺术之都罗马。

罗马，那里有米开朗基罗的惊世巨作西斯廷天顶壁画，有世界上最宏伟的圣彼得大教堂（当时米翁设计的大圆顶刚刚竣工），还有无数施展艺术才华的机会以及从世界各地汇集而来的年轻同道。在此之前，教皇西斯廷五世曾向所有艺术家、建筑师和工匠们发出邀请，呼唤大家都来罗马贡献才智，共同营造这个永恒之城。还有什么能比这个宏伟目标更有吸引力呢？卡拉瓦乔不能不去罗马，他要在这个永恒之城里大展宏图。

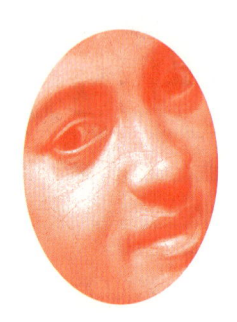

№2

卡拉瓦乔是1593年投奔罗马的，那一年他22岁。罗马给这个年轻人上的第一课，就是告诉他现实生活的严峻。

卡拉瓦乔刚到罗马时居无定所，衣食无着。作为画家他尚无籍籍之名，没有一个订单，举目无亲，孤独无助。他只能到那些已经站稳脚跟的画室里打零工，给那些二三流画家当帮手。工作之余，便跟着那帮小哥们儿喝酒赌钱，流连欢场，消遣时光。这使卡拉瓦乔的心理出现巨大的反差：一边是富丽堂皇的宫殿和教堂，一边是肮脏阴暗的陋巷和斗室；一边是高雅华丽的艺术殿堂，一边是丑恶畸形的现实社会；一边是高远宏大的理想画面，一边是朝不保夕的生活场景。卡拉瓦乔渐渐感到手中的画笔不再那么听话了，那些神圣的，庄严的，完美的，色彩艳丽、构图匀称的画面，在他手里变成了灰暗的、倾斜的、残缺的东西。他觉得这才是真实的艺术。他不再关心天堂，他只关心眼前的凡尘俗世。他的艺术要呈现的是当下。有人问他："你要找谁当模特儿？"他朝街上一指说："他们。"他把那些酒鬼、小贩、赌徒、流浪汉都拉进画室做模特儿。他宁可让自己的画面粗糙笨拙，也不愿意画出虚假的优雅和精美。他此时并不清楚，其实他这样做恰恰是把文艺复兴时期诸巨匠所倡导的人文精神，大大向前推进了一步。

但是这样的画作是不可能有买主的，他的生活只能更加窘迫。他时而寄居在一个喜好艺术的主教家里，为他画一些应景的礼品画；时而寄居在一位共同画过画的旧友家里，给人家代笔打打下手。但是，心比天高的卡拉瓦乔哪里是屈居人下的主儿，他的暴躁脾气更使他无法忍受被驱使、被呵斥的境遇。他在哪儿都住不长久，很快就跟人家闹翻，不得不继续流浪街头。在流浪中，他与一些社会上的小混混成了朋友，他跟他们学会了打架骂街，学会了酗酒滋事，学会了逞强斗狠，这些都给他后来的命运埋下了祸根。

不久，一场突如其来的传染病席卷意大利半岛，人们叫它"罗马热"，类似黑死病。卡拉瓦乔被病魔击中了。一个同乡把他拖到一家穷人医院（圣玛丽娅医疗所），扔下他就走了。他与一大堆等死的病人一起被拖进一间昏暗的地下室里苟延残喘。恰好这时，来了一位神父为临终者祈祷，而这位神父刚好在卡拉瓦乔当年寄居的主教家里见过他。真是天无绝人之路，主教立即叫人把他搬到一个通风的房间，吩咐修女们给这位年轻画家多一些关照。于是，体质原本强壮的卡拉瓦乔奇迹般地活了过来。他在医院里住了半年时间，病情好转之后，画了一些小品赠送给医生和神父，表达自己的谢意。

《年轻的酒神巴克斯在病中》
Young Sick Bacchus
1593

这段濒死的经历，给卡拉瓦乔留下了难以磨灭的印象，也彻底颠覆了他学画多年形成的美学观念。这种深刻的变化显现在他出院不久创作的一幅名作里，这幅画就是《年轻的酒神巴克斯在病中》——这实际上是卡拉瓦乔的一幅自画像，画中的酒神巴克斯就是画家以自己为模特绘制的。巴克斯本是青春和美貌的象征，是诗歌和绘画的灵感之神。可是画中的巴克斯却是个病恹恹的男子，面有菜色，嘴唇泛白，两眼无神，满脸无奈。他不再将凡人神格化，而是将酒神打入凡间。向来衣冠楚楚的狂欢之神，此刻流露出的却是狂欢后的空虚与茫然。再看看他手上的葡萄，虽然颗粒还算饱满，但显然已过了保质期。除了葡萄之外，桌子上只有两只小小的杏子，难道这位酒神也贫穷到如此地步了吗？再看看拿着葡萄的那只手，无力地弯曲着，指甲间满是油腻污秽。这完全是卡拉瓦乔版的酒神巴克斯，他是人，不是神。而敢于把他拉下神坛的，正是画坛上死而复生的勇士！

这幅画作被一位阿尔比诺骑士收藏。他是一位名画家，卡拉瓦乔出院后曾被他收留了一段时间。这幅作品应是画于此时。后来，这位骑士因税务官司而被教皇保罗五世没收了财产，这幅画便进入了教廷，并因此幸运地流传至今。

№3

阿尔比诺骑士与罗马的上流社会交往密切，卡拉瓦乔借此结识了许多上层艺术爱好者，那些见过世面的主教、富商、使节以及功成名就的艺术家们，对卡拉瓦乔的绘画天才无不刮目相看。他们当中不乏后来名垂画史的大师，如来自佛兰德斯的凡·戴克、布鲁格尔，甚至有可能包括鲁本斯。

从法国来的富商瓦朗坦在罗马开了一家画店，他对卡拉瓦乔的画作很感兴趣。他看出卡拉瓦乔已经对长期寄人篱下做阿尔比诺的帮手不耐烦，就建议他多创作一些自己的作品，他可以在画店里为其代售。卡拉瓦乔自然很感激对方的好意，也接受了瓦朗坦提供给他的颜料和画布。由此，卡拉瓦乔步入职业画家的行列，也就是在这前后，他开始在画作上署名"卡拉瓦乔"。

据说瓦朗坦给卡拉瓦乔提出的建议是，希望他多画些宗教题材的作品，因为这类题材比较畅销，回头的订单也多。但是，这位执拗的青年艺术家却并没有照方抓药，他要依照自己的性情画自己喜欢的题材。于是，那些伴随着他浪荡生活多年的人物和情景，被他一一收入画面。赌博的、算命的、作弊的、酗酒的、弹琴的，凡此种种，向来都是不登大雅之堂的题材，却被卡拉瓦乔描绘得绘声绘色、栩栩如生。

这些作品在后人写的绘画史上被誉为石破天惊之作，可是在当时却知音寥寥。那些看惯了庄严神圣的宗教绘画的人们，自然对这些画题避之唯恐不及，但独具慧眼的高人却不会忽视这些惊世骇俗之作。卡拉瓦乔没想到，他的知音居然是红衣主教法兰西斯科·马利亚·德蒙特。这位红衣主教家财万贯，住在富丽堂皇的宫殿里，是艺术市场上的常客。他在瓦朗坦的画店里一眼相中了卡拉瓦乔画的《纸牌作弊老手》。德蒙特对这幅画的色彩处理大为赞赏，画中人逗趣的动作和挤眉弄眼的赌牌花招，刻画得那么传神，让观者真切感受到画中人就在你的面前。画中那个面色红润的少年，一脸天真纯净，显然是赌场上的菜鸟；而那个必将令他输个精光的老千，阴险狡诈，深藏不露，表现得出奇地冷静。这富于戏剧性的一幕，显示出画家刻画人物的手段非常高超。主教不但买下了这幅画，还对卡拉瓦乔发出邀请，他想请这个才华横溢的青年人搬进他的宫殿去住，他保证要请来全罗马最聪明的人跟他做伴——诗人、哲学家，还有享用不尽的美食和音乐……

卡拉瓦乔怎能抵挡如此的诱惑？他欣然搬进了主教的宫殿。这简直就像一步登天，他从此告别了流浪的生活，开始像前辈大师一样专心创作了。德蒙特主教学问渊博，精通希腊文和希伯来文，热爱音乐和绘画，他对新事物也比较开放，甚

《酒神巴克斯》
Bacchus
1593–1594

《鲁特琴乐手》
（Hermitage 版本）
The Lute Player
1596

一个罪犯与圣徒　卡拉瓦乔 | 119

至与不容于教廷的科学家伽利略也是朋友。这种宽松自由的氛围，对于艺术家就如同空气和阳光。卡拉瓦乔在这样的氛围里焕发出惊人的创造力，他一生中那些最阳光、最明亮、最轻松、最艳丽的画作，差不多都是在德蒙特主教的画室里创作出来的，譬如《持水果篮的男孩》《奏乐者》《鲁特琴乐手》，以及重新绘制的一幅《酒神巴克斯》。

此时的酒神巴克斯已经完全摆脱了病容，充满了青春活力。他那英俊的容貌，健壮的臂膀，头戴葡萄叶冠，身披白色衣袍，左手优雅地捏着酒杯，杯中的红酒令人陶醉。更引人深思的是，酒神面前的案子上摆满了丰盛的各色水果，还有半瓶没喝完的葡萄酒。整个画面透露出来的气息，折射出此时的画家精神愉悦，生活富足，生命力也十分旺盛，与此前那个病恹恹的酒神，已经判若两人了。

04

1599年，卡拉瓦乔得到了平生最重要的一份订单：为圣路易教堂的卡特琳小礼拜堂绘制两幅呈现圣马太生平的作品。这个价值400金币的订单自然是瓦朗坦努力争取来的，也和德蒙特主教的引荐不无关系。与他以往的世俗题材不同，这两幅3米多高的大画将考验他能否成功地把他所尝试的新形态艺术引入重要的宗教场合；能否用他的艺术力量感动大众，引领他们树立信仰，得到救赎。

"圣马太受难"是传统的宗教题材，前辈画家已经画过多次，卡拉瓦乔如何画出个性和新意？这让他头痛不已。委托方说得很清楚，这幅画要以恢宏的建筑物为背景，受难者要仰望天空。除了数百个人物之外，还要在云端画出天使。这些老套路，卡拉瓦乔全无兴趣，但他也不知道该画些什么。人们发现他面壁沉思的时间要比动手作画的时间更长。陷入思维困境的他转而构思另一幅壁画。当他想到"圣马太蒙召"时突然灵思泉涌。为什么呢？因为这幅画的主角是个罪人而不是圣人。

既然圣徒马太在受到耶稣点化蒙召之前是个凡人庸人甚至罪人，那就好办了——卡拉瓦乔对这类人太熟悉了，宗教信徒们希望看到的，不就是在罪人的生命中找到其超凡入圣之处吗？那也正是卡拉瓦乔命中注定要做的事情。于是，卡拉瓦乔将蒙召的背景从惯常所见的某个庄严的圣土，改在罗马一间昏暗的斗室。这其实是个三流酒吧，窗前挂着破烂不堪的窗帘，几个赌徒、穷汉等正在耍钱，耶稣和圣彼得突然降临，伸手一指，马太被选中了。众人浑然不察这神圣时刻的到来，连马太本人都有些疑惑，他用手自指："怎么回事？是我吗？"耶稣确定无误地指着这个粗人："对，就是你！"

这个卡拉瓦乔真是胆大包天，他竟然没把耶稣安置在万丈光芒的背景中，而是让他站在暗影里，还让圣彼得用大半个身子挡住了耶稣，只露出他的一个脸和半条胳膊。然而，卡拉瓦乔的机智也正在此处，只有如此安排，观众才能将注意力集中在耶稣笔直伸出的手指上，由手指迸发而出的光辉，让罪人马太摇身一变成为耶稣的圣徒。卡拉瓦乔的用意就是让观看者在这个黝黑的空间里，突然发现自己所凝视的不是一幅画，而是发生在眼前的真实故事。

《圣马太蒙召》完工之后，卡拉瓦乔着手绘制另一幅壁画《圣马太受难》。此前的思维困境烟消云散，他的笔下不见丝毫肃穆庄严的气氛，反而呈现出他最熟悉的陋巷。卡拉瓦乔把杀害马太的刺客摆在画面的正中位置，意在告诉世人，这幅画的主角不是圣人而是罪人。圣徒马太已经倒卧尘埃，天使给他送来了一枝橄榄。而目睹这一骇人场景的人们无不惊慌失措、仓皇逃命。画面的左上方那个面露惊慌神色的青年不正是画家本人吗？他眼睁睁地看着一个罪犯割下了圣马太的头颅。这是卡拉瓦乔的又一幅自画像，这一回他把自己画成了一个逃命的懦夫。

尽管委托方一开始并不看好卡拉瓦乔的这两幅作品，但在主教大人的力荐之

《圣马太蒙召》 The Calling of Saint Matthew 1599–1600

下，最终还是勉强接受了。然而，任何人都没料到，这两幅新作在一般百姓中引起了巨大的轰动，罗马城到处都在议论这个画家笔下的穷人马太是多么与众不同，以至于出现了民众排长队等候进场观看的盛况。

这毕竟是文艺复兴之后的罗马——既然当年在佛罗伦萨，人们可以倾城而出争睹老米开朗基罗的巨人大卫，现如今为什么不可以万人空巷前来欣赏小米开朗基罗的穷人马太呢！

由此，卡拉瓦乔一举挤进了罗马一流画家俱乐部。圣路易教堂的委托方立即把一个新订单交给了卡拉瓦乔，请他创作教堂中央的祭坛画，主题是"圣马太和天使"。随后，其他委托人的订单也源源不绝地涌到他的面前。这无疑使卡拉瓦乔志得意满，年仅30岁的他，还没做好心理准备，就变得如此出名、如此富有、如此受人尊敬，这一切使他有些飘飘然了。于是，卡拉瓦乔暴力、虚妄、喜怒无常的另一面开始显现出来。

05

但凡一个人一夜成名，必然带来两方面的副产品——赞誉和攻击，这两者往往一同到来。卡拉瓦乔在获得下层民众狂热赞誉的同时，也受到了来自宗教上层和艺术同行的最尖刻、最无情的攻击。

最先发难的是当红的矫饰画风的代表画家乔凡尼·巴里欧尼，他直截了当地指

《圣马太和天使》
Angel and St Matthew
1602

责卡拉瓦乔哗众取宠，他说："这样的喧哗毫无用处，我只看到他对乔尔乔尼风格的抄袭。"

来自宗教界的不满则直接导致了他的新作被拒收，委托方觉得他在《圣马太和天使》中把圣徒马太画得像个迟钝的乡下人——秃头，胡须脏兮兮的，光着腿，脚也很脏，这是对神的亵渎；而引导他的那个天使，抚摸着他的手，表情十分暧昧，更是有辱神灵。卡拉瓦乔不得不重新构思，完全按照买主的要求再画一幅了事。

在赞誉和攻击这两大阵营之间，卡拉瓦乔别无选择地倒向了来自下层的支持群体。他用极端激烈的态度，对抗着来自宗教上层与主流画派的攻击，那些喜欢他的艺术的下层民众成为他的坚定拥趸，而那些昔日的穷哥们儿对他更是狂热崇拜，视他为神。那帮小兄弟整天簇拥着他在罗马街头呼朋引类，招摇过市。此时，卡拉瓦乔的做派也俨然一个黑帮老大。他给自己张罗了一套考究华美的黑衣服，还教会了自己的狗直立行走。他最为厌恶的恰恰是自己的同行，如果你是个画家，此时遇到卡拉瓦乔这群人，最好绕道而行。卡拉瓦乔和他的狐群狗党最喜欢欺负的，就是他在画坛的对手和模仿者。因为这些同行一面不遗余力地攻击他，一面又不断地从他的主顾那里夺走本属于他的丰厚订单。这使年轻气盛的卡拉瓦乔怒不可遏。

譬如，他为罗马圣奥古斯丁教堂绘制了一幅《朝圣者的圣母》（亦名《洛雷托的圣母》）。他选了一个名叫莲娜的妓女做模特，把圣母画得如同市井的邻家妇女。这还不够，他还把两个前来朝圣的信徒画成一对年老的乡下夫妇，打着赤脚，满身泥汗，还拄着棍子。这幅赤脚信徒的画作，顿时把某些教会人士激怒了，他们指责卡拉瓦乔不成体统，这幅画作被拒收了。这倒让一直攻击卡拉瓦乔的乔凡尼·巴里欧尼捡了便宜，因此而拿到了为正在兴建的耶稣教堂绘制耶稣复活图的美差。

卡拉瓦乔不得不以他的方式对乔凡尼·巴里欧尼发起反击。

很快，一首点名嘲讽他的顺口溜就开始在罗马酒馆间流传开来："乔凡尼·巴里欧尼，你是个啥都不懂的蠢猪；你画的那些东西，全都是鬼画符。"

巴里欧尼据此对卡拉瓦乔提出诽谤诉讼，卡拉瓦乔锒铛入狱。这桩官司虽因查无实据而未宣判，卡拉瓦乔也很快从入狱监禁改为自宅软禁，但他从此在罗马变成了一个臭名昭著的"恶人"，吃官司进监狱几乎成了他的家常便饭。而他和那帮小混混也是到处惹祸，整日里喝得醉醺醺的，还打架滋事。

与巴里欧尼的斗嘴还没结果，另一宗血案又把卡拉瓦乔卷了进去，这是由那个给卡拉瓦乔当过模特的妓女莲娜引起的。

莲娜是个丰腴的罗马美女，在卡拉瓦乔所有模特儿中，她是最性感的一个。有个叫马利安诺·帕斯卡罗内的法院书记官看上了她，便去找莲娜的母亲提亲，说是想娶她为妻。这本来是件好事，可是，他在看似不经意间却故意提起她的女儿曾在卡拉瓦乔画室里当过模特儿，言语之间似乎在暗示出过什么事情。接下来的事态发展应该不会让人意外，莲娜的妈妈跑去找卡拉瓦乔，指斥画家的语气大概也很不客气。遭到抹黑的卡拉瓦乔暴怒不已，扬言要找帕斯卡罗内决斗。只因那个懦夫白天没敢佩剑，卡拉瓦乔只当街冲着他咆哮了一通。然而，夜色降临之后，帕斯卡罗内却在拿佛纳广场被人从背后捅了一刀，凶手则乘着夜色逃往热那亚。后来，被害人奇迹般地被救活了，杀人者也逃过一劫，而他的名字却路人皆知。

此后的日子里，在卡拉瓦乔的犯罪档案里又留下了一系列的斑斑劣迹：以匕首刺伤批评他画作的杰莫拉莫·斯潘巴；在饭馆因把朝鲜蓟连同热油泼向服务生而被控告；因非法携带武器而被拘留；因涉嫌打死一名警员而被关进拘留所，受到严刑拷打，最后由有钱的朋友买通狱卒，帮助他成功越狱，随后，此案大事化小、小事化了。

卡拉瓦乔就这样开始在罪犯与圣徒这两极之间徘徊复徘徊。白天，他可能是高官显贵的座上嘉宾，高谈艺术哲学；晚间，却常常流连于青楼酒肆，沦为地痞无赖。喜爱他的人奉他为天神，憎恨他的人视其为魔鬼。就连他最亲密的友人也无法理解，为何他一方面能潜心于创作令人惊叹的宗教画作，另一方面又如此疯狂地自甘堕落！

06

  有些艺术史家认为，卡拉瓦乔那种直白朴素、明暗鲜明的写实风格，与他偏执火爆的个性和跌宕起伏的命运有着微妙的因果关系。或许，正是别的画家从未体验过的那些肢体暴力，那些诉诸感性和直觉的汗涔涔的灵肉接触，赋予卡拉瓦乔直指人心的艺术穿透力。或许，只有和罗马穷人打过交道的人，才能画出如此逼真以至于残酷的作品。看看那幅震撼心灵的《圣托马斯的疑惑》吧——你对耶稣心存疑虑吗？来吧，只见耶稣一把抓住多疑的圣托马斯的手腕，引导他的手指径直伸入自己肋下的伤口，深深探入他的身体，直到托马斯相信：这就是耶稣。正如卡拉瓦乔所说的："我的画不是让人凝视观赏的，而是让人深切体认的。"

  他这么做绝不是为了哗众取宠，因为在罗马所有画家中，最迫切渴望得到耶稣救赎的，莫过于这个罪人了。事实上，卡拉瓦乔并不只是一个艺术先驱，他还是一个虔诚的基督教徒。他似乎是专为那些心灵深处自认有罪的人们代言的。请想象一下四百年前神权还是至高无上的罗马城吧——当四方信徒来到被他们视为意大利耶路撒冷的罗马时，突然看到这幅抓着圣托马斯手的耶稣肖像，他们心灵会受到何等猛烈的撞击啊——"你们还有什么怀疑吗？那就像圣托马斯一样，伸出手来吧！""不，不，我们已经体认到你的痛苦了，我们相信了！"

  如此巨大的艺术力量，在艺术史上是前所未有的。这名画家对穷苦信徒的处境感同身受，他笔下的圣徒不过是和你我一样的贩夫走卒，他展示的街头众生相令人触手可及。那些来自社会底层的信众们在这些画作前，忽然觉得天堂原来很近，上帝就在身边，他们在敬畏与顶礼中，油然产生某种亲切感，他们伤痕累累的心灵似乎得到了神灵的抚慰。这种艺术效果不正是宗教家们所期望的吗？而这种本事

《圣母之死》
Death of the Virgin
1601–1606

恰是卡拉瓦乔所独有的。尽管反对声浪不绝于耳，尽管这个画家恶名昭著，还是不断有人找上门来请他作画。

1606年，他受托为斯卡拉圣母堂创作一幅《圣母之死》。这个教堂位于他最熟悉的环境，那是罗马最穷苦的地区。这里的穷人主要信奉圣母马利亚，当地虔诚的妇女们为了消除病痛、多子多孙而向圣母祈祷。

按照惯常的看法，圣母马利亚并没有真的死去，而是进入了升天前的沉睡，就如同她的受孕、分娩是无关肉体的神迹一样，她的死也跟肉体毫无瓜葛。但卡拉瓦乔的画作一向充满了直观的视觉刺激，他从不回避死亡，这一次，他用画笔毫无掩饰地告诉人们，圣母真的死了！你们看吧，她肤色发青，包裹在大红色长袍下的尸身分明已经肿胀。那些加尔默罗圣母会的修女们最先注意到这个触目惊心的事实。人们在惊骇之余，开始传播各种不堪的谣言，有人说卡拉瓦乔是从太平间找了个溺死的妓女当作模特儿并画成了圣母。发酵的谣言立即带来了可怕的后果：委托作画的修女们战战兢兢地把画退还给卡拉瓦乔。这对卡拉瓦乔而言，实在是一杯难以吞咽的苦酒，他甚至开始怀疑，难道连画中这位他倾注了无限真情的圣母，也把他抛弃了吗？

这次挫折，无疑成了他人生的又一个转折点。积压在心中的无名怒火使他变成了一只困兽，他要找到宣泄的猎物。杀机在1606年5月那个闷热无眠的夜晚一触即发了。

这天晚上，卡拉瓦乔跑到一个网球场打球解闷。如果顺顺当当打场球，出上一身臭汗，他的郁闷也许就一扫而光了。可是偏偏有个自视有头有脸的政客不长眼，在与卡拉瓦乔赌球时作了弊，这一下可把卡拉瓦乔惹毛了。他和这个名叫雷路西欧·托玛索尼的家伙爆发了激烈口角，双方各不相让，终于不可收拾——卡拉瓦乔向这个狂妄的政客下了战帖，两人就在网球场边上进行了决斗。

结局是大家都知道的。当晚，托玛索尼被抬回家，做了临终忏悔后因失血过多而死。卡拉瓦乔因谋杀罪再次被通缉，他不得不再次亡命天涯。很快，法庭做出缺席审判，卡拉瓦乔被判处死刑。当局还发出悬赏令：无论何人，只要能砍下卡拉瓦乔的项上人头就能领赏。

07

卡拉瓦乔知道，这次他是在劫难逃了。他必须立即找到一个教廷鞭长莫及的栖身之地，一个警方和赏金猎人都找不到他的地方，才能躲过追捕。在当时的意大利，这样的地方只有一个——那不勒斯。

幸好，卡拉瓦乔身边总是不缺少赞助人和仰慕者。在他们的帮助下，他逃到了那不勒斯。在这个视凶杀为家常便饭的城市，卡拉瓦乔反倒成了红人。人们不但欣赏他的艺术，连他身上的那股子野性和蛮劲，在这里也被人们津津乐道。

在那不勒斯，卡拉瓦乔重新拿起画笔潜心作画。经历过这次生死逃亡之后，他的精神世界似乎发生了深刻的变化，这个一向性格乖张、脾气暴烈的汉子，此时变得沉默寡言，深居简出，而且滴酒不沾，只顾埋头干活。整个1606年的夏天，他画出了一大批震撼人心的宗教画，若《圣咏圣母》《七善行》《耶稣复活》《被鞭笞的基督》等。

此时此际，他的作品充满了怜悯、温柔和慈悲。他笔下的"念珠圣母"充满了圣洁的慈爱，而众多信徒则面容虔诚而庄严。而另一幅《被鞭笞的基督》则被认为是卡拉瓦乔在罗马遭受拷打时刻骨铭心印象的直观再现。画上的基督微闭双眼，坚忍中隐含着无限的悲悯，三个施刑人则面目狰狞，眼露凶光，活画出这些家伙的凶残兽性，可谓传神至极。整个画面光线很暗，唯有一束光投射在基督身上，形成鲜明的对比。艺术史家罗勃多·朗基把这幅画称作卡拉瓦乔最令人感到惨痛撕裂的作品："暴力与无止境的悲悯在此互为拉扯，这种可怖的对立，就像三十年后伦勃朗所表现的。"

卡拉瓦乔在那不勒斯住了一年。他这一年的绘画作品无不与宗教题材有关。或许，他知道自己罪孽深重，不朽的灵魂已陷入险境，他要在呈献给上帝的作品中，洗刷自己的罪恶？或许，他感到在世俗社会已无力自拔，只有沉入宗教中才能得到救赎？

在逃离罗马之后，卡拉瓦乔变得循规蹈矩，不再闹事。艺术创作却一幅比一幅精彩。人们以为他会以此为家，长期住下去。谁知，突然有一天，他离开了那不勒斯，跑到了地中海上的马耳他岛。那里有什么东西吸引了他呢？

原来，马耳他的当权者承诺，可以介绍卡拉瓦乔进入全欧最有钱有势的圣约翰骑士团。一旦他被册封为骑士，这个杀人犯就有机会一笔抹杀其血腥的过去——这对卡拉瓦乔来说，实在是太有吸引力了。于是，他立马收拾行囊，直奔那个地中海小岛而去。

1608年7月14日，这名逃犯真的披上了绣着马耳他十字的长袍，正式成为古往今来最伟大的骑士画家之一。从深渊升入天堂的卡拉瓦乔，欣然答应为骑士团的大教堂作画以兹回报。于是，他绘制出平生最大的一幅名作《被斩首的圣施洗者约翰》。

这幅画有17尺长，占满了小礼拜堂东侧的墙面，差不多与电影银幕一样大。他不希望骑士们将它视为一幅画，而是把它看成一出就在眼前上演的生动戏剧。这是一幕让人不寒而栗的画面：惨无人道的杀戮发生在阴暗的监狱中，刽子手拖着施洗者约翰的尸体要去斩首，周围的男男女女都在为其帮忙——画中的女人以白皙的手臂托住用来装首级的金盆，体现权威的士兵伸出手指下令实施暴行，画中相貌堂堂的赤裸男子恰恰是执刀的冷血刽子手，只有旁观的那个老妇人吓得放声尖叫。卡拉瓦乔在这幅画中给了观者一体两面的死亡：一面是施洗者约翰的死亡，另一面则是我们长久以来珍视的艺术幻象的死亡——面对如此野蛮的暴行，我们只能无助地沦为看客。这种近乎残忍的诚实，让这幅画彻底颠覆了以往的艺术观念。艺术不是要给人们带来美感吗？为什么这幅画却令人肝胆俱裂？这是艺术家对人类谋杀暴行所表达的最直率的指责，同时也是作为罪人的画家的一部心灵自传——你看啊，卡拉瓦乔在这幅画上的签名，竟然是写在施洗者约翰的血泊之

《七善行》 The Seven Works of Mercy 1606-1607

中——只有备受良心谴责的杀人凶手，才会如此迫切地希望暴力停止，只有卡拉瓦乔才会如此迫切地想用殉道者的鲜血，洗去他心灵深处的罪孽！

08

我们在前面曾经讲过，卡拉瓦乔终生都在罪犯与圣徒这两极之间徘徊。当他得到了骑士爵位，又以惊世之作重新赢得世人的尊敬之后，他又开始放纵内心的魔性，重现其罪犯的本色——卡拉瓦乔进入圣约翰骑士团不到一个月，就被关进了圣安吉罗监狱，他的骑士封号也随之被撤销。后人没有找到他这次入狱的犯罪缘由和任何审讯记录，大概还没等到正式审讯开始，他就成功越狱了。这个狼狈的逃犯悄然登上开往西西里岛的客船，继续他永不休止的逃亡生涯——从西西里转到梅新尼，又从梅新尼回到那不勒斯……

当他颠沛流离一年多，重新回到自以为安全的那不勒斯时，他的仇人却盯上了他。那天，他离开客栈时被人偷袭了，凶手显然并不想取他性命，只是把他的头脸割得面目全非——谁都知道，画家爱美本是天性，卡拉瓦乔又一向以自己的俊朗美貌炫耀于世，凶手对此深谙熟知，给他毁容无异于置他于死地。

这是卡拉瓦乔人生最黑暗的时刻，或许，也正是他否极泰来的时刻。当伤势快要复原的时候，他忽然接到从罗马传来的一个喜讯，教皇的侄子西皮欧尼·波格塞经过斡旋，已经为他安排了特赦。

《纸牌作弊老手》
The Cardsharps
1595

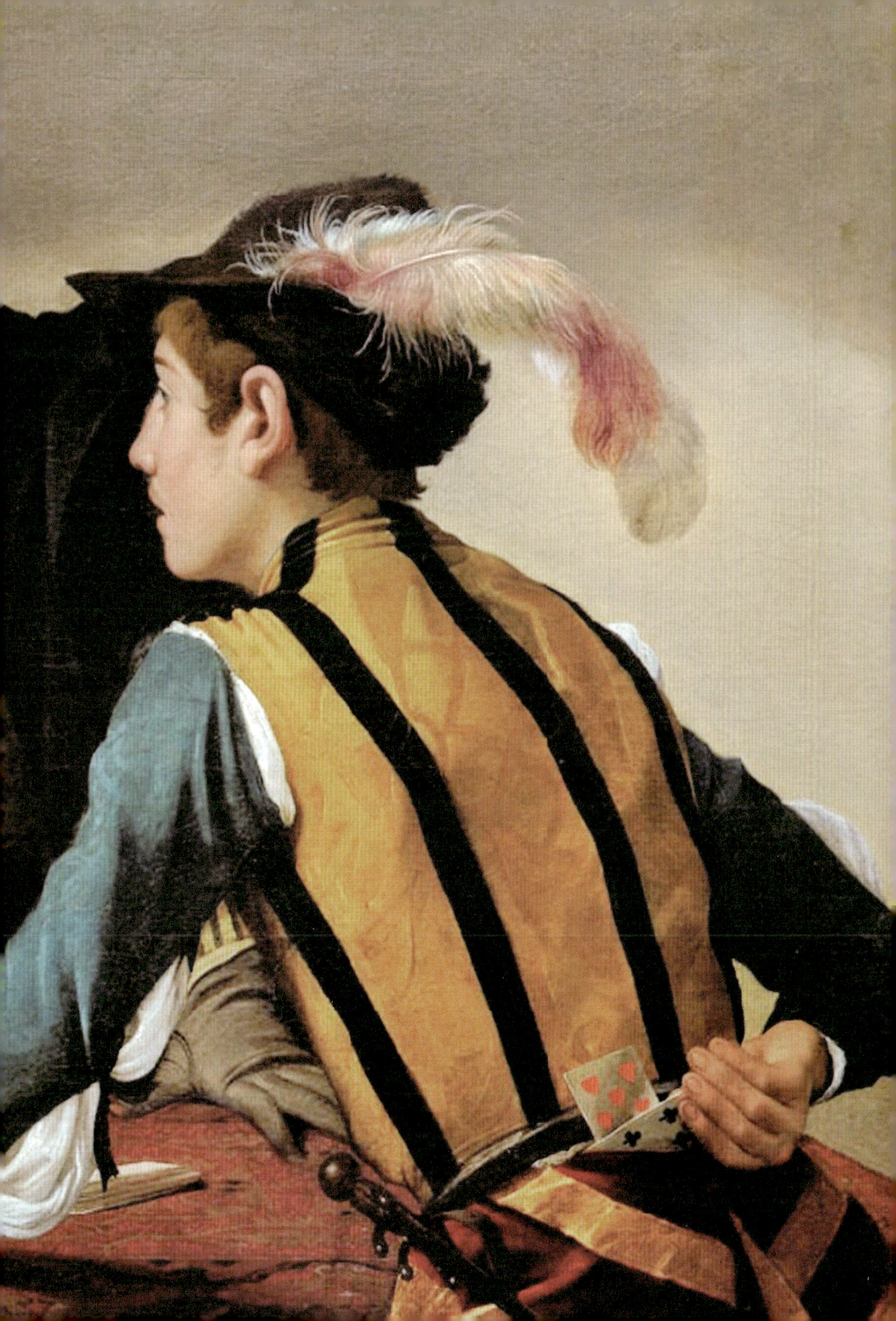

正处于绝望中的卡拉瓦乔，似乎又看到一丝希望的曙光，他的灵魂也似乎再次得到救赎。于是，他的创作激情重新被点燃，一幅被毁容的自画像，以前所未有的方式，出现在卡拉瓦乔的笔下，呈现在世人面前——一颗被砍下的首级，被英雄大卫提在手上，他就是歌利亚；一颗血淋淋的头颅，一个面目可憎的怪物，他就是卡拉瓦乔。这幅以正义战胜邪恶为主题的画作，主角应该是胜利者大卫，但在这幅画中，大卫似乎并没有胜利的喜悦，他回眸凝视着手中的战利品，歌利亚半张的嘴巴似乎欲说还休。细心的观者还会发现，在大卫的剑上刻着一句拉丁铭文："谦虚战胜骄傲。"这是一个隐喻，是一场在卡拉瓦乔头脑中进行的战争，交战双方则是他在画中呈现的两个面相：大卫代表的是卡拉瓦乔虔诚、勇敢的圣徒一面；歌利亚代表的则是卡拉瓦乔凶残、丑陋的罪犯一面。那颗可悲的首级，回避着世人的目光，仿佛在说："我，知罪了！"

此时此刻，知罪的卡拉瓦乔以昏暗的笔触，勾勒出这幅无比凄凉无比悲惨的景象，这是一个良知未泯的艺术家发自内心的忏悔，是一个罪犯充溢着自省的告白。

卡拉瓦乔要把这幅摄人心魄的画作奉献给西皮欧尼·波格塞大人，以此表示自己的感激之情。他或许并未意识到，这幅画如同一个不祥的谶语，正暗喻着他悲剧一生的最后归宿。

1610 年 7 月，卡拉瓦乔带着他的两幅新作（另一幅为《圣女乌苏勒的殉难》），从那不勒斯启程回罗马了。这是一次希望的归程，也是一次绝望的归程。他无法回避本篇开头所提到的那场劫难，他最终也没有逃过这个劫难。他死时年仅 39 岁。

2010 年 6 月 16 日，意大利研究人员宣布，他们从艾尔卡雷港附近的一些公墓和教堂中，取回了三十余具无名遗骨，经过认真比对和筛选，确认其中至少有五块遗骸属于卡拉瓦乔。科学家说，他们对此有百分之八十的把握。

卡拉瓦乔的灵魂，无论在四百多年前是进了天堂还是下了地狱，当他今天闻知这个消息时，应该感到欣慰——因为这至少说明：在他去世后的四百多年间，历史并未把他遗忘。在人类艺术的殿堂里，他的名字和作品都将熠熠生辉，永不褪色。

Rembrandt

一身荣辱
系斯楼

伦勃朗

.01

　　2006 年 7 月 14 日是世界艺术巨匠伦勃朗诞辰四百周年纪念日。在他的故乡荷兰，在阿姆斯特丹乔登布里街他的故居前，荷兰人挂起了巨幅的海报，向这位伟大的荷兰艺术巨匠表示敬意。

　　然而，当我读到这则报道时，内心却泛起一丝酸楚——是的，这座故居已经是这座城市除了画作之外唯一可以确认的属于伦勃朗的遗迹了。他的墓地找不到了，他的尸骨找不到了，他被赶出这座楼房之后辗转住过的其他故居也都找不到了。当伦勃朗满怀悲愤离开这个世界的时候，他已经一无所有，他的家人甚至连 15 个盾的丧葬费都付不起。当教堂的执事听说这家人只能拿出 5 个盾付账时，竟然不肯露面，连掘墓的工人都要罢工，他们把无数不堪入耳的污言秽语，抛向了这位一生倔强、从不肯向命运屈服的老人。如果不是伦勃朗生前的两位朋友解囊相助，他或许真的会被抛尸街头？

　　当时的荷兰，正处于经济繁荣、百业兴旺的黄金时代，阿姆斯特丹的人们正从海洋贸易中赚取大把金钱。而他们的艺术大师却在贫病交加中凄然离去，这实在是一个令人叹惋的比照。

　　如果说，当年的荷兰人抛弃了这位旷世奇才，那么今天，当他的同胞将他重新视为自己民族的骄傲，将他的诞辰视为全民节日的时候，这当中无疑蕴含着一个民族对无法更改的往昔所进行的整体性忏悔，蕴含着当今的荷兰人对一个曾经被他们的前辈所误解、所漠视、所戕害的高贵灵魂，所表示出的迟到的尊崇。这，是今人为前人的势利无知、心胸狭隘、目光短浅等贻害所做出的补偿。

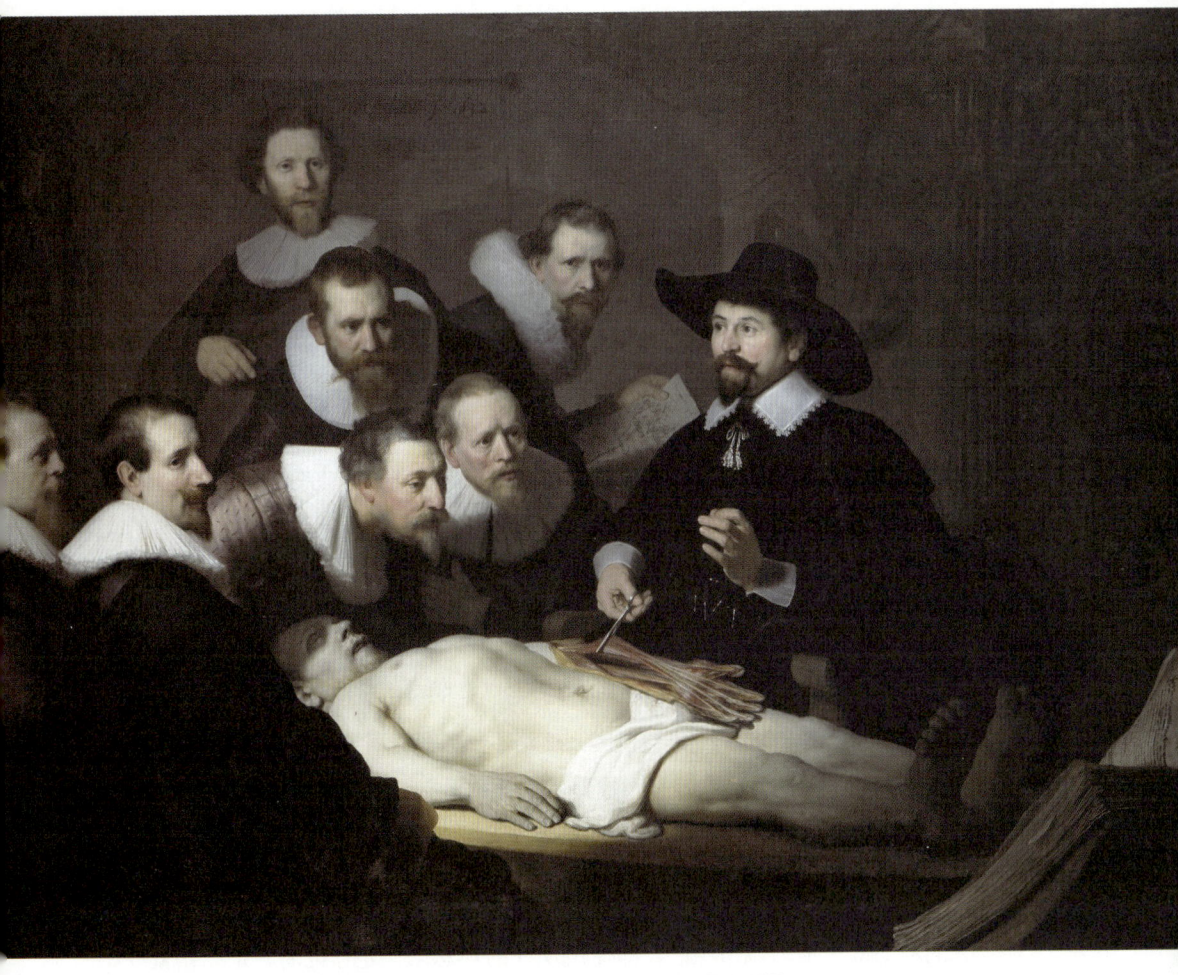

《尼古拉斯·杜尔博士的解剖学课》 The Anatomy Lesson of Dr. Nicolaes Tulp 1632

　　昨天的荷兰人可以不在意伦勃朗的生死，今天的荷兰人却不能不在意他的故居。当那幅绘有伦勃朗画像的巨幅海报，在他的故居外墙上展开时，全世界似乎都领悟到了历史老人以四百年时光所昭示出来的严峻和公正。

N°2

我曾有机缘拜望伦勃朗的这座故居，那是在 2001 年 8 月 29 日。在此之前，我已读过了伦勃朗的传记，并在伦敦寻访到他那幅于 1668 年完成的著名自画像，还以此为题写了一篇艺术随笔《凝视着伦勃朗的眼睛》。应当说，对这座故居是向往已久了。我当时见到的各种版本的荷兰旅游图都没有标注这个故居，因为它确实算不上一个景点。但是，在我心目中，这却是荷兰之行必须寻访的一个所在。

在我随行的团队里，没有人愿意放弃大名鼎鼎的荷兰风车而随我去寻访伦勃朗的故居，我只好独自前行。语言不通，道路不熟，只凭着一张由翻译写的字条和一颗虔诚的朝圣之心，我竟然顺利找到了乔登布里街上的这座三层楼房。这里已经改建成伦勃朗故居纪念馆了，而那个长着个蒜头鼻子的圆脸庞，无疑就是一个不用语言文字的活路标。

伦勃朗故居地处城市中心，即使用现在的观念来衡定，也堪称是一座豪宅。当伦勃朗于 1634 年与豪门之女萨斯基亚结婚之时，他的绘画事业也正呈现出蒸蒸日上的良好势头。他精湛的肖像画艺术，给他带来了如日中天的声誉和无数订单，使他年纪轻轻就已跻身于富豪之列。他的幸运就在于，既赶上了荷兰经济的上升期，又赶上了这座城市中产阶级的形成期。那些暴富的商人们急于为自己和家人留下足以向世人炫耀的"光辉形象"。于是，过去只为皇亲国戚达官贵人所专享的肖像画艺术，开始走向民间，成为一般市民也可以用金钱来换取的荣耀。这对生于此时此地的肖像画家来说，实在是千载难逢的机遇。从这个意义上说，伦勃朗确实是个幸运的画家。他有能力一掷千金购买这座位于富人区的豪宅，既显示了

《自画像》 Self-portrait 1665—1668

他的财力和雄心，也是他的艺术获得社会认可的一个标志。

有些艺术史家曾推断，伦勃朗购买豪宅的金钱是来自他妻子的巨额陪嫁，至少是得到了女方家族的某种资助。但我觉得这推测不太符合伦勃朗的性格。心高气傲，桀骜不驯，恃才傲物，挥金如土，是伦勃朗这一时期的个性特征，他怎么肯从女人的钱袋里讨生活呢？近来读到的资料显示，伦勃朗购买此宅是分期付款，而他的首付款（全部房款的三分之一）还是找过去曾资助过他的绪金斯先生借来的。这至少证明，他主要是依靠自己的卖画所得来支付这笔房款的。

当然，促使伦勃朗下决心购买这座豪宅的诸多因素中，萨斯基亚的因素无疑是最重要的。作为一个出身卑微的磨坊主的儿子，伦勃朗对萨斯基亚肯于下嫁一直充满感激之情，而妻子的善解人意和温柔体贴，更使年轻的画家沉浸在爱情的幸福中。他早就许下诺言，一定要对得起萨斯基亚，为她购置一处与其身份相符的房产，这是伦勃朗早有的计划。而妻子怀孕的喜讯则是催生这一计划的直接动因。他要给即将降生的小生命送上一份大礼。于是，伦勃朗的购房计划提前实施了。

伦勃朗搬进豪宅之后，几乎不费吹灰之力就把房款付清了。他的画实在太受欢迎了，订画的人们排着长队，他日夜赶画都来不及。他的画价一提再提，很快就成了全城身价最贵的画家。这时的伦勃朗可谓春风得意，万事遂心。上帝似乎把万般宠爱集于他一身，金钱，美女，豪宅，声誉，一个艺术家所能享有的一切，似乎在短短几年间就堆积在伦勃朗的面前，任他驱遣任他享用任他挥霍。他是天之骄子，他是艺术的主宰，在他面前，订画人只能听任安排，不能指手画脚，更不能说东道西。这种俯视一切的优越感，助长了他的坏脾气，也埋下了他日后与主顾之间那种水火不相容的祸根。

住进这座豪宅的最初几年，是伦勃朗一生中最顺心、最惬意、最美妙的一段时光。他以萨斯基亚为模特，画了多幅精美的油画，色彩之明快，情调之优雅，都与他的晚期画作形成鲜明的对比。他还开始醉心于收藏，到处搜罗古代艺术品和各种他认为有意思的小玩意。在他的藏品中，不乏古希腊古罗马的石雕精品，也有不少文艺复兴时期大师们的杰作。他花钱如流水，赚得再多依然是入不敷出。他从来不去理财，对数字全然无知，对商品社会最看重的守时重信的概念也全然无知。他经常拖延交画时间，哪怕订户是为了某个特殊纪念日而定制的画作，他也时常不能按时交货。这常常让对方怒不可遏，而他却漫不经心，根本不当一回事。反正订单总会纷至沓来，不愁没人送钱上门。

平心而论，假如伦勃朗就这样轻车熟路地画画赚钱，他的脾气再坏也不会衰败以致破产。毕竟他这时的绘画风格是为社会所欣赏、所需要的，凭着他那绝对一流的精准造型、精湛技巧、精美构图，他总会赢得新客户和新财源。但是，那样一个伦勃朗，岂不等于沦落到与艺术史上无数庸凡画家同等的地步了吗？大师与庸才的区别，就在于庸才总是习惯于在熟门熟路的大路货中沉迷，而大师总会超越彼时彼地的审美局限，去发现去探索更高更远的艺术目标。一旦发现灵光乍现的艺术苗头，他就会不顾一切地追逐下去，即使孤军深入，即使倾家荡产，即使众叛亲离，即使献出生命，他也在所不辞——伦勃朗的过人之处、超凡之处、惊世之处，不正在这里吗？

№ 3

伦勃朗是最早发现并在油画中着力表现暗影的画家。他对探索世间万物在光线暗淡的空间里的千变万化非常着迷。于是，他的画作中越来越多地融入了阴影的要素，从而使油画的表现力和层次感丰富了许多，油画的技巧也复杂了许多——这是今天的艺术史家赋予伦勃朗划时代艺术贡献的历史性评价。

然而，历史的遗憾往往就在于，当艺术家的伟大杰作刚刚问世时，社会却并不认同，甚至还会竭力打压这了不起的艺术萌芽。回首漫漫艺术发展史，不知有多少宝贵的艺术萌芽就这样被扼杀了。只有那些根很深、命很硬的人，才经得住无端风雨的摧残，让萌芽长成参天大树，而他们也注定要为自己的艺术探索付出高昂代价。

1642年，伦勃朗接受一班城市警队的委托，创作了他的划时代杰作《夜巡》。这幅巨型油画的原名叫作《班宁·考克巡警队长率领部属巡逻》。由于伦勃朗将大部分画面都画在阴影里，加之年代久远，色彩蒙尘，致使后人误以为画家是故意表现夜巡的景象，结果竟约定俗成地把该画径称为《夜巡》了。直到三百多年后人

《夜巡》 The Night Watch 1642

们清洗画面时，去除了积淀在画面上的尘垢，才恍然发现：原来伦勃朗所画的是白天的景象。由此，我们也不难看到，伦勃朗是多么出色地表现了暗影中的人物群像。

然而，当这幅画作交付给订户时，却惹来了意想不到的麻烦。按照当时的约定，订户是按照人头来付钱的，画在亮处的警官们自然可以欣然付费，画在暗处的警官们却难以接受。要命的是，伦勃朗对画面的处理只突出了少数主要角色（这其实恰恰是艺术创作的基本规律），大部分人都只能安排在阴影里。这使画家和订户之间不可避免地发生了激烈的冲突。

在艺术上，伦勃朗是执着而顽强的，他相信自己画出的是一幅旷世杰构，堪与世界上任何一位大师的精品比肩而毫无愧色，这样的作品是不能听任旁人指摘而修改的，甭管他是国王还是上帝。而警员们的艺术鉴赏力虽然不足称道，而世俗影响力却远远大于一介书生。这场旷日持久的争斗，几乎引发了全城订画者对伦勃朗的积怨大爆发，进而对他采取了步调一致的抵制。结局是不言自明的：伦勃朗的处境一落千丈，他除了向世俗的力量认输以外，已别无选择。

熟悉艺术史的人都知道，画家向订户认输，艺术向金钱俯首，其实是屡见不鲜的。刚强高傲如达·芬奇，不是也曾因为那幅《岩间圣母》不合教会的意旨而改画一幅吗？可是，伦勃朗对艺术信念的坚守，竟比他的前辈还要坚定：他宁可颗粒无收，也不肯改动一笔。当今天的观众步入荷兰国立博物馆的大厅，被《夜巡》的艺术震撼力所感染所慑服时，可曾想到这位艺术殉道者为此付出了怎样的代价？

令伦勃朗陷入命运低谷的另一个重

《扮花神的萨斯基亚》 Saskia as Flora 1635

《伦勃朗和萨斯基亚》
Rembrandt and Saskia in the Parable of the Prodigal Son
1635

要原因,是爱妻萨斯基亚的生病。中国有俗谚云:"福无双至,祸不单行。"对伦勃朗来说,《夜巡》的风波是他在艺术事业上遭遇的滑铁卢,而萨斯基亚的生病则无异于后院着火,雪上加霜。萨斯基亚的身体本来就不好,搬进大宅之后,一连生了四个孩子,其中三个都夭折了,这也反映出她的体质极为孱弱。而伦勃朗整天忙于作画和应酬,也没有把爱妻的身体当回事。终于,魔鬼选择了一个最令伦勃朗猝不及防的当儿,向他发难了——就在他跟那些订户们争执不下的时候,刚刚生下第四个孩子十个月的萨斯基亚被诊断患上了肺结核。在那个时代,这是不治之症。伦勃朗不得不放下所有烦心的事情,全身心地照顾爱妻,但这已经无济于事了。萨斯基亚在与伦勃朗结婚八年之际,溘然长逝。中年丧妻的打击,使伦勃朗一蹶不振。以此为转折,他在这豪宅中所度过的幸福岁月,化为一段永远无法复原的残梦。

N°4

　　研习艺术史，时常使我感到一种残酷的无奈：当你心情愉悦地去欣赏一幅精彩的画作时，你会不期而然地忆起那画面背后的某个辛酸故事，你的心境顿时变得异常沉重，就好像面前的画面也在向你倾诉着自己的不幸。美是有温度的，它在无声地昭示着其诞生之际的世态炎凉。同样地，当我步入伦勃朗故居的时候，我也不期而然地忆起了伦勃朗在这里度过的二十年时光，我不禁自问：我今天到底是来寻觅什么呢？是与伦勃朗重温他的幸福，还是陪同大师共度他的苦难？

　　荷兰人显然不愿让人忆起这里的苦难。他们按照伦勃朗鼎盛时期的样子尽力恢复着这座豪宅的原貌：一楼是主人的日常活动空间，有厨房、餐厅和卧室；二楼是铜版画创作室和艺术品展厅（当年也应当是卧室）；三楼的房间既可用作住房也可用作展室。事实上，整座楼房都已经被各种各样的家具、古董和画作填满了，石雕、面具、东方的陶瓷、古代的刀剑，林林总总。我当然清楚，这些东西都是按照当时的模样重新搜罗来布置在这里的，为的是再现当年的形貌。而真实的情况却是，当1660年债台高筑的伦勃朗被迫卖掉这座豪宅时，他的所有古董、家具乃至一切值点钱的东西，早已被债主们拍卖掉了。这座房子直到上个世纪末才被政府开辟为博物馆。也就是说，在那个倒霉的画家步履蹒跚地走出这座大楼之后，三百多年漫长岁月里，这房子是与他无关的。忆起这一切，我的步履也不由得蹒跚起来。

　　二楼的铜版画制作室是游人最多的地方。这里有全套17世纪的铜版画制作设备，还有工作人员现场演示传统的制作过程。更令我惊奇的是，这里还集中展示

《约翰内斯·文博加特的肖像画》
Johannes Wtenbogaert
1633

着伦勃朗各个时期的铜版画原作，竟有250余幅之多，几乎囊括了他的全部铜版画作品。在大师的铜版画制作室欣赏大师的铜版画原作，这件事本身就别有情趣。

据说，伦勃朗当时的收入来源，主要由三个部分组成：一是接受订单绘制油画肖像；二是课徒教画赚取学费（三楼的房间经常住满学画的学子）；三是创作和印售铜版画。油画订单锐减之后，铜版画的收入就成了他的经济支柱。如今，他的铜版画原作已成为各大博物馆争相收藏的珍品，我在欧洲的数家美术馆都看到过。如今，在他的故居得以纵览全貌，实在是一个意外的收获。

N°5

伦勃朗故居，大体与伦勃朗同龄。一座普普通通的老楼，只因在其四百多年历史中的某一时段，与一位名标青史的艺术大师发生了短短二十年的联系，竟变成了一个举世瞩目的艺术高地，成为无数艺术虔徒心向往之的朝圣殿堂，这对一座寻常建筑而言，不能不说是一个偶然的大幸。而对伦勃朗而言，他这一生的兴衰荣辱，又何尝不是寄寓在这座历尽沧桑的豪宅之中呢？

大师已去，斯楼犹存，它除了供后人追忆和凭吊之外，似乎也在无声地提醒着世人：当我们每天都在为稻粱奔忙的时候，请不要忽略那些具有永恒价值的东西——真正的艺术大师，往往是属于人类属于未来的。唯其如此，方能永恒！

伦勃朗故居那厚厚的留言簿上，早已写满了全世界各种文字。在临别之际，

《浴女》 Woman Bathing in a Stream 1655

我也翻开了新的一页，用中文正楷写下了这样一段文字："我作为一个来自中国的艺术爱好者，专程前来对伦勃朗表示敬意。他在这座房子里度过了一生中最快乐的时光。当他从这里搬出之后，他的人生成了悲剧，他的艺术却创造了辉煌。他的一生悲欢都与这座房子息息相关，驻足于此，不禁感慨万千！"

Turner

透视透纳

在西方绘画艺术史上，英国人所占的地位不是很高，除了在水彩画方面具有某种开创性建树之外，在油画、版画等方面却很少出现开宗立派的大师级人物，至少没有像莎士比亚之于戏剧，拜伦、雪莱、狄更斯之于诗彩和小说，那样重量级的作家。这使英国的画坛多少有些寂寞。但是，当历史行进到18、19世纪之交，英国的风景画却异军突起，成为欧洲油画大观园中一个耀眼的亮点，而其中最有光彩的就是英国风景画坛的双子星座：透纳和康斯太勃尔。

01

透纳这个名字，我很早就知道了，但是他的作品，我却只见过几张印刷品，所印的都是他最富个性的晚期作品：强光、水雾、朦胧的物象，构成了画面的主体。我一直以为，这就是透纳的典型面貌了。后来到了英国，见到了许多透纳的原作，才知道我当初看到的那一类作品，只是画家一生探索达到极致时的面貌，属于"完成时态"。而一个画家创作生涯最精彩的部分，却往往在于他的探索过程，也就是"进行时态"。只了解最后结果而不了解其探索过程，就无法破译这个画家的整个艺术历程。对透纳这样一个终生都处于探索过程中的画家来说，弄清其作品风格的来龙去脉，就显得更加重要了。

在伦敦泰晤士河北岸，有一座泰特现代美术馆。那是当今世界上收藏透纳作品最多、对透纳研究最具权威性的美术馆。在泰特现代美术馆里有一个利用克罗亚基金设立的"克罗亚画廊"，据说是以透纳生前的画室为蓝本设计的。在这个

《雨，蒸汽和速度——西部大铁路》
Rain, Steam and Speed-The Great Western Railway 1844

"透纳纪念馆"里，陈列着透纳的手稿、草图、生活用品等文物，并辟出几个展厅长期展示透纳不同时期的代表作品。这是英国人对自己民族最优秀的画家所给予的最高礼遇。正是在泰特现代美术馆里，我对他的艺术生涯、绘画风格及其演变过程，也有了更加清晰的认识。

透纳是一个小理发馆老板的儿子，理发馆就位于伦敦当年十分热闹的科芬市场附近，那是一个下层民众聚集区。透纳少年时期所经历的最大痛苦，就是小妹妹的夭亡，以及母亲无法接受这个打击而精神错乱。每次母亲犯病，都使全家笼罩上一层阴影。每当此时，透纳总会不声不响地溜出家门，独自跑到泰晤士河边沉思冥想，有时就随便找一张纸勾画泰晤士河两岸的美丽景色。这，或许就是透纳最早的写生吧。

透视透纳 | 153

透纳的父亲最先发现了长子的绘画才能，他很高兴，就把儿子的几幅风景画挂在自己的理发馆里。恰巧有一位喜好美术的牧师前来理发，他看了小透纳的画很感兴趣，就将透纳推荐给一位曾经担任皇家艺术学院会员的朋友。这竟成了小透纳步入美术之门的开始。不久，14岁的透纳被这位牧师的朋友推荐到皇家美术学院附属的美术学校就读。他学得很刻苦，学业也很出色。在课程结束的第二年，他的水彩作品就被选中参加了皇家艺术学院所举办的画展。

透纳生活的年代，正值大英帝国如日中天的时期。工业革命已经使英国的经济飞速发展，国力日益强盛，这使英国在军事上也有了与强大的拿破仑军队相抗衡的实力。1805年，英国舰队在特拉法加大海战中击败了拿破仑的联合舰队；后来又在滑铁卢彻底打败了拿破仑，从此确立了大英帝国"日不落国"的霸主地位。世界各地的财富从泰晤士河的航道上运到伦敦，随之而来的则是世界各地的奇异传闻。这时，富裕的英国人已经有了足够的财力去四处旅游和探险，于是英国人的足迹开始出现在世界的各个角落。在照相技术尚未发明的当年，人们要想把眼睛看到的景色带回家去，就只能依靠画家的那支画笔了。就这样，以各地的自然风光为主要描绘对象的风景画，便成为英国最具特色、也最受欢迎的画种。

透纳的艺术生涯正是在这种世风中起步的——他从17岁开始一直到70岁，每年夏天都要出门旅行，所到之处，或乡间，或海边，或山野，或湖畔，背着简单的行囊加上一根手杖，还有足够的写生画本和刚发明不久的固体颜料。他一路走一路画，白天到森林或者山顶去画速写，晚上就在投宿的乡间旅店里，为白天画的素描着色。每次旅行回来，他都要带回数十幅乃至上百幅风景画稿。这些画稿，优秀的就被留做将来创作大幅作品的资料，一般的就被推向市场。据说，透纳每个夏季都可以创作并售出几十张风景画，这给年轻的画家带来了丰厚的收入，也带来了一定的名声。而更为重要的是，正是这种长年不断的外出写生，锻炼了透纳观察自然物象微妙变化的独特本领，这对他后来形成以表现大自然中光线、雾气、风雨、雷电等异常景观为特色的艺术风格，无疑具有重要的奠基意义。

02

在泰特现代美术馆里，我看到许多透纳的早期作品，那都是些非常规范的学院派风景画，老老实实，中规中矩，色彩以棕色为主调，景物以写实为基础，与其晚年之作判然不同。他笔下的宫殿、古堡、教堂，基本上是古典的、舞台布景式的地形志风格。即便是他最爱画的大海，也多是平静而神秘的。透纳恰恰是以这种准确显示实景为特色的"英国式园林风景画"，步入英国画坛并且一举成名——他24岁就成为英国皇家美术学院的非正式院士，27岁成为正式院士，年纪轻轻就被英国皇家艺术学院聘为教授。像他这样初出茅庐，就得到艺术界的承认，实在是艺术史上罕见的特例。透纳可以说是少年得志。

透纳这种具有古典风格的风景画，也大受英国收藏家的青睐。源源不断的订单为他带来了滚滚的财富，使他从此告别了无数画家挣扎半生也难以摆脱的生活窘境。幸运之神似乎格外垂青这位年轻的画家，一条宽广笔直的通衢大道正在他的面前铺展开来。

可以设想，如果透纳按照这条路走下去的话，无疑会一帆风顺，名利双收。然而，这样做下去的结果至多只能是：在一群循规蹈矩的平庸画家中，再增加一个稍微出众一点的平庸画家而已。

幸好透纳并不满足于平庸，他天生就是一个喜欢幻想、不愿意沉湎于刻板的现实生活中的艺术家，让他整日按照古典规范去模山范水、依样画葫芦，他只能感到压抑和空虚。于是，他的画笔开始不断地改变眼见的实景，不断地在写实的基础上加入一些自己的主观情感。他一度醉心于表现历史题材，借当代人所无法直观

《暴风雪：汉尼拔和他的军队越过阿尔卑斯山》
Snow Storm: Hannibal and His Army Crossing the Alps 1812

的历史故事，来融入自己的想象，拓展自己主观意象的空间。那幅巨大的《暴风雪：汉尼拔和他的军队越过阿尔卑斯山》，堪称是以风景画表现历史题材的扛鼎之作，人物活动的具体场面被浓缩在画面的底部，腾出绝大部分空间来表现穿透厚厚云层的太阳光线，明与暗、黑与白、冷与暖，在画面上构成强烈的对比和冲突，真是惊心动魄，宏伟壮观。此后完成的两幅作品更是耐人寻味：一幅是 1815 年画的《狄多建设迦太基》，一幅是 1817 年画的《迦太基帝国的衰落》。这两幅作品画的是同样的场景，构图也基本相同，但是，前者画的是早晨风光，后者画的则是黄昏景色。画家以高超的色彩调度手法，融入浓烈的情感因素，竟使两幅画形成了截然不同的艺术效果。有些评论家认为，透纳是以这两幅画作来预言大英帝国正在由盛而衰。我觉得这论点未免牵强。在我看来，透纳似乎只想表明这样一种理念：在风景画中，画面所表现的内容其实并不重要，重要的是色彩以及由色彩所渲染出来的主观情感。虽然，这两幅作品都还是比较具象和写实的，但其中已分明透露出画家此后艺术探索的蛛丝马迹，或者说，透纳晚年对色彩的独立美学价值的探索，早在此时便已初露端倪。

03

我觉得，搞清楚一个画家风格形成的来龙去脉是很重要的。我们常常可以见到一些国内的画家，一提向外国大师学习，往往并不细究那些大师的来因去果，只是图简便走捷径，径直把大师独特风格形成之后的作品样式照搬过来，然后就自我标榜是谁谁的风格。殊不知，每位大师的风格形成，都须经过漫长的演变过程，并不是一蹴而就的。譬如透纳，假使没有早期严格的学院派训练和中间的多次渐变，就不会产生其晚年的大胆创新。如果后来者只专注于他晚年的典型风貌，而不去训练自己对景写生的能力和对色彩的感悟力，那就难免学其皮毛而遗其神韵。有人以为透纳晚年那些带有强烈抽象倾向的作品比较好模仿，表现看不见摸不着的云气水气雾气还不容易？只凭着自家彩笔的一番横涂竖抹不就成了？其实，这完全是对透纳的误解。当我置身于泰特现代美术馆里的"透纳纪念馆"，凝视着一件件透纳的遗作，思索着透纳的生平，我才真切地感受到透纳为实现自己毕生的探索，付出了怎样沉重的代价。

透纳在风景画领域蹚出了一条前人没有走过的道路：他对色彩层次及其关系的分析和研究，开了20世纪色彩理论的先河；他以自己早年大量的室外写生的艺

《暴风雪——汽船驶离港口》
Snow Storm–Steam-Boat off a Harbour's Mouth 1842

实践以及晚年那些极具视觉冲击力的绘画作品，给后来的法国印象派提供了表现室外光影变化之美的范例；他晚年那些将具体物象抽象化的画作，则为20世纪兴起的现代抽象画派开了遥远的先河；他以自己的全部激情和才智，丰富了西方本来相对薄弱的风景画园林……然而，正是这些超前的探索，招致了他晚年的不幸。

1834年，英国议会大厦发生大火。这场火灾震惊了整个英国。透纳目睹了这惊心动魄的一幕，并把当时的景象和自己的印象记录在速写本上。1835年，他把这一题材绘制成一幅油画，突出地强调了冲天的大火与泰晤士河水面上火光的倒影之间的对应关系，而把议会大厦、西敏寺大桥等具体的物象抽象化。色彩强烈，对比鲜明，给人以巨大的视觉冲击力。这是透纳多年探索光影效果的一次集中展现，在其个人的艺术创作中具有无可替代的意义。然而，当他把自己的《上议院和下议院的火灾，1834年10月16日》送去展览时，却遭到了一片非议，一位名叫瑞宾吉尔的评论家批评这幅作品："只见一堆色彩，没有形式，空虚，恍如宇宙未形成之前的混沌状态。"

1842年，透纳又将一幅极富探索性和挑战性的作品《暴风雪——汽船驶离港口》交给皇家艺术学院展出。在这幅画的主题之下，透纳还特意加了一个副标题："暴风雪中汽船驶离港口，在浅水中发出信号，作者本人置身于船上"。这是画家以67岁的高龄，冒着生命危险，把自己绑在一艘轮船的桅杆上，观察体验了四个小时之后，才画成的一幅前所未有的巨作——在波涛汹涌的海面上，云雾与雷电交织，狂涛与暴雨并泄，巨大的轮船此刻像是变成了一叶扁舟，在海浪中颠簸，在风雨中漂泊，随时都可能被无情的大海所吞没。画家以粗放的笔触勾勒出海浪的咆哮、黑云的狂卷、风雪的怒号，除了船桅上那盏夜航灯的微弱光线之外，整个世界都像是陷入了无边的黑暗。我在泰特现代美术馆目睹这幅旷世杰作，依然感到惊心动魄，被透纳笔下的大自然的伟力所震撼所慑服。在这幅画上，一切静态的物象都被透纳的画笔搅动起来，变得模糊不清了，光影、雨雾、海浪以及轮船上发出的微弱的灯光，构成了画面的主体，色彩上升为画面的要素，而具体的物象轮廓则被抽象化了。这幅作品，可以说是透纳与学院派风景画彻底决裂的一个标志。然而，《暴风雪——汽船驶离港口》一经展出，就受到那些正统评论家们如"暴风雪"一般的猛烈攻击,有人将这幅画讥讽为"肥皂泡沫和石灰水",也有人嘲笑透纳是"老糊涂了",连绘画的基本技巧都"忘记"了。

此后若干年中,他的作品受到越来越多的攻击,有的说他"奢华",有的说他"放纵",有的说他"色彩运用没有节制"。而那些过去一直围着他转的收藏家们,此时也不愿再接受他的作品。曾经高居于大英帝国艺坛巅峰的透纳,谁知在垂暮之年竟跌落谷底,这真像命运跟他开了一个天大的玩笑。

这时的透纳几乎完全被悲观厌世的情绪所笼罩了——他隐姓埋名,一再迁居,生怕被别人找到自己。他的健康状况也开始恶化,长期被牙痛病所困扰的透纳不得不依赖莱姆酒和牛奶度日,而饮酒过度又严重伤害了他的肠胃,老人消瘦得像皮包骨头,以致连起床走路的力气都没有了。然而即使如此,老画家依然不肯放下自己的画笔,他晚年的许多作品,如《雨、蒸汽和速度——西部大铁路》(69岁作)、《克莱德河上的瀑布》(69~71岁作)、《靠近海岸的游艇》(75岁完成)、《舰队起程》(75岁作)等,无一不是其毕生艺术创作中最具个人魅力和独特风格的力作,其色彩更加强烈,气势更加宏伟,构图更加奇谲,画面也更加瑰丽。他好像在拼将自己最后的生命力,来抗拒世人对自己的攻讦;又好像在竭尽自己最后的创造力,来实现其终生都在探索的色彩之梦。

04

《狄多建设迦太基》 Dido Building Carthage 1815

　　值得庆幸的是，正当艺术界对透纳的攻击最为激烈的时候，有一位名叫罗金斯的评论家挺身而出，在其1843年出版的《现代画家论》中，极力为透纳的艺术进行辩护，并将他列为当代英国画家之首。这位比透纳小44岁的年轻评论家的著作，在社会上引起了强烈的反响，使透纳的艺术得到了重新评价，也使透纳的处境略见起色。然而即便如此，透纳在艺术界的孤立境地依然没有明显的改变，在透纳去世前的几年中，他的作品已很少为皇家艺术学院所接受，1847年和1849年的展览会只展出了他的三幅早期作品，1851年的展览中则没有他的作品。就在这一年的12月19日，76岁的透纳在孤独中去世。

　　泰特的"透纳纪念馆"中，保存着一具透纳的面模，那是一位雕塑家在他刚刚去世时制作的。由此，后人得以一睹这位画家的真实面容。这是一个清瘦的老人，

《迦太基帝国的衰落》 The Decline of the Carthaginian Empire 1817

嘴唇塌陷,颧骨凸出,嘴角却有力地绷着。望着透纳的遗容,我在想,这位倔强的画家大概不会想到,在他去世二十余年后,一位名叫莫奈的法国画家来到伦敦,当他站在透纳的作品跟前,不禁惊异地睁大了眼睛,由衷地赞叹道:"啊,原来我所期望的创作风格,早就被这位英国画家实现了。"

透纳,一位超越时代的艺术大师。他引领着足以开启未来的艺术风尚,独自在荒无人烟的小径上蹒跚而行。他一路播撒着美的籽种,却并不在意自己日后能否收获果实。百多年后,当后人沿着他所开辟的艺术之路走近这位先行者时,却在蓦然回首之际惊奇地发现:正是那些曾令他饱受时人诟病的画作,为他赢得了全世界的尊敬;他以自己孤独的晚景,换来了身后的无数知音。

透纳终身未娶,没有后代。他的作品,就是他的爱人和他的后代。

Constable

淡淡哀愁中的田园

探访康斯太勃尔

01

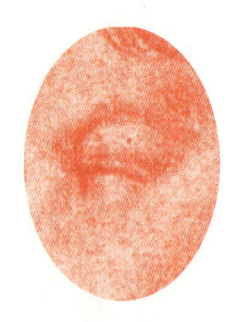

　　我自幼生活在城市，却从小就对中国古代的田园诗兴趣浓厚，总在想象中描画着原始牧歌般的诗情画意。长大以后，由于职业的关系，更深深地痴迷于中国古典艺术的神韵。然而，正是缘于对东方艺术的迷恋，我开始有意识地涉猎西方的

《巨石阵》 Stonehenge 1835

艺术，进而逐步"结识"了一个个西方的绘画大师。在浩如星海的西方艺术天幕中，有一位英国风景画家的作品，令我一见钟情，读着这位英国画家笔下的田园风光，我自然而然地领受到一种遥远的亲切。他就是18世纪末期至19世纪初期活跃于英国画坛的康斯太勃尔。

在英国绘画史上，大概没有谁能像康斯太勃尔那样，把英国的田园风光如此传神地凝聚在画面上，并使之充满诗意。和透纳相比，康斯太勃尔从来不曾沉湎于幻象，也从来不靠历史故事或神话传说来展现理想中的大自然。他也不像透纳那样，喜欢表现人与自然的搏斗，把风雪雷电、海涛巨浪表现得有声有色，触目惊心。他在画中专注于表现宁静祥和、自然质朴的乡村景色，甚至他的绝大部分作品，所画的只是他家乡的景色：一条蜿蜒的小河，几棵挺拔的大树，静谧的田野，古老的磨坊……画中的一切都是寻常景物，但这些寻常小景中，却洋溢着勃勃生机，荡漾着田园诗般的浪漫情调。画面上铺展着绿色的世界，人类与大自然和睦相处，让人看着就舒服、就动心、就神往。这，恰恰是康斯太勃尔的艺术魅力之所在，他实在是一位化寻常为非常的高手。

N°2

由于对康翁的艺术神往已久，1998年秋天，当有机会造访英国时，我委婉地向主人提出了一个期望：我不只想去博物馆亲眼看看康翁的真迹，如果可能，我还要去寻访一下当年康翁居住过的地方。主人一一满足了我的愿望，这不能不说是

《干草车》 The Hay-Wain 1821

我的幸运。

  在伦敦的各大博物馆、美术馆里，我花了几天工夫，饱览康翁的杰作：在泰特现代美术馆，欣赏到他的早期名作《斯陶尔的费莱弗面粉厂》和《乡村小景》；在维多利亚博物馆和亚伯特博物馆欣赏到他的水彩杰作《巨石阵》以及他的一些铅笔草图；在国家画廊欣赏到他的成名作之一《干草车》（亦名《正午》或《日中》）——正是这幅画与另一幅名为《白马》的油画，奠定了康斯太勃尔在英国乃至欧洲画坛的地位。在他之前的英国风景画，一直受到法国画风的影响。而自从

《白马》 The White Horse 1819

康翁登上画坛，法国画家们才算领略到纯正的英国风景画。1820 年，法国画家席里柯前往英国，拜会康斯太勃尔，对他的艺术深表叹服，成为第一位接受英国绘画色彩影响的浪漫主义画家；1824 年，康翁的《干草车》在巴黎艺术沙龙中获得金牌奖，法国大画家德拉克罗瓦盛赞康翁是"英国的荣耀之一"，并从他的画法中受到启发，改画了自己的名作《希奥岛的屠杀》的背景。

与康翁在外国赢得的声誉相比，他在自己的祖国反倒有些寂寞——他的绘画长期不被主流派画家认同，他甚至一度被视为一个乡村画匠而得不到应有的重视。

当他将那幅《干草车》送交皇家学院展出时，他已经 45 岁了；而当他最终被选为皇家学院的正式会员时，他已经 53 岁。八年之后，他就去世了。这与透纳的少年成名，形成了鲜明的对比。

№3

康斯太勃尔曾于 1820 年前后，在伦敦北部的汉姆斯德镇居住过一段时间。这使我有机会寻访到康翁在伦敦的故居。那是坐落在一条僻静小巷的一座旧式的三层楼房。在楼房的外墙上，钉有一个蓝色的圆牌子，上面写着康斯太勃尔的名字和生卒年月。房子十分朴素，周围的环境也很清幽。林玮带着我在附近的树林间穿行，那被浓密的树叶过滤得有些稀疏的阳光碎片，斑斑驳驳地洒在草径上，使眼前的景致平添了几分画意。或许是因为心中总是幻想着当年康翁也曾在这里驻足吧，我总是觉得眼前的小景似乎跟康翁的某一幅油画十分相似。

其实，康斯太勃尔在伦敦住的时间很短，他一生的大部分时间还是在故乡萨福克郡度过的。事实上，伦敦附近的景致也并不是典型的英格兰田园风光，你要想看到康斯太勃尔画中的景象，只有到他的家乡萨福克郡去。

几天以后，我便踏上了前往萨福克郡的旅程。

康斯太勃尔 1776 年 6 月 11 日出生在萨福克郡一个富裕的磨坊主家庭。他父亲的老磨坊至今还完好地保存着，成为众多外地游人所热衷的一个景点。老磨坊

《索尔兹伯里大教堂》 Salisbury Cathedral from Bishop Grounds 1825

依傍着一条明澈蜿蜒的小溪，周围环绕着开阔的田园和大片的牧场，这就是在康翁画中屡屡见到的戴德姆山谷了。

对这片家乡的故土，康翁是一往情深、百画不厌的。就我所见，早在1800年，他24岁时就画过一幅《戴德姆教堂和山谷》，成为他早期绘画的代表作；此后，又画过《戴德姆山谷之晨》（1811）、《眺望戴德姆》（1814）、《戴德姆农场》（1835）等数十幅画作。我还读到过两幅画题都是《戴德姆山谷》的康翁画作，一幅作于1802年，另一幅作于1828年，相距二十六年。两幅作品画的是同一处景观，画面构图也完全相同。然而，人生境遇的变化和内心感受的反差，竟使这两幅画产生了迥然不同的艺术效果：前者明朗宁静，描绘精细，色彩纯净而清新，充溢着旺盛的生命力；后者则苍茫厚重，笔触粗犷而豪放，背景乱云翻滚，近景木叶凋零，让人观之怦然心动。像他这样以同一地点为描绘对象，对景写生几十年而常画常新的例子，在西方美术史上恐怕也是绝无仅有的。康翁以多情的双睛、多变的角度、多彩的画笔，为家乡写照为故土传神，使戴德姆山谷这片寻常山水，成了无数美术爱好者心目中的胜地。

是的，当我步入戴德姆山谷，心中便升腾起一种类似寻仙访圣般的情感。下了大道，走进田园，只有一条小径逶迤相通，这就是大名鼎鼎的"康斯太勃尔小道"。据说，当年康翁经常在这里流连徜徉，观景作画，天长日久，竟然蹚出了一条小道，后人也就以他命名了。康斯太勃尔小道长十余里，左边依傍着一条小溪，在康翁的画中，它时常被称为"磨坊溪"。右边则是广阔的草场。时值仲秋，草色初黄，在柔软的阳光照耀下，如同罩染了一层金色。沿着小溪，稀疏地排列着一株株老树，树上鸟儿叽叽喳喳地叫着，好像唱着一首亘古不变的林间歌谣。忽然，在这歌谣中插进一阵吱呀吱呀的水响，回头看去，原来是一叶扁舟顺河漂下，小船上，一对情侣悄然而坐。船头过处，平如镜面的河水被犁开一条缝，洒下一串斑驳的倒影。

这条小径，串联着数个农场，每到分界处，便有一道木栏隔开。木栏有门，人过可以开启，牛却难越界。每片草场上都有几十乃至上百只牛儿在悠闲地吃草。时不时地还会传来一声低沉的牛叫声。空气中弥漫着青草和牛粪混杂在一起的气味，令人顿忘都市的污浊与喧嚣，好似置身于世外桃源。驻足河畔，向对岸望去，我发现对岸的一处小景有似曾相识之感：两棵粗大的柳树，四五只黄牛、黑白花牛正在树荫下歇息，牛形树影倒映在平静的河水中，构成了一个虚实对照、色彩和谐的田园小景。我当即取出照相机，把这幅绝妙的画面拍了下来。回国之后，我在康翁的画集中，果然翻到了一幅1829年作的《风景草图》，所画的正是这隔岸观柳的景致，只不过那画中的柳树不如眼前的粗大，而这恰恰是岁月为这幅画所做的最好的注脚。

04

"康斯太勃尔小道"的终点，就是康氏家族的老磨坊。老磨坊建在一个河湾旁边，河上有个水闸，显然，当年的磨坊是以河水为动力的。

这个磨坊和水闸，也多次在康翁的画中"亮相"。磨坊的形貌与百年前相比变化不大，只是平添了几分古旧和沧桑。老磨坊的屋顶是用草和泥铺的，难以抵挡日晒雨淋。怀旧的英国人小心地用细铁丝网把整个屋顶都包了起来，可见其保护古物的良苦用心。

老磨坊现在成了康斯太勃尔的小型纪念馆，里面陈列着康翁在家乡生活、创作所用过的物品。按照他父亲的设想，康斯太勃尔应该子承父业，继续当这间老磨坊的主人。但是儿子却醉心于绘画，整天跟在当地一位铅管工兼业余画家段通的身后，拿着画笔涂涂抹抹、勾勾画画。后来，又有人把他介绍给艺术品收藏家兼业余画家鲍蒙特爵士，使他受到了最初的也是最重要的鼓励。他的父亲看出儿子的志向不在经商，只好把他送到伦敦皇家学院接受专业训练。那一年他23岁。

但是，康斯太勃尔的从艺道路并不顺利。他虽然在学院接受了严格的欧洲传统绘画的教育，但他对这种传统风景画并不认同。有一次，一位画家讲到传统的风景画应该以厚重的棕色为基调，就像小提琴的颜色。康斯太勃尔当即把一把小提琴放在草地上，对他说："你看，它们的颜色是不一样的！"这个在艺术史上很有名的故事，形象地表明他在艺术理念上与传统绘画风格的冲突。在求学期间，他还曾经到几个英国有名的风景区去旅行写生，但结果令他深感失望，异乡的山水再美也难以激起他的兴致，而他的画作也没有得到同行者的赞赏。从此，他决定

《玉米田》
The Cornfield
1826

不再出游，专心观察、研究和描绘自己家乡的景色。他在一封写给朋友的信中讲道："我喜爱这里的一切砖瓦、老旧腐蚀的木板与黏滑的柱子……只要我一直从事这份工作，我将会永远地画这类题材。"

在伦敦期间，康斯太勃尔邂逅了名门闺秀玛丽娅·贝奈尔。但是这门门不当户不对的婚事遭到了女方父母的强烈反对。老实厚道且性格内向的康斯太勃尔只好把满腔热情埋藏心底，回到家乡，潜心作画。直到1816年，贝奈尔的父母相继去世之后，年届四十的康斯太勃尔才与心上人成婚。此后的十多年，康翁的创作进入了黄金时期。许多优秀的绘画作品，都是在这个时期问世的。然而好景不长，1824年，爱妻患上了严重的肺病，康翁一家不得不遵照医生的嘱咐，迁往南部的海滨。这是康翁除在伦敦居留之外，仅有的一次长期离开自己的家乡。艺术史上也有幸因此而留下了一批难得的康斯太勃尔描绘海景的画作。不过，海滨的新鲜空气并没有挽救贝奈尔的生命，1828年，她留下七个未成年的孩子去世了。康翁遭受这次打击，情绪完全灰暗了。这种灰暗的情绪也流露到他的晚期绘画中，他的《哈德雷城堡》的阴沉色调正是其心情的直观再现，而前面所提到的那幅晚期的《戴德姆山谷》，也是这种情绪的直接宣泄。

在老磨坊纪念馆的陈列品中，我看到一幅贝奈尔的肖像画。据说这是依照康斯太勃尔亲绘的油画肖像复制的。那是一个美丽的少妇，安静贤淑。遥想当年，她能爱上一个无名的乡下磨坊主的儿子，并为此等待多年，这在一向崇尚等级和门第的英国，是多么不容易啊！从这个意义上说，康斯太勃尔也不枉此生了。

№5

《威文侯公园》 Wivenhoe Park 1816

参观老磨坊之后，我沿着"康斯太勃尔小道"原路返回。夕阳斜挂在远方的林梢，金辉平涂在安谧的旷野，远处的戴德姆大教堂也被晚霞镀上了一层红晕。身旁的牛群正迈着徐缓的步子踏上归途，牧羊狗在牛群前后执行着自己的天职。置身于此，不禁心旷神怡，杂念顿消。我想，康翁的画面总是如此纯净安详，透着一种超然物外的悠然和闲适，今天总算探明了渊源所在。后世的评论家总爱把康翁的艺术归入"浪漫与雅致"的行列，这恐怕也是康翁本人所始料不及的：因为在现实生活中，康斯太勃尔既不浪漫，更不具备上流社会所欣赏的那种闲情逸致，甚至他还被未婚妻的父母讥之为"乡巴佬"。然而他的画面，恰恰因其超然物外，从而获致了更高层面的雅致。

最俗的东西竟然转化为最雅的东西，看来这个艺术规律不仅在中国是如此，在西方同样是如此。

Rodin

走近罗丹

01

罗丹博物馆是每一位到访巴黎的人都应做半日流连的地方，依傍着大名鼎鼎的凯旋门和荣军院，这座两层小楼显得并不起眼。然而，当你步入这座被绿树和青草环绕的庭院时，一股难以抵御的艺术气息便扑面而来——哦，那不是举世闻名的《思想者》吗？他高居两米多的基座上，扼腕凝神，俯视着芸芸众生，仿佛仍在进行着痛苦而艰难的永恒的思索；哦，那不是震撼人心的《加莱义民》吗？1347年，英国军队把加莱市团团包围，面对即将降临的屠城之灾，六位加莱市民挺身而出，自愿前往英军阵营充当人质，以拯救满城百姓的生命。这一英雄的主题被罗丹以六个极富感染力的人物形象，淋漓尽致地演绎出来：他们神情肃穆，镇定自若，仿佛依然行进在慷慨赴义的途中。哦，那不是大文豪雨果的雕像吗？当年，罗丹应朱利埃特女士——一位雨果的终身崇拜者的邀请，躲在她家的壁龛里偷偷地替时常来看望她的雨果塑像。当时她已身患绝症，而雨果却对雕像的事一无所知。如今，摆放在花园里的这尊雕像，已经不只是一个头像，而是一座斜卧着的全身像了。还有，那不是耗费了罗丹数十年心血，直至去世也未完成的旷世杰作《地狱之门》吗？这件了不起的大制作，就如同是以雕塑来表现的米开朗基罗的《最后的审判》——那翻腾的人体，多变的构图，自由的节奏，无疑是吸取了米开朗基罗画作的精神气质。而《思想者》则端坐于大门正中。这件作品在罗丹去世九年之后才浇铸完成，与其说它是为巴黎装饰艺术博物馆大门所作，倒不如说是罗丹为自己雕塑的一座真正的纪念碑。

漫步在罗丹博物馆的花园里，处处可以感受到罗丹的伟大、辉煌和不朽，然而，摆放在这里的一切毕竟都只是成功的表象，谁会想到在大师成功的背后，又隐

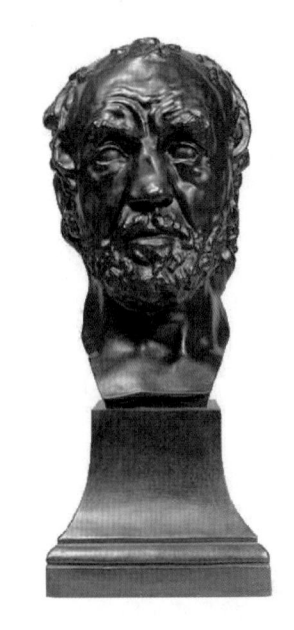

《思想者》 The Thinker 1903

《塌鼻男人》 Man with the Broken Nose 1863

秘着多少艰辛、曲折、痛苦和悲哀呢？望着罗丹的这些不朽的名作，我不禁浮想联翩，顿生感慨。

罗丹1840年11月12日出生于法国巴黎，他的父亲本是一个贫穷的诺曼底农民，因为在当地无法生存，便举家迁到巴黎谋生，日子过得相当窘迫。罗丹出生时他已经被提升为一个警察局的下级公务员，但是骨子里却还是一个农民。

"罗丹"这个字眼，在诺曼底的意思是"红色"。罗丹的家族都是一头红色，这是他们家族的标志色。

罗丹在少年时代并没有表现出什么超常的智力。相反，他甚至被视为低智商的孩子——他父亲曾把他送到其叔父所办的一座寄宿学校去念书，但是几年后却被送了回来，据说是因为他学习能力太差，跟不上教学进度。他唯一比较出色的就是画画。他父亲只好把他送到巴黎皇家素描与数理专门学校去学美术。不过，这座学校并不以培养艺术家为己任，而是主要培养工艺师和设计师，因此，俗称"小学院"，以示与专门培养艺术家的所谓"大学院"相区别。

走近罗丹 | 177

罗丹在"小学院"学得很认真很勤奋，他一心希望将来能考进"大学院"。16岁那年，他第一次尝试，没有成功。接着又进行了第二次、第三次，但却都被考试委员会驳回。这对罗丹来说，无疑是从艺道路上遭遇的最初的打击。

求学无果，他只能去给一些出名的艺术家当学徒，白天干活儿，晚上进行自己的创作。1857年至1860年间，他随动物雕塑家巴耶上完了他在植物园开设的课程，并完成了自己的第一件作品《父亲的胸像》。这件作品没有引起社会上的一丝反响。

出师不利，罗丹对自己的艺术前景产生了动摇。1862年，由于受到姐姐玛丽娅之死的打击，他决心放弃艺术，遁入空门，加入了圣萨卡曼修会，教名是奥古斯丁修士。如果我们的奥古斯丁修士从此隐迹于青灯黄卷之中，成为上帝的虔徒，那么世间就会遗憾地失去一位改写了美术史的雕塑家。所幸的是，罗丹在雕塑方面的天赋在修道院里得到了用武之地，修道院院长艾马尔请罗丹制作一座胸像，这又重新唤醒了罗丹的艺术之梦。在艾马尔院长的劝说下，奥古斯丁修士慢慢地走出心灵的阴影，在23岁那年重返艺术。

然而，对罗丹而言，重返艺术无异于重返苦难。他在艺术界无籍籍之名，除了去给名家当助手还能干什么？于是，他来到了当时颇负盛名的雕塑家卡勒·贝勒兹的工作室。他参与了巴黎许多建筑的雕塑装饰工作，可是名利双收的却是他的老板。他倾尽全力创作的第一件雕塑作品《塌鼻男人》，也被正统的艺术机构法国沙龙拒绝。那一段时间，罗丹的生活十分窘迫。幸好他在这时认识了一个名叫罗斯的乡下姑娘，她本来是被他请来做模特的。这个虽然没有什么文化但却健康爽朗的女子，给了困顿中的罗丹莫大的支撑力，她成了罗丹的情人，成了帮助他打点清苦生活的管家。这个可怜的女人一生热爱罗丹，但是罗丹对她却始终有所保留，直到风烛残年他们才得以举行婚礼，当时他们的儿子已经50岁了。这是后话。

1871年，贝勒兹得到了一宗大订单，比利时首都布鲁塞尔的交易所、学院宫以及其他重要的建筑物选择了贝勒兹工作室做装饰，罗丹随贝勒兹前往。这对年轻的雕塑家来说，无疑是一次大显身手的良机。他的才华很快就显露了出来，并且被比利时艺术家所认可。后来，贝勒兹的聘约被解除了，接任他用雕塑来装饰建筑物正面的工程的是比利时雕塑大师范·拉兹布格，可是这个新老板却把罗丹留了下来。罗丹在他的手下继续工作，既长了本事，又攒了一些钱。这使他有条件于 1875 年实现了早已心驰神往的意大利之行。

在意大利，他走访了罗马、佛罗伦萨、热那亚、比萨、那不勒斯等艺术名城，在米开朗基罗、多纳太罗、吉贝尔蒂等前辈大师的作品前流连忘返。此次意大利之行，使他下定决心不再从事单纯的装饰工作，他要致力于真正的艺术创作，用独特的雕塑作品来证明自己。

《加莱义民》 The Burghers of Calais 1884-1889

N°2

　　返回布鲁塞尔之后,他雇用一位年轻的士兵当模特,花费了十八个月的工夫,创作出一件与真人一般大小的男体雕塑。这件作品先以《征服者》为名在布鲁塞尔沙龙展出,为的是庆祝普法战争的结束。随后,罗丹对作品做了修改,取下了战士手中的长矛,更名为《青铜时代》,使之具有更加普遍的含义——唤醒人类的思想。他把这件作品送到法国的沙龙展览,沙龙勉强接受了,却把它摆放在最不起眼的角落里。《青铜时代》不加任何虚构与修饰、不做任何理想化处理的现实主义手法,招致了学院派艺术评论家的猛烈攻击。他们批评这件作品"庸俗、放肆、下流",甚至把这件作品说成是一桩丑闻——有人指责罗丹的这件作品根本不是雕塑出来的,而是直接用活人翻模出来的"模塑品"。一时间,罗丹似乎成了骗子,成了"伤风败俗"的下流坯。人们挤进陈列《青铜时代》的狭窄展室,只是想来看看这个欺世盗名的"假雕塑",罗丹几乎被观众的讥讽声、斥责声和冲着雕像吐唾沫的"呸呸"声淹没了。这一下,沙龙评审团陷入了十分尴尬的境地,他们感到蒙受了耻辱,而这耻辱全是罗丹带给他们的。情急之下,他们下达命令:让罗丹立即把《青铜时代》搬出展室!

　　罗丹不得不把《青铜时代》寄存在自己的一位老师那里。在老师与一批印象派画家朋友的支持下,他开始向评审团提出申诉,并且当着评审团成员的面,当场做了一次雕塑表演,以证明自己是可以把雕像做得像真人一样的——这与其说是在证明自己的能力,毋宁说是对年轻雕塑家的艺术良心的一次无情摧残。罗丹感到莫名的屈辱,他熟练地塑出了一个男人的躯体。评审团无话可说,只能答应再把《青铜时代》搬回展室。

《青铜时代》 The Age of Bronze 1877　　　　　　《施洗者约翰》 Saint John the Baptist 1880

　　1877 年罗丹带着罗斯和儿子从布鲁塞尔返回巴黎。为了家人的生计，他不得不中断自己雄心勃勃的创作计划，重新回到卡勒·贝勒兹的工作室，为塞夫尔陶瓷厂做设计师。同时，他还利用业余时间，在家里创作新的作品。这依然是一件男子的雕像，他正在迈步行走。罗丹把它定名为《施洗者约翰》。这件作品被 1880 年的沙龙接受了，作为上次对《青铜时代》无礼的补偿，这件作品被特意摆放在《青铜时代》一旁。这两件作品的同时展出给罗丹带来了一定的声誉，人们开始收敛起讥笑和嘲讽，对这位新起的雕塑家给予应有的关注和尊敬。

　　然而，初步的成功并不意味着困扰的结束。1879 年，他参加了为在 1870 年至 1871 年战争中阵亡的将士兴建纪念碑的征稿比赛。他的设计《拿起武器进行战斗》人物充满动感，内容十分丰富，但却被评审委员会否决了。若干年后，当法国人终于认识到这件作品的价值，并且把它浇铸出来，使其矗立于凡尔登，作为法国人民抵御德国的一座丰碑时，罗丹早已离开了人世。一部艺术史，多少艺术家都在重复着这类幸与不幸交织的故事，生前的寂寞与死后的殊荣，不仅倒映着世态的炎凉，也在不断地证明着一个最简单的真理：真正的艺术是永恒的，它并不以一时一地的个人意志为转移。历史总是以时间的砝码来昭示它的公正。

№3

　　1880年8月，罗丹受邀为计划中的巴黎装饰艺术博物馆设计大门。这是一项对他来说具有人生转折意义的创作工程，因为罗丹第一次得到了数目可观的定金，并且可以在政府的"大理石库"工作室工作了。

　　罗丹的最初设计草稿是根据吉贝尔蒂为佛罗伦斯一座洗礼堂所做的铜门《天堂之门》而创作的。他把这个大门定名为《地狱之门》显然也是为了与吉贝尔蒂的大门遥相呼应。不过，他的创作灵感却来自但丁的《神曲·炼狱篇》。他为这个宏伟的作品设计了许多草图和方案。不过，他很快就发现，吉贝尔蒂的设计风格有着太多的静态因素，而且有着过多的规则的镶嵌，这与罗丹的风格不相吻合。他毅然放弃了吉贝尔蒂的设计蓝本，改以米开朗基罗在西斯廷教堂里的壁画《最后的审判》作为自己的艺术向导，于是，一切都好像豁然开朗了。

　　到了1884年，《地狱之门》的设计已大致完成，然而要把它浇铸出来，却需要大笔的金钱。筹措经费的时间远远超出了罗丹的想象，工程就这样被拖延下来。从某种意义上说，罗丹的《地狱之门》倒真的很像米开朗基罗的朱利叶斯陵墓——与米翁一样，罗丹也是一生都在实施这项浩大的工程，一生都在渴望摆脱却最终也没能摆脱这项工程的困扰，直至生命枯竭也未能看见这件心爱的作品展现在自己的面前。罗丹的这扇大门，直到他死去九年之后，才被浇铸成型——就这一点来说，他甚至比米开朗基罗还要不幸。

　　然而，这个大门的一些局部，却有幸先于整体广为人知，有的还成为罗丹的代表作，譬如《思想者》《三个影子》《永恒的春天》和《吻》。这些作品，寄寓了

《地狱之门》
The Gates of Hell
1880-1890

罗丹对全人类生存、命运等具有普遍意义的问题的深邃思考：在《思想者》中，那种穷原竟委的痛苦，那种因殚精竭虑而饱受折磨的神情，不正是人类在精神世界探险的一个缩影吗？而在《吻》中，又有谁见到过比罗丹更炽烈更纯真的对人类爱情的表现？或许，正是因为罗丹的这些局部作品，从创作之始就被赋予了广阔而深刻的宗教意义，它们才具有了独立的审美价值。后来的人们也许并不知道《地狱之门》，但是很少有人不知道《思想者》，其道理大概就在于此吧。

可是,《思想者》对于罗丹来说,只不过是一件半成品,而且在完成之初,也远没有得到它后来所得到的那么高的评价。事实上,《地狱之门》的委托者一直在抱怨罗丹的创作进度太慢,这种困扰一直持续了几十年。

每一位伟大的艺术家,都要经过一段或长或短的被承认的过程,这种承认有时来自官方沙龙,有时来自民间社会,有时来自艺术评论家,有时来自艺术收藏家。总之,凡是能在有生之年得到承认的艺术家,都算是幸运者。这是因为:古往今来,未能活到被承认的那一天的艺术同行,总是数量更多些。从这个意义上讲,罗丹是幸运的。但是,从另一个角度看,其实罗丹被承认的过程也是相当漫长的,他经历的失败也许比他所经历的成功更多,换言之,对他来说,失败和挫折才是生活的常态,而成功只不过是擦肩而过的偶然罢了。

让我们简单地罗列一下罗丹在创作出《思想者》之后的遇挫记录:1889 年和 1892 年,罗丹先后受托为巴特农万神殿设计制作雨果纪念碑,但是两次作品的尺寸均被认为不合适;几乎在这同时,他为南锡制作的画家格林纪念碑以及为布宜诺斯艾利斯制作的阿根廷总统米恩托纪念碑,都不受欢迎;为伦敦切尔西登陆所做的画家惠勒斯纪念碑草图也在 1908 年被驳回……

然而,这些失败如果比起罗丹在巴尔扎克雕像上所遭遇的挫折,都只能算是小巫见大巫了。

巴尔扎克去世之后,法国作家协会有意为其建造一座纪念雕像。原先是委托给夏普的,但是夏普于 1891 年去世了。而当时任"作协"主席的左拉是罗丹的好友,就力荐罗丹来承担这件具有历史意义的创作任务。罗丹花了大量的时间和精力来研究巴尔扎克,包括他的生平、容貌、性格乃至生活习惯,他还通读了巴尔扎克的作品,拜访了他的故乡乃至他笔下人物所生活的地方,甚至收藏了巴尔扎克的裁缝所缝制的衣服。在做足了准备工作之后,罗丹开始了创作。他制作了好几件习作,包括裸体的巴尔扎克、行进中的巴尔扎克等等。但是,最后拿出来的却是一个身穿宽松的长袍、头发蓬散、头颅硕大的巴尔扎克立身雕像。这件作品的石膏模型在 1898 年的沙龙里一经展出,立即引起轩然大波:那些习惯于跟罗丹作对的评论家们就像见到了一个怪物,他们批评它粗俗、臃肿、丑陋,说它丑化了伟大的作家。一位漫画家竟然把它改画成一只正在表演的海豹。作家协会更是无法忍受，他们断然拒绝了这件"有损作家形象"的作品，并取消了与罗丹签订的合约。

罗丹所遭受的打击是难以言状的。因为只有他自己才知道这件作品是多么重要。他黯然地把自己倾注了无数心血的"巴尔扎克"收藏进自己的家园，他不知道如何向那些自以为高明的人们解释这件作品所蕴含的深刻的创新意义，他们不懂，也不愿意去听。他只好让它等待时间的裁决。

后来，人们见到了出于不同雕塑家之手的各式各样的巴尔扎克雕像，但是，人们脑海里却始终无法抹掉罗丹的"那一个"——它虽然距离真实的具象最远，但却令人久久难忘？这是为什么？哦，原来只有"那一个"才真正摄住了巴尔扎克的精神内涵，刻画出了巴尔扎克的灵魂！

当人们得出这样的结论时，罗丹早已绝尘而去了。如今，我漫步在罗丹博物馆，在这座当年曾饱受攻击的巴尔扎克雕像前驻足凝神，良久不愿离去。作为一个东方的艺术爱好者，我忽然有一种莫名的感动，那是一种"他乡遇故知"的感动，一种"心有灵犀一点通"的感动，一种后来者对百年前的大师"来吾导夫先路"的探索精神的感动……

因为，我发现了蕴藏在这座雕像中的一种神秘的"东方气质"——看看它的造型，恰在"似与不似之间"，这不正是东方绘画的绝妙理念吗？看看它的线条，简直可以同中国古代的石恪、梁楷隔代相通；再看看它那超越西方雕塑传统的简约手法，堪称是寥寥数笔，神情毕现。而这不正是中国大写意人物画的独特风神吗？了不起的罗丹，你竟然把东方艺术的审美极致，不动声色地融汇于自己的巴尔扎克雕像中！

我不知道罗丹是否读过东方的作品，也无从了解他是以什么艺术理念来诠释自己的这件大作。创作者与欣赏者之间，永远存在着一定的距离——这就像我在上面试图用东方人的眼光来诠释罗丹的"巴尔扎克"一样。不过，据我所知，罗丹一直与法国印象派画家保持着艺术观念和个人情意上的亲密关系，而印象派画家几乎无一例外地接受过东方艺术的影响。我不敢说罗丹也曾像印象派画家模仿日本

《巴尔扎克雕像》 Monument to Balzac 1898

的浮世绘那样，直接接触过东方艺术品，但是，我相信罗丹在艺术观念上绝对可以同东方的艺术美学遥相对望——他的巴尔扎克雕像，是我迄今为止欣赏到的最具东方神韵的西方作品！

但是，很遗憾，它的美、它的传神、它的写意风格，当时的西方人还无法理解。罗丹是一个孤独的智者，他已经找到了为后来的许多西方现代派艺术家所向往所追求的东方主义的大门，并且勇敢地打开了一条门缝，但却因为他来得稍稍早了一步，竟然遭受了无端的冷遇和攻击。于是，我们的大师只能愤然地把大门关上了。他的后继者要想再次找到这扇大门，或许还要再花上几十年的时间。

这种独特的境遇，使这尊雕像成为罗丹所有作品中，具有独特风格的"孤本"，我不知在整个西方雕塑史上是不是也是"孤本"。此刻，它孤独地矗立在罗丹的家园，那硕大的头颅，那蓬松的乱发，那宽大的长袍，那傲岸的身躯，令我深深地陶醉——至少，我自认是它的一个来自东方的知音！

04

  罗丹一生的感情生活充满了悲剧色彩。从青年时代结识罗斯，到壮年邂逅卡密叶·克洛岱尔，再到晚年与他的崇拜者之一舒瓦瑟尔公爵夫人一小段不清不楚的情感游戏，无不使罗丹受尽折磨。他永远处于欲爱不能、欲罢不忍的两难境遇之中，在自酿的苦酒中难以自拔。

  罗丹与罗斯本是一对并无爱情基础的情人，出身农家的罗斯虽然对罗丹忠贞不贰，也把他照顾得无微不至，但却并不理解他的艺术，也不具备与罗丹进行精神对话的文化素养，这使罗丹长期处于精神饥渴的状态中。正因如此，当聪颖智慧、颇具才华的卡密叶·克洛岱尔出现在罗丹的面前时，他立即被她征服了。他们是1882年相识并相爱的，此时罗丹已经42岁了。年轻的卡密叶·克洛岱尔闯进他的生活，顿时唤醒了雕塑家的青春激情，使他的创作题材和风格大变——在罗丹博物馆里，我们可以见到大量的表现男女情爱的作品，那青春的躁动，那狂热的激情，那不可遏制的性的冲动，都被艺术家真实而传神地凝固在大理石中，使一个个激动人心的瞬间变成了永恒的爱之颂歌。由于这类表现奔放的两性情爱的作品是我第一次见到，所以它们带来的视觉冲击力是那样强烈，不禁使我心动神摇。可以想见，罗丹在创作它们的时候，情绪是何等的亢奋。

  是的，与卡密叶·克洛岱尔的爱情，使罗丹一度焕发了青春，沉浸在创作的激情中。他把卡密叶·克洛岱尔的容貌雕进了许多作品，譬如《黎明》《思》以及稍后创作的《剖白》等。现在的罗丹博物馆还辟出一个卡密叶·克洛岱尔展室，专门陈列这位女雕塑家的作品。望着卡密叶·克洛岱尔的胸像，我发现在这张秀美

《吻》
The Kiss
1882

的面庞上略带一丝忧伤。而她的作品题材，同样是表现永恒的爱情，造型和技法则与罗丹的同类作品惊人地相似。我想，博物馆的决策者把卡密叶·克洛岱尔的展室安排进罗丹的艺术之林，显然是别具深意的。她的存在，本身便是对罗丹大师那些精美的情爱小品无言的诠释。

然而，罗丹与卡密叶·克洛岱尔的恋情，最终酿成了一杯难以吞咽的苦酒。她发现了罗丹与罗斯的旧情，她理所当然地要求罗丹在她和罗斯之间做出选择。罗丹怎么能不顾念罗斯二十年的付出呢？况且他们还有一个儿子。

罗丹的犹豫，使卡密叶·克洛岱尔感到绝望和愤怒。她一怒之下离开了罗丹，从此与他反目成仇。这个性格刚烈的女雕塑家认定罗丹是一个虚伪的骗子，是一个敢做不敢当的懦夫，是他误了自己的终身。她离群索居，埋头创作，但却卖不出一件作品。精神的极度苦闷加上生活的重压，使她得了精神病，时常歇斯底里，每次发作都要痛骂罗丹。

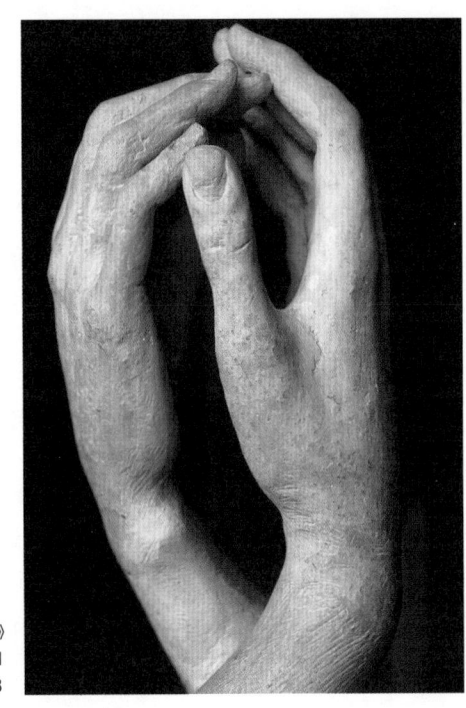

《大教堂》
The Cathedral
1908

  罗丹对卡密叶·克洛岱尔的感情，是其平生最真诚的感情。他听到她的不幸之后，内心是愧悔交加。他曾多次寻找到卡密叶的住处，希望给她带去歉疚和安慰，但是都被轰了出来，进而引发她的疾病更严重的发作。他只好躲到幕后，让其他朋友或学生去关照她的生活，可一旦被她发现，就会适得其反。多疑的卡密叶甚至怀疑是罗丹派人来加害于她，她不断地搬家，更加自闭，不敢开灯，不敢出门，甚至几个星期都不开窗子，其结果是病情越来越重。最后她连自己的弟弟都不认识了，人们不得不把她送进精神病院。她一直活到1943年，但却始终没有恢复正常的神智。

  就这样，卡密叶·克洛岱尔成了压在罗丹心头永远无法消除的重负，他终生为此而感到愧疚感到痛楚。据说，在罗丹患脑溢血晕倒之际，他正在雕塑的作品就是卡密叶·克洛岱尔的半身像。这是他平生渴望完成的最后一件作品，但最终也没有完成。

晚年的罗丹，名声日隆而财源广进，他身旁总是围着大群的崇拜者。其中有一位舒瓦瑟尔公爵夫人曾经以高超的手段占有了罗丹的心，这段露水情曾经在社会上引起一些对罗丹不利的舆论，但是陷入情网的罗丹充耳不闻。直到罗丹生病之后，他才发现这位精明过人的公爵夫人，早已算计好如何"出售"罗丹作品的复制权，如何"占有"罗丹以她为模特塑的胸像，也打探到罗丹计划给罗斯和儿子留下多少遗产。

这一发现使罗丹恍然大悟，他觉得自己真是病了，竟然把这样一个女人视为知己！

罗丹生病之后，开始考虑把自己的全部作品交给国家，条件是政府将自己晚年居住的比隆公寓改建成永久性的罗丹博物馆。法国政府大力支持这一计划，但是，他们遇到了一个法律上的障碍：罗丹在协议中希望国家给罗斯支付终身年金，但是政府根据登记资料却发现罗丹并未结过婚。这使总统感到不安。他向尊敬的罗丹大师提出的建议是：立即与这位女士结婚。

罗丹没有拒绝。婚礼于1917年元月29日举行，他们的儿子小奥古斯特作为证婚人之一参加了婚礼，这一年他已经50岁了，但是罗丹依然不肯在法律上承认他。

对于罗斯来说，这个迟到的婚礼毕竟是她盼望已久的。她就像一个跑过漫长路程的马拉松运动员，长跑的终点也就是生命的终点——罗斯在婚礼举行两周以后，安详地去世。

同年的11月17日，罗丹在迁延病榻一年之后，离开了人间。他的墓地上矗立着他的名作《思想者》。

在他逝世六年以后，与他一生对立的正统学院派代表——法兰西学院，追选他为院士。

Renoir

选择快乐

雷诺阿的痛苦与抗争

1862年，21岁的雷诺阿进入法国画家格莱尔的画室学艺，这位平庸的学院派画家一见面就一本正经地向他提问："你认为，画画只是为了自得其乐吗？"

雷诺阿毫不犹豫地回答："当然，请您相信，我若感到不快乐，我是不会去画的。"

是的，雷诺阿是一位毕生以画笔来谱写《欢乐颂》的艺术家。尽管在他前期与后期的作品中，色彩与构图、题材与人物，均是不断变化的，甚至是风格迥异的，但是，有一点却始终如一，那就是在他的画面上永远充盈着清新明快、悠闲舒适的快乐氛围。它们是那么自然亲切，平易近人，又是那么赏心悦目，静谧安详。人们读着雷诺阿的画，绝对想象不到：这些美妙的欢乐乐章的创作者，竟是一位大半生与痛苦、与贫困为伴的艺术家——他脸上挂着一丝苦涩的微笑，寻觅着、发现着、描绘着生活中的美、人体中的美、平凡中的美。他以自己善良的天性过滤掉人生的不幸，以自己多彩的画笔重构心中的梦想。他在痛苦中以灿烂的阳光来舒缓内心的灰暗，在烦恼中以描绘婀娜的人体来排解自我的忧伤。他很执着，不理会当世众多评论家对他的诋毁和谩骂；他也很自信，坚信能给人带来快乐的艺术，最终必将为世人所接受所理解所喜爱。他以画自娱，同时也以画娱人。他不愿在画中表现人生的苦难，那是因为他的人生已饱经苦难；他回避以画笔来描绘痛苦，那是因为他一直期待着远离痛苦。他以自己的作品抚慰了一代代后人的心灵，却也无意中以绚丽的色彩蒙蔽了一代代后人的眼睛，致使许多人只顾品尝艺术之果的甜美而忽略了画面背后的苦涩，只陶醉于眼前的斑斓五色却看不透在那绚丽的色彩之中，也曾掺进艺术家无言的泪水。

01

雷诺阿是一个穷裁缝的儿子，出生在法国中西部的利莫埃小城。在他4岁那年，老雷诺阿为生计所迫举家迁往巴黎，希望在这座大都市多揽些活计，改善全家的窘迫境遇。他或许并不知道，他的这一决策是对西方艺术史的一个贡献——一颗优异的艺术籽种，就这样被他无意中移栽到一块营养丰厚的文化土壤上。这实在是雷诺阿承蒙贫穷所赐的一大恩惠。

贫穷是雷诺阿与生俱来的朋友，他从中得到的另一个恩惠是：13岁那年，他的父母因为生活拮据，不得不送他到一家陶瓷制造商那儿去当学徒。他每天的工作就是在陶瓷杯上仿照前辈画家华铎、布歇等人的风格，绘制精美而甜俗的装饰画。这是雷诺阿的艺术启蒙课。这段陶瓷艺人的生涯，对雷诺阿未来的艺术取向起到了重要的作用：一是从小就培养出他对透明颜色的观察力和鉴赏力，这对他后来一度跻身于印象派画家群体，并迅速形成自己卓尔不群的画风，无疑具有先期的奠基作用；二是他这一段对18世纪古典风格的复制和模仿，给他的艺术中注入了永难磨灭的传统基因，这使他毕生都在印象派新潮与古典派传统之间踟蹰，徘徊，游移不定。许多艺术史家往往只注重雷诺阿曾在学院派画家格莱尔的画室学艺的经历，认为他对古典绘画的推崇只是受到他老师的影响。其实，我以为更不容忽视的倒是少年时期的艺术熏陶——当他第一次拿起画笔往陶土坯子上涂抹颜料时，这种熏陶便已经开始了。

然而，当机器生产的餐具像潮水一样涌进众多的布尔乔亚家庭，手工绘制的陶瓷器皿便注定被挤出了市场。雷诺阿所在的陶瓷作坊把他解雇了。幸好他已经

《游艇上的午餐》 Luncheon of the Boating Party 1880−1881

学会了一些绘画的手艺，他可以给太太小姐们绘制扇子，在餐馆的天顶上绘制壁画，还学会了在白布上给教士们绘制宗教画，后来又找到了一份手绘帘幕的工作……画画成了雷诺阿最重要的谋生手段，靠着一支画笔，他不仅可以赚足自己的面包，还可以有些余钱来贴补家用，这使他的父母感到欣慰，也由此看到了儿子在绘画方面的才能。于是，在1862年雷诺阿21岁时，他终于被送到巴黎美术学院，成为格莱尔的入室弟子。

格莱尔保守的艺术观念，并不为他的年轻学生们所接受，但是，他的画室具有一种宽松的自由交流的氛围。一周甚至两周才上一次课，使雷诺阿有足够的时间去卢浮宫观摩名画、去美术学院补习绘画基本功，更开心的是与同学们一起到枫丹白露森林写生。要讲雷诺阿在格莱尔画室的最大收获，就是在这里他结识了三位艺术密友：莫奈、西斯莱和巴吉尔。尤其是莫奈，不仅成为他终生的艺术同道，而且是他加入印象派阵营的直接动因。

1864年，格莱尔的画室关闭了，雷诺阿只好自谋生计。他常常手推着独轮车，车上放着寒酸的行李，从这间阁楼搬到那间阁楼，轮流寄居在几位友人的家里，身无分文，衣食无着。好在他已经习惯了贫穷，并不以此为苦。他甚至还经常在前往野外写生时，给比他更穷的莫奈捎去一块面包或者其他什么可以疗饥的东西。他还年轻，对未来充满幻想。只要有画可画，他就会沉浸在创造的快乐中。

N°2

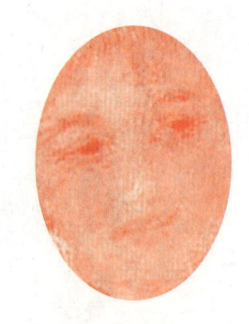

　　严格地讲，雷诺阿并不是一个具有强烈反叛性的画家。他对法国沙龙的权威性并不怀疑。事实上，他一直没有间断向沙龙提交自己认为可能被接受的作品。1864 年，他的《艾斯美纳达》首次被沙龙接受，这是梵高、塞尚等人毕生也未能获得的荣誉，而他当时年仅 23 岁。随后，从 1865 年到 1870 年，他又有五幅作品在沙龙相继展出，有的还得了奖。当然，在此期间他也多次被沙龙拒绝。令他感到进退两难的是：倘若只为了赢得沙龙的青睐而故意去追求那种虚幻的历史或者宗教题材，去表现那种矫情的贵族气质和古典风格，就势必要压抑自己的内心情感和美学追求，就势必要背离自己以画笔去歌颂快乐的艺术信条；可是，不去迎合沙龙的口味，就无法在主流艺术界立足，就会面临无人问津的困境，随之而来的必然是生活的加倍贫困。

　　每一个艺术家，在其艺术生涯中总会遇到几个关键的十字路口，如何选择自己的艺术走向将决定其一生事业的成败。雷诺阿在 19 世纪 70 年代初期，就面临着这样的局面：他并不像莫奈、毕沙罗、塞尚等人那样一直是被沙龙所排斥、所拒绝、所鄙视的画家，沙龙的大门对雷诺阿一直敞开着，他也完全谙熟敲开沙龙大门的那一套艺术技巧。照理，他完全没有必要像印象派其他画家那样向沙龙的权威们挑战乃至与其决裂。但是，他也深知，要想迎合沙龙的口味，他就必须做出让步、妥协乃至牺牲，他就必须放弃自己的艺术主张和喜爱的画风。这也就意味着他无法以画笔来抒写快乐，这会使绘画变成一种单纯的手工劳作，不仅失去了愉悦世人以及自我愉悦的功用，甚至会变成一种心灵的苦役。这恰恰是雷诺阿所无法接受的。于是，他毅然决然地选择了快乐——1874 年，他参加了第一次"沙龙

秋千
The Swing
1876

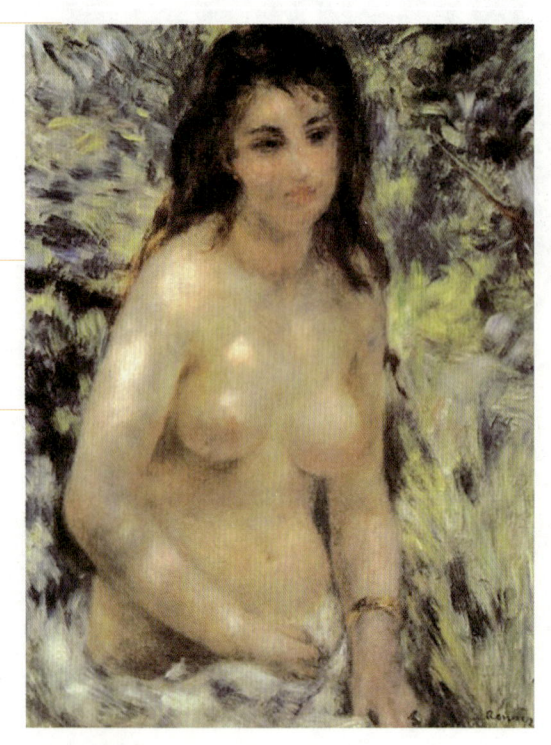

《阳光下的裸女》 Nude in the Sun 1875

落选展",也就是后来所称的首次印象派画展,随后他还以印象派所倡导的艺术技法创作出大量富于个性的作品,如《阳光下的裸女》《秋千》《红磨坊的舞会》等。从此,他成了印象派画家群体中的活跃分子。

然而,他的这些印象派作品招致了尖锐的批评。一些批评家对他极尽冷嘲热讽之能事,雷诺阿曾对一位朋友讲起当时的情形,他说:"我在最近画的这幅人体上,用紫色来表现阴影,结果遭到不少责难,一个评论家对我说:'你的模特儿身上长天花了吧?'听他那口气,这么说还真是客气的。"雷诺阿所说的就是《阳光下的裸女》。事实上,对他的这幅作品,许多评论所用的言辞要尖刻得多,譬如,模特儿身上的光影被称为"尸斑",画上的人物则被称为"腐烂的尸体"。雷诺阿一生中固然遭受过各种批评,但这一回确实是最不客气的。而更令人难堪的是市场的冷落:1875 年 3 月 24 日,雷诺阿与马奈、西斯莱、莫里索等人在德鲁旅馆举行作品拍卖会,他送去了 15 幅作品,结果遭到惨败,拍卖的收入甚至抵不上成本。

唯一值得庆幸的是,就在那次失败的拍卖会上,雷诺阿遇到了两位慧眼独具的收藏家,一位是海关官员维克多·曲克,

《包厢》 The Theatre Box 1874

《夏潘蒂耶夫人画像》 Mme. Charpentier 1876

另一位是出版家乔治·夏潘蒂耶。前者成为雷诺阿作品的重要收购者，并且在拍卖会现场就决定请他为自己和家人绘制肖像。后者则为雷诺阿提供了一个步入巴黎上流社会的捷径。夏潘蒂耶的夫人是一位善于交际的家庭沙龙的女主人，而在19世纪的巴黎，所有时髦的艺术风尚，都是在那些雅好文艺的女主人的裙子边上形成并流行开的。雷诺阿这个穷裁缝的儿子，如果没有夏潘蒂耶夫人的赏识和引荐，恐怕是终生无缘进入上流社会的，而他的幸运使他不仅成为夏潘蒂耶家的常客，而且经过夏潘蒂耶夫人的推举，他还获得了一些为巴黎名流绘制肖像的订单（当然夏潘蒂耶夫人要从中抽取一定的佣金）。就这样，雷诺阿成了一位肖像画家。他本想摆脱官方沙龙的束缚，如今却成了一个家庭沙龙的"附庸"；他本想在阳光下描绘明亮的风景，如今却为生计所迫，不得不依照主顾的意愿，在传统的审美规范下回归画室。这一切，雷诺阿虽不情愿，却无可奈何。

不过，对一直保持着浓郁的古典情结的雷诺阿来说，这一角色的转化倒也从一个侧面促成了他后期与印象派的疏离和最终向传统艺术的回归。

№3

雷诺阿以画人物闻名于世，但是他却很少请职业模特儿，因为他没有钱，无力支付请职业模特儿的费用。他在作品中描绘的人物，大多是他的朋友、情人，还有他的妻子。从他笔下的美女身上，依稀可见画家本人的情感历程。

与那些生性浪漫、激情四射的艺术家相比，雷诺阿算不上一个到处播撒爱情种子的多情种。他沉默寡言，憨厚质朴，还有几分腼腆，这些特质与他寒微的家庭出身有关。他内心一直怀着沉重的自卑感。

雷诺阿 24 岁时结识了画家朱利·勒克尔，两人一见如故。有一段时间，陷于贫困的雷诺阿就住在朱利家中。朱利出身于一个富裕的建筑师世家，他家住的房子原先是一位元帅的公馆。雷诺阿置身其间，常常自惭形秽。正是在这里，他见到了朱利妻子的妹妹莉丝·特蕾尔，这个圆脸庞、大眼睛的 17 岁女孩，一下子就把雷诺阿给迷住了，他们双双坠入爱河。她成了他的模特，进而成了情人。他早期的多幅作品中都有莉丝的倩影，1868 年他还把一幅题为《打阳伞的莉丝》送交沙龙并被接受。他与这位可人儿形影不离地生活了七年，但却始终不敢谈婚论嫁，他自知根本无法给心爱的人提供安定优裕的生活。直到 1872 年，莉丝 24 岁时嫁给了她姐夫的一位建筑师朋友。这是雷诺阿所遭受到的一次严重的情感打击，他忍受着失去所爱的痛苦，把为她画的最后一幅肖像赠送给她留念，然后默默离去。当时雷诺阿 31 岁，此后他们终生没再见过面。

这段破碎的恋情，在雷诺阿心底打下了痛苦的烙印，使他久久不能平静。他的弟弟艾德蒙曾记录了哥哥当时躁动不安的情形："他老是在街上走来走去，即使在屋子里也静不下来。究竟他的心在何处呢？"

是啊，雷诺阿心在何处呢？还是请仔细去看看他的画吧——不是有人早就发现雷诺阿一生偏爱画圆脸的女人吗？那是因为莉丝就长着一副圆圆的脸庞啊！他把自己的全部才情都倾注在那一个个丰腴的胴体上，就如同把内心深处残存的爱的记忆，再现在自己和世人的眼前。当我悟到了这层深意，再去品味面前的画作，那些面带微笑、天真可爱的美女形象，似乎正叠印出雷诺阿那清瘦而忧郁的面容，画中恬淡轻松的气氛中，顿时平添了几分苦涩、几分忧伤、几分凄恻、几分怅惘。

直到八年之后，39岁的雷诺阿才遇到了第二位情人阿林。这也是一个圆脸的姑娘，天真无邪，性情敦厚，出身农家，自甘本分，从不奢望出人头地，因而做什么事都任劳任怨，这使雷诺阿与她相处不再自惭形秽。她非常善解人意，只要有空，只要雷诺阿需要，她随时愿意给他当模特儿，不论是在室内还是到室外。她将自己的形貌和身体能够出现在雷诺阿的艺术作品中视为一项殊荣，她崇拜雷诺阿就像崇拜上帝。这个纺织女工好像早就预知雷诺阿命中注定是个绘画大师，她曾发表过一段挺"哲学"的论断："就好比葡萄树生来就是为了酿造葡萄酒一样，雷诺阿这个人就是为了画画才来到这个世界的。画得好也罢，画得不好也罢；功成名就也好，失败潦倒也好，他无法不画画。"

阿林的出现似乎给雷诺阿带来了好运，渐渐地，他开始摆脱穷困——专门经营印象派绘画的画商杜朗·俞耶开始订购雷诺阿的作品，这使他不必再为衣食奔走。1881年，当他积攒了一笔旅费之后，他开始了一次向往已久的艺术之旅——他前往罗马、佛罗伦萨去拜谒文艺复兴时期那些意大利大师的杰作；他远赴阿尔及利亚去寻访他终生钦敬的德拉克罗瓦的踪影；他还专程去到埃斯塔克拜访了长期被冷落的画家塞尚，一年以后才回到巴黎。

恰恰是在久别的思念中，雷诺阿才真切地感受到阿林对他是何等的珍贵。他的心态逐渐平静，他的画作中也开始频频出现阿林的身姿和面影，如《乡村之舞》《游艇上的午餐》《伞》。在这些作品中，阿林被表现得清纯自然、随和亲切，甚至有几分憨态可掬，完全是一副平民女性的形貌，这与此前他在描绘莉丝时有意无意间渲染出来的贵族气息，形成了鲜明的对比。譬如，都是表现伞的主题，在《打

The Umbrellas
1881—1886

阳伞的莉丝》中,莉丝是以一个衣着华丽、打着阳伞的少女形象出现在画面中的,而在《伞》中,阿林却是整个画面中唯一不打伞的人物——在当时的巴黎,伞也是一种身份的标志,雷诺阿却专心画出一个衣着朴素得近乎寒酸且无伞可打的阿林,其用意是不言自明的。

1885年3月21日,他与阿林的第一个儿子皮埃尔诞生。从此,雷诺阿开始大量创作表现母与子的温馨小品,其中最著名的便是《哺乳》,这是雷诺阿一画再画的题材,后来还做成了雕塑。但是,他在创作这幅作品时并未与阿林结婚,他们的正式结婚仪式直到皮埃尔5岁时才举行,而且是秘密举行的。令人扼腕而叹的是,在结婚后长达十年的时间里,雷诺阿一直不愿让巴黎的上流社会知道自己娶了一位纺织女工做妻子,他竟然让阿林一直生活在阴影里。作为雷诺阿的妻子,她只能像影子一样藏在雷诺阿的背后,不能在任何公开场合露面,这是多么不公平的事情——如今,我们尽可以替可怜的阿林打抱不平,谴责雷诺阿的虚荣心和大男子主义,然而,又有谁能理解雷诺阿彼时彼地做出如此选择的无奈与辛酸呢?

04

雷诺阿似乎与痛苦结下了不解之缘,当他刚刚摆脱了贫穷的困扰,初尝家庭的愉悦时,病魔却不期而至:就在雷诺阿47岁那年,一场风寒病过后,他的周身关节开始肿痛,他被告知得了风湿病。此后的三十余年中,雷诺阿饱受风湿病的折磨,病情一步步恶化——1897年,风湿病转为关节炎,接着又遭遇右手骨折的厄运，从此，他不得不拄上了拐杖；1910年，他完全丧失了行走的能力，不得不坐上轮椅；更严重的是，他那僵硬变形的手指竟然再也夹不住画笔了，这对一个画家来说实在太残酷了。他不得不让家人一次次地把那些粗粗细细的画笔，不断塞进他的指缝，靠着同样僵硬的手腕调和着颜料、运动着笔尖、勾画着一幅幅美妙的图画。雷诺阿晚年的大量画作，就是这样蘸着病痛一笔一笔创作出来的。那画面上快乐的气氛、明亮的色彩、姣美的面容、充盈的生机与活力，刚好与一个处于极度痛苦中的病人的心态，形成了巨大的反差。就像年轻时回避自身的贫穷一样，雷诺阿晚年也在尽力回避着自身的病痛，不肯让一丝一毫的痛苦通过画笔流落到画面上。雷诺阿是一个只能歌颂快乐的歌者，然而，谁又能想象得到，他的所有快乐之歌其实都是以痛苦酿造而成的。朋友，你要理解雷诺阿的艺术吗？那就请先去品味一下他的痛苦吧，这是你走近大师的一把入门钥匙。

　　我与雷诺阿似乎前生有缘，在西方各大博物馆中曾多次与他的画作隔代相逢：在巴黎的卢浮宫、在纽约的大都会博物馆、在伦敦的国家美术馆……其中，尤其令我怦然心动的是在巴黎的奥塞博物馆——在这家专以收藏和展出印象派绘画而享誉于世的著名画廊里，我见到了雷诺阿的那幅名作《红磨坊的舞会》。站在这幅巨大的油画前，我不由得想起雷诺阿一生的坎坷命运，而创作这幅画的曲折经历不恰恰是他坎坷命运的一个缩影吗？这幅完成于1876年的名画曾被收藏家古斯塔夫·凯尤波特所购藏。1894年凯尤波特去世，临终前留下遗嘱，要把这幅自己心爱的作品无偿捐赠给法国政府，让更多的法国民众得以欣赏到这幅杰作。然而，令人难以置信的是，凯尤波特的美意竟然被法国政府婉言拒绝——在当时的主政者眼中，像雷诺阿这样的印象派画家是没有资格进入官方博物馆的。雷诺阿听到这个消息时，除了轻轻叹息一声之外还能说什么呢？那一年他已经53岁，依然没有被主流画派所接受，他内心的失望和悲哀是可以想象的。直到数年之后，法国当局的态度才有所松动，勉强接纳了这幅作品。这幅杰作在近代美术馆一经展出，立即声名远扬，毕加索、杜菲等晚辈画家都从这幅作品中汲取了艺术营养。如今，这幅画被摆放在奥塞博物馆的显著位置，成为该馆的镇馆之宝。一幅画作寄寓了一代艺术大师的兴衰荣辱，观其画而思其人，怎不令人感慨唏嘘。

《红磨坊的舞会》 Dance at Le Moulin de la Galette 1876

雷诺阿的晚年并不平静：1914年，第一次世界大战爆发，他的两个儿子应征入伍，在前线双双负伤；翌年，阿林去世，雷诺阿完全孤独了，但是他依然坚持作画——只有沉浸在艺术创作中，他才会感到真正的大快乐。

大概是命运之神对雷诺阿一生所遭受的太多的痛苦表示怜悯吧，在他生命的最后关头终于对他露出了一丝微笑：1919年8月，他的《夏潘蒂耶夫人画像》被卢浮宫收藏，法国艺术界为此隆重地邀请雷诺阿出席首展仪式。当白发苍苍的雷诺阿坐着轮椅，缓缓地走进卢浮宫那金碧辉煌的殿堂时，所有人都在向他鼓掌致敬，人们就像是在欢迎一位久违了的画坛"教皇"。

四个月后，雷诺阿死于肺炎，享年78岁。临终之前，有人听见他在喃喃自语："我才刚刚有了成功的希望啊……"

Sisley
被遗忘的"四季诗人"

西斯莱

2005年4月，香港艺术馆，法国印象派绘画珍品展正在举行。我带着妻女专程从深圳赶赴这场艺术的盛宴。旅法二十年的香港著名油画家林鸣岗先生特意赶来为我们充当"导游"。他对法国印象派绘画钻研多年，其绘画风格也带有明显的印象派气息，在这方面称得上是绝对的专家。

展厅里熙熙攘攘，人流如织。在一个相对狭窄的过厅里，林先生停住了脚步，他注视着左右两面墙上悬挂着的画作，对我们说，把这两个人的作品面对面摆在这里，真是耐人寻味啊！

我细细看去，只见左面墙上挂的是大名鼎鼎的印象派主帅莫奈的三幅画作，右面墙上挂的则是知名度远不如莫奈的西斯莱的三幅风景画。林先生观画思人，不由得感叹道："人生的显晦，真是奇妙莫测。莫奈生前即享大名，而西斯莱却一生不为人知，难道是他画得不好吗？你看看他的画就知道他的功力有多深，对色彩的把握有多么精湛了。他与莫奈终生为挚友，也终生为对手，把他俩摆在一起展出，其实是还给西斯莱这位被遗忘的大师一个公道！"

我不知此次展览的主办者在展位上做出如此安排，是不是如林先生所说是有意为之，但是我赞成林先生的见解。作为印象派最早的一位倡导者和实践者，西斯莱确实是不应该被遗忘的。当艺术史已经给了印象派以无比崇高的地位，当印象派画家群体早已得到全世界尊崇的时候，我们确实应该拂去历史的烟尘，驱散偏见的雾障，去重新认识这位终生与孤独寂寞为伴、与贫穷困顿为伍的艺术家了。

01

阿尔弗莱德·西斯莱1839年出生于巴黎，由于他的父母都是英国人，他无法取得法国国籍，这使他成了一个终生都在法国生活的外国人。

西斯莱的父亲威廉是个商人，专门从事从法国进口丝绸及羊毛织物到英国销售的家族生意。西斯莱在家里是第四个孩子，也是最小的一个。他前面的三个哥哥姐姐都是在英国出生的，只有他降生在巴黎。这是因为此时他的父亲被派往巴黎拓展业务。这一家族的经济决策，倒使西斯莱与艺术之都巴黎结下了不解之缘。

西斯莱一直在巴黎长到18岁才被送回英国学习经商。但是这个孩子或许是在巴黎呼吸了过多的艺术空气，他一点也不喜欢进出口贸易，却把大部分时间都花在看戏和看画上面。正是在伦敦期间，他迷上了英国两位最著名的风景画大师透纳和康斯太勃尔，这使他从艺术启蒙时期就已种下了某种英国艺术的基因。直到今天，他的画家身份和绘画风格依然是艺术史家们议论纷纷的一个话题——"他应当算是一个英国画家呢，还是更多地属于法国的风景画家？西斯莱一生都住在法国（除了几次回英国小住），并致力于描绘巴黎地区的风景，但他直到1899年去世，也未取得他强烈要求的法国国籍。他善于在其令人陶醉的、细致入微的作品中表现巴黎地区的迷人风光，尽管如此，西斯莱却终究没有去掉英国人的痕迹，这使他在印象派画家中与众不同。"这是奥塞博物馆研究部主任西尔薇·巴丹写于2005年的一段文字，它至少透露出这样一个信息：在西斯莱过世一百多年之后，他的身份归属问题依然像一个魔影在困扰着他，以至间接地影响着后人对他艺术风格的评价。

不过，当这个富商的儿子于1857年被送回英国的时候，在他面前本来是铺展着一条在世俗眼光中令人羡慕的康庄大道的。但是这个与众不同的年轻人却让他的家族非常失望，眼看着三年过去了，除了练就一口流利的英语之外，他在经商方面一无所成。他父亲只好把他接回巴黎，并答应了他学画的要求，让他进入了格莱尔画室学习美术。

瑞士人格莱尔是一个偏向保守的二流画家，但是他注重素描、强调古典、稍嫌刻板的教学，却使西斯莱得到了最初的美术训练，这为他后来从事绘画事业打下了扎实的基础。这当然是非常重要的，而更为重要的是，正是在格莱尔画室，西斯

《鲁弗申的花园小路》 Garden Paths in Louveciennes 1873

莱结识了同学莫奈、雷诺阿和巴吉尔。这几位同班学友正值风华正茂之年，志趣相投，情深意笃。他们在画室里互相切磋，宏论滔滔，还经常一同外出写生，在枫丹白露森林里追寻着前辈画家的足迹。在巴比松，在塞纳河，他们亲近着卢梭、米勒、杜比尼、柯罗，和这些心目中的大师们一起感受大自然的纯美和阳光下万物的斑斓。也正是在那段时间里，最初的印象派绘画观念孕育出了胚芽。

这一时期，大概也是西斯莱生活最优裕，心情最愉快的一段时光了。他此时还与身为富商的父亲住在一起，衣食无忧，手头宽裕，他和另一位富裕的同学巴吉尔时常接济困顿中的雷诺阿和莫奈。这对他们来说，无异于雪中送炭。当时，雷诺阿为表达自己的感激之情，曾专门为西斯莱父子各画了一幅肖像。为其父亲威廉画的那幅肖像曾于1865年在沙龙展中展出，成为雷诺阿的早期代表作；而为西斯莱所作的那幅肖像则成为西斯莱本人保存终生的珍藏。

西斯莱学习期间的习作，一件也没有保存下来。这一方面说明他当时可能画

《鲁弗申，山腰小径》 Sentier de la Mi-cote, Louveciennes 1873

艺平平，尚无出众之处；另一方面也似乎缘于这位举止优雅、衣着讲究的英国绅士不喜张扬、谦和内敛的个性特征。和他那几位法国同学比起来，他似乎更喜欢躲在旁边而不喜欢占据中心，聚会时他也不喜欢高谈阔论而习惯于静静地聆听。雷诺阿有一幅描绘早期印象派画家聚会情形的画作，西斯莱被画成背对着画面安静地看报纸的形象，这种独特的安排被认为是对这位英国绅士的传神写照。

或许正是他这种内敛低调的性格，使得他经常在群体活动中处于不被重视的陪衬地位？或许正是因为他不喜张扬，而被那些过于张扬的声音遮盖了淹没了？人们常说，性格决定命运。那么西斯莱的性格又在多大程度上决定着他那多舛的命运呢？

现在的艺术史家们只能面对这样一个事实：在所有关于印象派形成前后的文献资料中，提到西斯莱的地方不多，而且大都是一笔带过，语焉不详。然而，一旦细心分析，就会发现有几件非常重要的事实，无可争议地表明了这位画家在印象派群体中的核心地位。

1867年，当官方的沙龙拒绝印象派画家（当时这个称谓还没出现）的作品参展，大家聚集在巴吉尔的画室准备对此表示抗议时，提出动议的是巴吉尔，而第一个要求在成立落选者沙龙的文件上签字的人，正是西斯莱。由此可见，西斯莱在当时的印象派画家群体中，无疑是做出了关键性的贡献。退而言之，至少也说明他在这个群体中的地位并不是无足轻重的。

那么，在印象派绘画风格的形成过程中，西斯莱又占有怎样的地位呢？就在中国香港展出的珍品中，有一幅西斯莱的风景画《鲁弗申的花园小路》（作于1873年）。一位法国评论家为这幅画写了这样一段评语："冬天来了，太阳低了，投下蓝紫色，近乎金属般光泽的阴影，同受光部分的金黄色相映成趣。画家用很少的颜料，疾速的笔锋画出晴朗的、淡蓝中夹以淡紫的天空，使人越发感到冬景中的严寒。"尤其耐人寻味的是下面这段论述："这幅画比第一次印象派画展还早一年，但它已表现出印象派绘画的造型和技法的各个方面，这使评论家和观众大惑不解。与美术学院及其追随者主张的绘画技法背道而驰的这种细腻并具震撼力的笔触，在这幅画中尤其表现得淋漓尽致。"为什么今天的人们会"大惑不解"呢？既然这位了不起的画家早在"印象派"出笼之前，就已经创作出如此"印象派"的画作，那为什么当时的人们却只记住了莫奈的《日出·印象》、雷诺阿的《裸女》、德加的《芭蕾舞女》等，却对西斯莱的《鲁弗申的花园小路》视而不见呢？今人的"大惑不解"，反倒说明西斯莱的艺术在经过了一百多年时间的淘滤之后，使当今的人们不得不对他的原创价值予以重新定位。

然而，历史的不公就在于，在印象派草创时期，当来自社会各方，特别是正统艺术圈的嘲讽和唾骂向印象派画家们袭来时，西斯莱是与他的同道们一同忍受、有难同担的；而当莫奈、雷诺阿、毕沙罗纷纷依靠自己对印象派艺术的贡献而接受鲜花和掌声的时候，可怜的西斯莱正与孤独和穷困做着苦苦的抗争！

N°2

西斯莱从富家子骤然沦落为穷光蛋，既有他个人的原因，更与他所处的时代息息相关。

他1863年离开格莱尔画室后，曾有两三年春风得意的日子：与莫奈等画友四处寻找适合作画的美景，与志趣相合的朋友们在咖啡馆里谈画论文；更开心的是，他还有两幅画作《马洛特乡村街景》和《马洛特乡村街景——走向森林的妇人》被1866年的秋季沙龙接受展出，这对27岁的西斯莱来说，实在是值得庆幸的事情。

然而，这种惬意的日子在1867年出现了一次重大转折。就在这一年的6月，西斯莱当上了一个男孩的父亲。这是他和法国情人鄂珍妮下的一个私生子。鄂珍妮比西斯莱大5岁，是一家花店的女主人，业余时间也为画家们做模特。西斯莱是如何与她相识进而相爱的？如今已查不到任何文字记载了，她甚至连一张照片都没有留下来。人们只知道西斯莱与这个无名无分的女人不离不弃地生活了三十多年，共同养育了三个子女（其中二儿子夭亡）。她与这个穷画家一同支撑着家庭，四处颠沛流离，没有享受过一天安稳舒适的好日子。直到1897年，也就是她与西斯莱同居三十年之后，才在英国的卡迪夫正式登记结婚，成为名正言顺的西斯莱夫人。不幸的是，婚后不到一年，鄂珍妮就因癌症去世了。没有人怀疑这一点：如果不是这个有着超强忍耐力的女人默默支撑和鼓励着西斯莱，他是很难熬过那些艰难岁月的。

同样令人深信不疑的是，正是西斯莱与鄂珍妮的非法同居和未婚生子，导致了

《清晨阳光下的莫瑞教堂》 The Church at Moret in Morning Sun 1893

他一贯保守的父亲乃至整个家族与他的决裂。自此之后,西斯莱再也得不到家族的经济支持,他与家族亲人也日益疏远了。从此,他必须独自承担起生活的重负,养家糊口,卖画挣钱,以往那种大手大脚的富家子习气,从他身上一去不复返了。

好在西斯莱并不是唯一陷入这种困境的人,在他的好友中,有好几位都是因为私生子问题与家族发生了矛盾,如莫奈、毕沙罗,还有塞尚,再多一个西斯莱又算什么?毕竟他们还年轻,对自己充满信心,对未来充满憧憬。

事实上,在孩子尚未降生之时,西斯莱就已经开始向朋友举债了。在1867年5月左右,他曾写信给巴黎的友人伍德维尔说:"我想请你帮忙,我急需150法郎。我妻子生病了,而我身无分文。沃尔夫先生若在巴黎,不妨劝说他买一张我的画,海景、风景都可以，或是描绘勒阿弗尔镇上的房舍及街道的。我正在画几幅画，有一张快完成了。"以西斯莱以往的那种绅士派头和清高心理，让他开口借钱实属不易，让他恳求别人购买自己的画，岂不更难？但是，此时的西斯莱已经别无选择，他除了画画，又会干什么呢？

幸好，伍德维尔很快就给他回了信，可能随信也把钱寄来了，并且告诉西斯莱那位沃尔夫先生也答应购买他的一张画。西斯莱立即回信说，他会立即开始工作，并且开列出一张已经完成和即将完成的画作清单。其急切的心情由此可见一斑。

然而，对西斯莱而言，生活的苦难还只是刚刚开始。1870年，普法战争爆发了。这一年的秋天，西斯莱搬进布吉瓦的新家。可是不久那儿就被普鲁士军队强占了，他只好四处躲避。在后来写给友人的信中，西斯莱悲愤地写到，1870年他住进布吉瓦后，战争使他失去了一切。不仅家产荡然无存，更可惜的是，在这一年里他创作的全部画作，也在那次浩劫中毁于一旦。搜检西斯莱现存的全部画作，唯独在1870至1871年间出现惊人的空白，这或许正可解释那一年的灾难所造成的严重后果。

1872年，战后的巴黎开始恢复，西斯莱也举家迁往巴黎西部的路维香，在一个名叫瓦辛的小村庄住了下来。对他的家族来说，战争的阴影依然如黑云一般压在头顶，因为，在这场战争中，他父亲威廉彻底破产了，他不得不迁居到厄贝纳附近的贡桔隐居，靠菲薄的保险金度日。七年之后，老威廉在抑郁中死去。

战争所带来的变化，也波及了早期的印象派画家群体。当年最慷慨大方的活跃分子巴吉尔，在战场上送了命，莫奈和毕沙罗跑到英国去避难，而雷诺阿则被征到骑兵团，亲眼见证了战争的残酷和无情。当这些画家们陆续回到了巴黎，他们的艺术比以前更加成熟，其艺术见解也日渐完备。在他们昔日常常聚会的格布瓦咖啡馆里，他们又重新聚合在一起，像从前一样激烈地争论着，兴奋地谋划着，互相交流、互相砥砺、互相启发、互相吸纳，逐渐形成了一个独立于官方艺术沙龙和学院派艺术圈之外的充满活力和创新意识的画家群体。印象派在这个后来名声显赫的咖啡馆里，悄然成形了。

战后的那几年，是西斯莱生活最动荡的一段时间，同时也是他的绘画艺术突飞猛进的关键时期。他以巴黎周围风景区为描绘的对象，以严谨而精到的观察和朴实无华的色彩，勾勒出一幅幅安谧祥和而富于诗意的画面。那时，他经常与莫奈一同出外作画，选择同一处景致绘制同名的画作，如完成于1872年的《艾洛特伊大街》。许多后来的艺术评论家认为，西斯莱这一时期的作品，要比莫奈略胜一筹。

但是，这个现实情况却被当时的评论家们有意无意中忽略掉了。在1874年举办的第一次印象派画展上，西斯莱送展了6件作品，但不知是何原因，当时的评论界和媒体却连这些画作的名字都没有记全，在相关的报道中也很少提及西斯莱的名字。这位印象派大将一出场，似乎就变成了一个无关紧要的角色。

西斯莱对此倒不很在意，他只知道埋头画画。不过，在这次画展所招致的一片批评和指责声中，却有一个至关重要的声音对他表示了难得的赞赏，那就是一直关注支持印象派绘画的大画商杜宏－赫，他说："西斯莱通过迷人的画面、温柔的色彩、静谧的景致，以及深度的表达，展现了他的个性。"也正是这个慧眼独具的杜宏－赫，在印象派画家最需要帮助和支持的年代，给予了他们强有力的援助。莫奈、雷诺阿、毕沙罗、德加等人都曾受益于他，而西斯莱在相当一段时间里，也主要是靠卖画给这个画商来维持生计的。

N°3

许多评论家在论及西斯莱的艺术成败时，总爱引用毕沙罗于 1887 年写给他儿子路西安的信中的一段话，作为重要的论据。信中毕沙罗批评了 19 世纪 80 年代以后的西斯莱作品："西斯莱，没什么改变，技巧熟练而细腻，但就是不对劲。我实在不欣赏他的作品，平凡、勉强而散漫；西斯莱有观察力，只有不讲究的人才会被他的画所吸引。"

这里的一个关键词是"没什么改变"。在那个一切都在急剧变化的时代，趋新求变已成为席卷艺术界的大潮。不变就意味着落伍意味着退步，于是，许多艺术家不得不每天思考着如何花样翻新，如何超越昨日超越旧我。这种以新旧定优劣的审美思潮，贯串着整个现代艺术的发展过程。而西斯莱本来是站在当时艺术变革最前沿的，可是他在此后的十年间竟然"没什么改变"，这就是他被时代遗忘的根本性原因。

不错，西斯莱 19 世纪 70 年代的作品无疑是确立其艺术地位的杰作。那时，把他的作品与莫奈、毕沙罗等人的风景画放在一起是毫不逊色的。那是印象派绘画的典型风格，讲究光影变化，强调实景写生。西斯莱在这种画风中依稀看到了前辈大师的影子，如他终生崇拜的柯罗，如他的英国前辈康斯太勃尔。于是，他在这个艺术园林中停下了脚步，他陶醉于这种美学趣味，兴致盎然地在这块艺术沃土上精心耕耘，以至乐不思返陶然忘归。不知不觉中，别人都急匆匆地继续赶路去了，而他却始终坚守着自己最早开垦的一方艺术园林，期待着有朝一日能够结出艺术的奇葩。

西斯莱之所以会做出这样的选择，与他保守的家庭背景和内敛的个性有着直接关系。他生性不是一个喜欢追求新奇的画家。相反，他的艺术观念一经确立，他便会锲而不舍地坚持走下去，不管遇到多少艰难险阻、非难打击，他都毫不动摇。不幸的是，他偏偏生在一个刻意求新的大变革时代，艺术品的恒久美学价值，在那个时代被迅速地改写着、刷新着、瓦解着，个人的美学追求根本无力抗拒这股以现代化为标志的艺术大潮。各种各样的机械来了，火车汽车来了，无数工厂的轰鸣打破了昔日乡间的宁静，无数高耸的烟囱横亘在原本湛蓝的天空。画家们的情绪被这些新奇的东西鼓动着牵引着，将其视为富有时代感的崭新题材。于

《马利港的洪水》 Flood at Port-Marly 1872

是,他们兴致勃勃地把画笔转向了那些具有现代化符号意义的新景观,他们变得很快,不仅绘画题材新了,连表现这些新景致的绘画技法都有了相应的突破。正如西尔薇·巴丹所写的:"印象派画家效仿荷兰画家的做法,不满足于描绘正在整治中的乡村和郊区,反映那里的休闲活动,而是执意地描绘通往那些地方的交通设施。有多幅油画都以一种特别的亮调子表现出印象派画家对工业化的赞颂。莫奈常常驻足于"阿尔让特伊的铁路桥"前面,而雷诺阿则在"沙图的铁路桥"前支起了画架。新修的道路不断给画家们以灵感(如毕沙罗的《鲁弗申的马车》《鲁弗申大街》)。印象派画家把道路、铁路、河流桥梁以及各种相应的交通工具搬上画面,从而创作了一种风景画的新图像,描绘一种由于当时工业化而'变得更美的风景'。……工业进步使法国具有现代化的面貌，画家们则把'现代性'引入了绘画。"

众所周知，印象派画家原本是以表现巴黎附近的乡村景色而闻名的，但是，战后的重建大大加快了法国城市化的进程。对此，巴丹写道："印象派画家擅长表现法国农村，同时也能在城市，特别是在巴黎和鲁昂找到灵感。他们被奥斯曼男爵创造的'新巴黎'迷住了。以火车站为象征的现代工业时代的建筑进入他们的视线。而火车站以及新建的玻璃和金属建筑物则是工业时代的见证。"于是，莫奈在1877年画成了《圣拉扎尔火车站》；雷诺阿在都市的大型舞会中发现了创作的源泉；德加发现了舞台灯光下的芭蕾舞女；劳特累克则在灯红酒绿的妓院里找到了灵感……

唯独西斯莱，依旧在乡间的小径中踽踽独行，追寻着早在青年时代就已萌生的柯罗式的、康斯太勃尔式的、库尔贝式的风景画梦想。他的画，题材没有变，美学理念没有变，只是技法愈发纯熟，对光影的微妙变化把握得愈发细腻，他甚至深入到空气湿度、气温变化对景物的影响这样深的层面。他离城市越来越远，离现代化越来越远。他从来不画暴风骤雨，不画乱云飞渡，甚至不画日出日落，他只画有蓝天、有白云、有阳光、有树木的乡间景色，一些评论家据此而批评他的画平淡无奇，单调呆板。然而，正因如此，他的画才总是那么平和安谧，那么和谐稳定，那么朴素单纯，即使画的是洪水暴发，他也要把它画得很舒缓很平静。他的色彩永远是淡雅而协调的，他的笔触永远是潇洒而流畅的。在他的画里，你找不到浮躁和油滑，找不到急促和乖张，找不到粗浅和草率，更找不到荒诞和怪异。虽然画的是平凡小景，但其中传递的却是画家内心的孤寂、疏离和目中无人的高傲。在他的眼中，只有大自然才是他真正服膺的对象，才值得他倾注满腔诗情，他把大自然当成有生命的物质，那河流、那树木、那村庄、那桥梁，还有那些生活其间的农民和牛羊，都被他赋予了淡淡的诗情画意。一位意大利现代评论家在谈到西斯莱的名作《马利港的洪水》时曾这样写道："这种水汽弥漫的平淡无奇的感觉，在西斯莱笔下，却变成了一种迷人的图画，变成了神话般的境界。到今天，在去马利港的路旁，还能够看到这座平平常常的可怜的房子，可是，你只要目睹过这座房子，你便会感到西斯莱是多么富有诗意地改造了它。"

是的，如果没有对大自然的真挚无邪的热爱，恐怕是很难创作出这些如诗的图画来的。今天的艺术史家们尽可以充满敬意地谈论西斯莱对印象派原始教义的那一份万难不懈的坚守，尽可以由衷地叹服于他忍耐寂寞和误解，专心发掘光与影的真谛的那种韧性和毅力，尽可以把"四季诗人"的桂冠戴在西斯莱的头上。然而，这一切同当年的西斯莱又有什么关系呢？他的画一年又一年地被沙龙拒绝，在画商那里也卖不出去。杜宏-赫曾想方设法推销西斯莱的画作，从几个画家的联展到专门为他举办的个展，效果都不理想。他还曾把西斯莱的作品介绍到他的故国去展销，谁知英国人也不买他的账。无奈之际，杜宏-赫曾于1888年前后与西斯莱商量改画一些水彩画，一是水彩画成本低，卖价也可以更加低廉，再者画水彩也比油画容易一些，可以适当增加产量。尽管西斯莱此前并不画水彩，但他还是接受了画商的建议，画了一批风格鲜明的水彩画。后世的评论家对西斯莱驾驭水彩画的本领大加赞赏，还有人从这些作品中发现他借鉴了一些东方绘画（如日本浮世绘）的技法。然而，这些努力在当时并没有改善他的经济状况，他和他的家人依然生活在饥寒交迫之中。

西斯莱当时的窘况，我们可以从他1885年11月17日写给杜宏-赫的一封求援信中看出一些端倪，他写道："21日必须付钱给肉商和杂货店，已经积欠了半年和一整年的费用，但我身无分文。而且，我个人在冬季作画也需要钱，有一些必需的开销。我希望能够安静地画画。情况紧迫，明后天我会交给你三张画，是目前仅有的完成作品。"

杜宏-赫是不是给他解了燃眉之急，如今已不得而知。但是，长期积压的西斯莱画作，的确使这位画商大伤脑筋。杜宏-赫出于经营的考虑，不得不减少了西斯莱画作的收购量，这又引发了西斯莱的强烈不满。他一气之下，决定寻找新的代理商。有资料显示，西斯莱大约在19世纪80年代晚期就与杜宏-赫解约，改由乔治·波蒂接手他的作品经营。

4

就在西斯莱固守着自己的艺术理想，在巴黎乡下埋头创作的十年间，那些早年的画友们却先后开拓出属于自己的艺术空间。他们有的名声大振如日中天，有的销路顺畅大开财源，这些信息不断刺激着困境中的西斯莱，巨大的反差加重了他的心理负担。虽然他对自己的艺术信念从不动摇，但是经济上的窘迫却使他常常自惭形秽。要知道，他虽然已完全融入法国社会，但骨子里依然是一个英国绅士，体面和尊严从来就是绅士最重要的标志。然而如今的西斯莱还哪里绅士得起来呀！

他只能选择逃避。于是，他深居简出，离群索居，与原先那些老朋友也不再来往。作为印象派的中坚人物，他曾积极参加了前三届印象派画展，但是从第四届开始就拒绝参加——除了1882年在朋友的劝说下参加了第七次印象派画展。他似乎在有意地遗忘过去、遗忘故人、遗忘原先的那个生活圈子。

艺术评论家阿森·亚历山大敏锐地发现了西斯莱晚年性情的改变。他说19世纪70年代的西斯莱是个无忧无虑的人，他跟友人在枫丹白露森林作画时，是那么个性悦人，对任何事情都兴致高昂。可是后来他却变得性情多疑，乖戾无常，对关心他的人也会出言不逊，甚至恩将仇报。他嫉妒老友的成功，认定自己是巴黎艺术界阴谋的受害者。亚历山大在1899年写道："西斯莱在十年前就进入了焦虑、暴躁、易怒和愤世嫉俗的黑暗期，并深受其苦。"

那些老画友们也明显地感受到西斯莱的性格变化。毕沙罗在一封信里曾提到，他已经两年多没见过西斯莱了；而挚友雷诺阿在西斯莱去世之后回忆说，他自

《卢安运河》 The Loing's Canal 1892

《洪水泛滥中的小舟》 Boat in the Flood at Port Marly 1876

1883年在马奈的葬礼上见过西斯莱一面之后，就再也没有见过他。他还谈起一件让自己很不愉快的往事：有一回他在路上遇见了西斯莱，正想打个招呼，谁知西斯莱却越过了马路，显然是有意回避与之交谈。而马奈的侄女朱莉则谈起她和妈妈一起游览莫瑞时曾遇见过西斯莱，她妈妈希望西斯莱到她们的住地来看看，西斯莱先是答应了，可是说过"再见"之后，他又追了回来，对她说："不会的，我是不会去看你的！"如此怪僻的举动，简直与大家印象中的那个绅士形象判若两人了！

从19世纪70年代到80年代，西斯莱一直在搬家。依据他的年谱，我们可以列出这样一个独特的"西斯莱搬家一览表"：

1870年秋，在巴黎西部的布吉瓦安家，随后就被普鲁士军队抢占，损失惨重；

1872年，迁居巴黎西部的路维香，居住在小村庄瓦辛的公主街2号；

1874年冬，迁居至路维香附近的马利；

1877年，由马利迁居到塞弗禾；

《圣马丁运河》 St. Martin Canal 1870

1879 年，因经济拮据而迁居到塞弗禾的公寓；

1880 年 2 月，迁居到卢安河畔的小村庄维纳－那东；

1882 年 9 月，举家搬到卢安河畔的莫瑞；

1883 年 9 月，迁至维纳－那东附近的雷·萨布隆村；

1889 年，回到莫瑞；

1891 年，迁居到莫瑞的蒙马特街 19 号。

……

二十年间搬家达十次之多，这到底是为什么？有人说，这是因为西斯莱要寻找最佳的取景地点以方便他对景写生，这种解释充满了艺术家的浪漫想象，但显然过于虚幻了；有人说，西斯莱搬离巴黎越来越远，是因为他厌恶都市生活，向往乡间的宁静，这话确有几分道理，但也似乎脱离现实。而另外两个说法虽然不免有些冷酷，却可能比较接近真实。一种说法是，西斯莱之所以不断搬家，只不过是因为他支付不起房租，不得不去寻找租金更低廉的居所。这说明在这十多年间，他的经济状况越来越糟糕了。另一种说法是，西斯莱不断变换住址，是不想让别人轻易地找到他，这当中，既包括他的老朋友，也可能包括那些追讨欠账的债主。

总之，晚年的西斯莱是彻底地与世隔绝了。他孤独地徘徊在卢安河畔，在那些不起眼的乡间小景前支起画架，与其说他是在作画，不如说是在与大自然窃窃私语。他像当年康斯太勃尔钟爱自己的家乡戴德姆山谷一样钟爱着莫瑞小镇，他晚年的所有作品都与这座小镇息息相关。单是一座莫瑞教堂，他就画了至少十四张油画，用各种色调和笔法，来表现这座古老建筑在不同季节、不同气候、不同光线乃至不同时段中的微妙变化。评论家们总爱对画家进行比较，因此就有人把西斯莱所画的莫瑞小教堂与莫奈所画的鲁昂大教堂进行类比，说西斯莱有可能是模仿了莫奈。我以为这样类比其实并没有意义，值得重视的倒是西斯莱在这一系列作品中的新技法。他的用笔愈加粗放，色调更加丰富，如果套用一个中国人常用的论画术语，就是他画中的"写意性"更强了。这昭示着西斯莱在绘画语言方面，并不是一成不变的。

画家艺术风貌的变化，实在是一个非常复杂的过程。有的画家刻意求变，日日出新；也有的画家日积月累，日久生变。前者属于"突变型"画家，后者则属于"渐变型"画家。西斯莱是典型的"渐变型"画家，他专注于一个不大的领域，在无数次看似重复的艺术实践中，积累着对美的感悟，磨砺着自己的技法，最终创造出独特的艺术风格。这一类画家必须耐得住寂寞，倾尽毕生之力来完成一次艺术的探险。他们对艺术必须无比真诚，否则就难免随波逐流、半途而废。他们必须是一些真正的艺术殉道者，世间的毁誉荣辱都无法动摇他们的艺术信念。他们中的很多人都是一生落寞，遍尝人生的苦难。但他们为人类艺术殿堂增添的无价珍宝，终将使他们名垂史册。

西斯莱就是这样的一个艺术殉道者！当历史老人拿起时间这个永恒的艺术标

尺，来衡量一切过往的艺术品的时候，当彼时彼地的所谓"新潮"统统被划入"前朝旧事"的时候，当艺术评价的天平重新恢复到只重"优劣"而不强调"新旧"的时候，那个百年来一直伫立在卢安河畔的英国人，似乎是蓦然闯进了我们的眼帘。他好像一个被废弃多年的路标，当今天的人们需要重新步入印象派绘画的艺术园林时，他正好站在要冲之地给你指路，并且悄悄地告诉你：当年的印象派绘画，原本就是在这样的乡村田园中萌生的，后来，别人都离开了，只有我还守在这里，静静地等待着后世知音的光临……

05

1897 年 2 月，57 岁的西斯莱与画商乔治·波蒂筹划了一次大规模的绘画作品回顾展。波蒂对这次展览信心十足，西斯莱也对此寄予厚望。这是因为此前已经有好几位印象派画家的大型回顾展获得了成功，如 1892 年的雷诺阿和毕沙罗的回顾展，1895 年的莫奈"鲁昂大教堂"系列展，甚至连印象派女将莫里莎的个展都赢得了不少喝彩，作品卖出了好价钱。凭西斯莱在印象派画家中的地位和影响，他也理应获得成功。

但是，事与愿违，这次展览却以惨败而告终，不但一张作品都没卖出去，连新闻报道都出奇地少，更不要讲有分量的艺术评论了。没有什么比被冷落、被漠视、被遗忘更令西斯莱寒心的了。他在这次沉重的打击面前几乎陷入了绝望，随之而来的是，他的健康状况每况愈下。更令他意想不到的是，鄂珍妮恰在这时被诊断得了舌癌。在内外交困之中，西斯莱只能再次选择逃避——这次，他逃向了海峡对岸的英国。

1897 年夏天，他与鄂珍妮越过海峡先到了南安普顿，然后转到康瓦尔的法茅斯镇，小住数日之后，便前往威尔斯的卡迪夫。

在卡迪夫，西斯莱办了两件大事：一是在 8 月 3 日，他约见了法国驻卡迪夫的领事先生，请他作证，由鄂珍妮宣告西斯莱是其子女皮埃尔和珍妮的父亲；二是在两天之后，即 8 月 5 日，西斯莱和鄂珍妮在卡迪夫户籍登记处正式登记结婚。这对同居三十年，一同走过漫长的艰难岁月的老人，终于在预知生命即将走向终点的时候，为他们的结合取得了合法的认证。那一年，西斯莱 58 岁，鄂珍妮已经 63 岁了。

可以想象，在英国的那段时光，西斯莱的心情逐步恢复平静，心头也略感轻松。他的创作热情也有所恢复。他画了不少海景。这种情形又与他的前辈康斯太勃尔陪同患病的妻子前往海滨，创作出一些杰出的海景油画的经历十分相似。西斯莱的这批海景，构图奇崛，出现了一些俯视的角度，这与他以往绘制巴黎乡间风景所习惯的平视构图已有了很大的不同。而且他开始表现大海在暴风雨来临之前的景色（如《暴风雨之前的淑女湾》《浪花·淑女湾》和《卡勒村西边的淑女湾》），还描绘了极富动感的浪花拍打礁石的情形。所有这些变化，似乎都预示着这位画了一辈子平凡景致的画家，正在迈向一个新的艺术高地，无论题材还是技法，都将出现令人欣喜的突破。

然而，遗憾往往就是选择这样的时刻乘虚而入，西斯莱或许根本想象不到，他在英国海滨所画的这批画作，将成为他留给这个世界的告别之作。

1898 年，西斯莱整年没有画画，他把全部精力和时间都放在照顾妻子鄂珍妮上面。从英国回到莫瑞不久，鄂珍妮的病情就恶化了，西斯莱不眠不休，倾尽了全力也难以挽救妻子的生命。10 月 8 日，鄂珍妮去世。一个月后，西斯莱也被诊断出得了可怕的喉癌！

《哥伦维伦纽夫之桥》 Bridge at Villeneuve-la-Garenne 1872

他刚刚目睹了妻子在这种凶险的疾病折磨下所忍受的痛苦，如今自己又罹患在身。他除了慨叹命运的不公之外，又能说什么呢？

西斯莱病重的消息，迅速传到了巴黎。敏感的画商们立即对他的画作兴趣大增，存有他作品的画廊开始"惜售"，而过去不肯经销的画商则开始打探他的行情……

那些曾经对西斯莱有过微词的老朋友，如毕沙罗，此时也似乎意识到自己过去的偏狭。他在闻知西斯莱的病况之后，又给自己的儿子路西安写了一封信，提出了与以往截然不同的看法，他说："他是一位伟大而美好的艺术家，我认为他就是大师……"

莫奈，这位西斯莱当年的挚友，后来的对手，在西斯莱逝世前夕赶到了莫瑞。他是应西斯莱的邀请前来与这位老朋友告别的。此时，西斯莱已经无法讲话了。他纵有千言万语，此时已不能向莫奈倾诉，或许，他内心会有几分悔恨：要是早一点把莫奈找来，那该多好啊！

1月29日，西斯莱悄然辞世。这时距离他妻子去世只有三个多月。莫奈、雷诺阿以及评论家塔维尼耶等生前好友为这位寂寞一生的艺术家举行了俭朴的葬礼，一块取自枫丹白露森林的石头被制成简朴的墓碑，上面镌刻着西斯莱和鄂珍妮夫妇的名字。

西斯莱留给子女的全部财产，除了价值不到1000法郎的破旧家具之外，就只有阁楼上那一大堆卖不掉的画作。莫奈目睹此情此景，深感震惊。于是，他发起组织所有早年参加印象派运动的画友们，为西斯莱的子女举行捐助义卖。毕沙罗、雷诺阿、塞尚、德加以及莫里莎的女儿朱莉·马奈、盖尔伯特的哥哥等，都积极响应莫奈的倡议，捐出了自己的或亲人的画作，乔治·波蒂主持了这次拍卖。拍卖会大获成功，共拍得善款14.5万法郎，平均分给了西斯莱的两个子女。

西斯莱在去世之后所赢得的尊重，远远超过了他在世时的总和。他的作品在他死后不到十年的时间内，就先后进入了法国最著名的艺术殿堂：奥塞美术馆和卢浮宫。他的画价在美国创造了巨大的升幅，成为人们争相收藏的珍品。他晚年生活了二十年的小镇莫瑞于1905年成立了一个委员会，决定要为这位以精湛的艺术描绘了莫瑞美景的艺术家树立一座永久性的纪念碑。纪念碑由雕塑家尤金·西维尔于六年后完成，1911年被安置在卢安河边上的战神广场。

那儿，正是当年西斯莱经常写生作画的地方。

Gauguin

"野蛮人"

高更

"我是双重存在的：我是野蛮人，也是小孩。野蛮人比文明人更优秀。我的画虽然不蓄意使人震惊、让人张皇失措，但是人人看了之后，都为之震惊、为之张皇失措。这都是我血液里的野蛮人性格所造成的。"这个自称"野蛮人"的家伙，就是法国画家高更。

然而，正是这个以"野蛮"自诩的高更，却实实在在出身于一个非常文明的家庭：他的父亲是位有名的新闻记者；她的母亲具有高贵的西班牙贵族血统，是著名女作家弗洛拉·特里斯坦·摩斯克索的女儿；而他的外祖父则是版画家安德烈·夏沙尔。照理说，高更在这样一个家庭环境里长大，自然会受到良好的家庭教育和文明熏陶。他怎么会变成一个"野蛮人"呢？

这，成了一百多年来众多艺术史家穷原竟委、百思莫解的谜。

01

有人从高更的血统源流上去"溯本寻源"。人们发现，高更的父亲原来是个思想激进的政治记者，拥护共和，反对专制。就在高更出生的那一年，巴黎人民举行起义，宣布成立共和国，但是很快被镇压，大批参加起义的巴黎市民被屠杀、被监禁、被流放，路易·拿破仑上台摄政。高更的父亲害怕受到迫害，不得不携家带口出逃到秘鲁，但是，在出逃的路上就染病去世了。人们由此猜测：高更一定是继承了其父的激进性格，对一切文明秩序都怀有天生的敌意。

有人又进一步发现，高更的外祖母弗洛拉也不是个安分的女人。她与夏沙尔

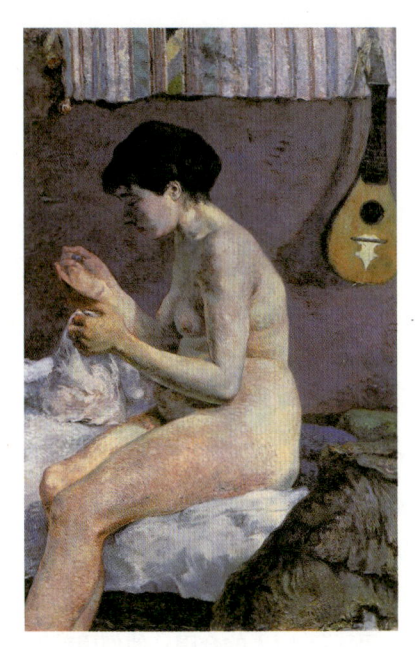

《裸体习作》（缝衣的苏珊娜）
Study of a Nude（Suzanne Sewing）1880

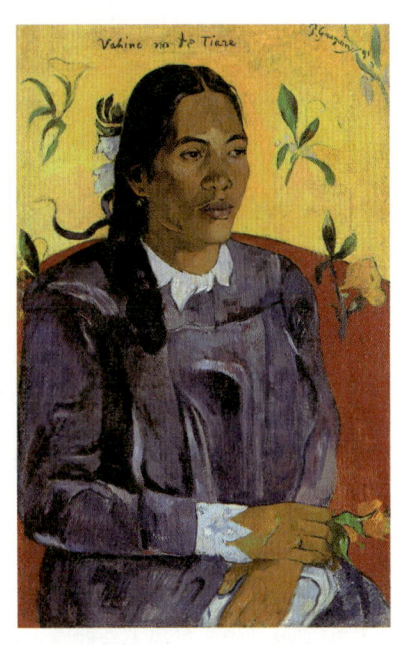

《拿花的女人》
Woman with a Flower 1891

的婚姻最终酿成了悲剧，一次弗洛拉带着孩子离家出走，愤怒的丈夫追上来，拔出手枪把弗洛拉打成重伤，夏沙尔因此被判处二十年的苦役。正是缘于这件事的刺激，弗洛拉才下决心为改革社会而从事写作，她后来成为一个著名的女性解放运动的先驱。莫非，外祖母的这种不安分的个性也通过其母的血液遗传给了高更，使他难以在安静平淡中生活，非要去寻求刺激不可？

还有人从高更的幼年经历中去"寻找答案"。高更在父亲死后随母亲投靠在秘鲁做总督的舅舅，一直长到7岁才回到法国，可以说他的童年是在秘鲁度过的。南美的热带风光以及当地原始的纯朴粗犷的民风民俗，在高更幼小的心灵中深深地埋下了种子，这使他永远无法摆脱那浓浓的原始情结。晚年的高更曾写道："有多少次我退回到很远，比回到帕底农的马更远，我回到我儿时的'达达'，回到我的好木马。"帕底农神庙是古希腊艺术的代表，也是欧洲文明的发源地，但是高更所钟情的却并不是"帕底农的马"，而是更远的"儿时的木马"——既是原始的，又是儿童的，他的这种审美指向，莫非正是其幼年生活所折射出的心灵辉光？

"野蛮人" 高更 | 231

不可否认，一个艺术家的美学追求，与其先天的禀赋和童年的经历，确实有着密不可分的内在联系。但是，这些还只是其艺术风格和人格特征得以形成的外在条件，更重要的则是艺术家自身对美的本质的感悟和把握。如果这种敏锐的感悟与未来的时代审美趋向暗中契合，那么，这位艺术家就会成为引领时代风尚的先驱者，成为"开宗立派"的艺术大师。然而，令人遗憾的是，这些艺术大师往往需要后人来追认。他们生前虽然凭着高超的艺术敏悟和坚定的艺术信念，坚信自己的追求绝不是毫无价值的，甚至有些人还依稀望见了暗夜中的第一缕曙色，但是，就其有形的生命而言，他们往往是命定的殉道者——为了实现自己的艺术理想和美学追求，他们必须毅然决然地放弃世俗的名利，放弃丰裕的生活，放弃轻车熟路的老套，放弃常人所珍视向往、所梦寐以求的一切，义无反顾地选择孤独，选择贫穷，选择知音难觅的寂寞，选择被正人君子们讥讽、嘲笑、谩骂的尴尬和窘迫。他们因超越时代而显得不合时宜；他们因技艺非凡而招致庸人的合围；他们因前无古人而显得茕茕孑立；他们因不见容于当世而最终得以流芳千古。

高更无疑属于这样的艺术殉道者，他为了追求自己的艺术理想付出了毕生的代价！

02

高更性格中的不安分因素，在他 17 岁的时候第一次显现出来。在中学毕业之后，他做出了一个令他的家人大吃一惊的决定：他要去当一名水手——这是在当时高更眼里最富冒险色彩的职业。

他是那种认准了就一定要干的人。他先是跑到一条船上当见习水手，接着成为低级船员，后来，终以正式船员的身份走遍了南美、印度以及斯堪的那维亚半岛。当他在大海上漂泊了六年之后回到法国时，他蓦然发现，一切已经面目全非了：母亲已经去世，故宅也已在普法战争中化为灰烬，而他自己则成了一位富有的银行家的被监护人。

高更的监护人名叫古斯塔夫·阿罗沙。他在高更的一生中起到了导航灯般的关键性作用，而有趣的是，他的"导航"刚好指向了南辕北辙的两个方向。他在巴黎的一家股票经纪公司里，给高更安排了一份收入颇丰的工作，又给高更介绍了一位出身于丹麦富有人家的美丽的女教师玛特·苏菲·加德，并促成了高更在25岁时娶她为妻。这些安排，无疑都是为了使高更能够过上安定平稳的生活。然而，阿罗沙先生同时还是一个艺术爱好者，一位业余摄影师，对光与影的迷恋使他与当时活跃在画坛上的印象派画家们关系密切。他把自己的女儿培养成了一个画家，他当然希望由他监护的这个小伙子也能有点儿"艺术细胞"。于是，他介绍高更加入了当时巴黎画坛上十分活跃的"礼拜日画会"。他大概做梦也想不到，就这么一不留神，竟点燃了埋藏在高更心底的艺术之火，使这个以前只迷恋大海、喜欢冒险的毛头小伙儿，走火入魔般地迷上了绘画。而正是这种艺术狂热搅乱了他的家庭生活，并最终毁灭了他与玛特的美满婚姻。

在艺术上，高更绝对是一个后知后觉者。他年近30才开始学画，又从未接受过正规的美术教育。但是，高更绝对是一个绘画天赋极高、对色彩的领悟力迥异于常人的天才。从1871年到1883年，高更当了十二年的"星期天画家"，对印象派绘画狠下了一番学习的苦功，特别是对毕沙罗、塞尚等人的作品情有独钟，不仅临摹了阿罗沙先生所收藏的许多印象派作品，后来又与毕沙罗本人结成挚友。更由于高更供职的交易所离印象派画家的聚集地很近，这使他有机会经常与这些"另类艺术家"们直接接触，耳濡目染，渐渐地成为他们中的一员。高更的作品受到这些艺术同道的肯定和赞扬，这使高更大受鼓舞。更令他兴奋的是，年方28岁、出道仅一两年的高更，竟有一幅风景画入选了1876年的法国沙龙画展，这是许多

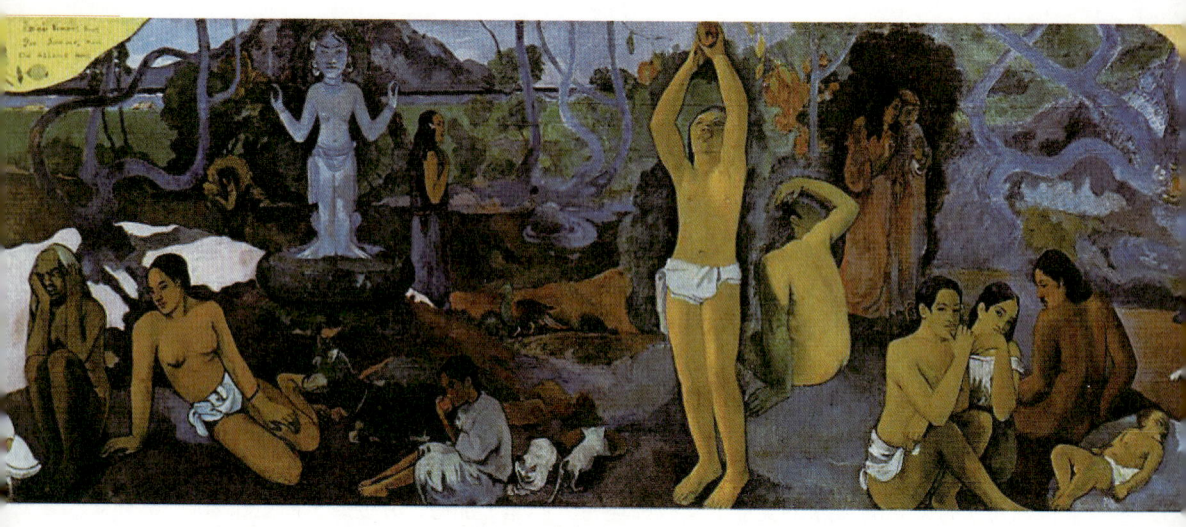

《我们从哪里来？我们是谁？我们到哪里去？》
Where Do We Come From? What Are We? Where Are We Going? 1897

  画家奋斗一生都未必能获得的殊荣啊！一时间，高更成了艺坛上受人瞩目的人物，而他自己更是信心倍增，踌躇满志，对绘画事业充满了憧憬和期望。

  1880年，毕沙罗推荐高更参加第五届印象派画展。他送展的作品是《裸体习作》。这幅画受到了艺术评论家居斯芒斯的高度评价。他称这幅作品"显示着一个当代画家无可争辩的气质"；称赞高更"创作了一幅大胆的、独具一格的油画"——"我敢肯定，在当代所有画过裸体的画家中，还没有一个能够如此有力地表现生活的。"评论家热情洋溢的赞扬，使这位证券经纪人正式跻身于印象派画家的行列。1881年，他有八件作品在第六届印象派画展上展出；1882年，他有十二件作品在第七届印象派画展上展出……

  艺术上的成功使高更时常处于高度亢奋的状态，他被一个无比美妙的画境所吸引、所鼓舞、所陶醉，他沉浸其中而乐不知返。然而，他每当在艺术上赢得新的成功，便会愈发深刻地感受到来自家庭和社会的冷漠和羁绊。

  妻子玛特是个刻板的天主教徒，她对绘画功能的最高认知，也就是家庭某个角落的小点缀，没什么了不起，根本不值得花费太多的心力。因此，她对丈夫倾注大量热情和心血去从事绘画，感到不可思议。至于高更的那些画家朋友，她更是一个也看不上，那帮家伙邋遢、傲慢、自命不凡、玩世不恭，一个个都像神经病。丈夫常跟这样的人来往，也变得越来越不正常了。玛特为此深感痛苦。她曾无数次试图用自己的冷水把高更心头的艺术之火扑灭，但均告失败。而随着这种水与火的较量轮番上演，这个原本幸福美满的家庭，出现了不可弥合的裂痕。

而对高更来说，除了家庭的冷漠，更不可忍受的是职业角色与艺术兴趣的严重背离：证券经纪人的刻板工作每天都在泯灭着自己心头的艺术火花，他感到一走进证券交易所的大厅，他的艺术灵感就被窒息了。当他坐在那里操作股票买卖时，他感到自己像一头被捆绑的野兽，他向往山野，向往田园，向往大海，向往蓝天，他向往心中的伊甸园，向往美丽的雅典娜……只有冲出职业的羁绊他才能获得真正的自由。他在心里时常呼喊着："我要做一个职业画家，以全副身心去拥抱艺术之神。"为了实现这一心中的宏愿，高更在 1883 年 1 月终于做出了一个令其家人大吃一惊的抉择：他要辞去收入丰厚的证券经纪人的工作，向着一个新的海洋，开始新的人生远航。这一年高更 35 岁。

这一抉择就意味着，高更从此不再拥有每年 3 万～4 万法郎的稳定收入，他因此也失去了往日温馨和睦的家庭（玛特由此与高更分居）；这也意味着，他将不再是一个幸福的丈夫和慈爱的父亲（此时他与玛特已经生了三男一女四个孩子，还有一个女儿尚在玛特腹中），他变成了一个不得不依赖卖画为生的流浪画家——在那个年代，画家几乎是可以和乞丐画上等号的行当啊！

但是，高更对自己的前景却并不如此悲观。相反，他感到了一种拔去万累的轻松和身心解脱的自由。他像天真的塞尚一样，坚信只要自己努力创作、每年都能够入选沙龙画展，就一定会得到精神、物质双丰收。他们确实是艺术家，满脑子充塞着浪漫的幻想，殊不知现实生活一点儿也不浪漫，它总是以其特有的严酷和冷漠击碎艺术家的虚幻梦境，对高更当然也不例外。

03

　　艺术家与贫穷结伴，本来是司空见惯的事情。但是对高更而言，就显得有些猝不及防了，因为他从来没有遇到过如此窘迫的局面：辞职不到一年，他就无力养家糊口了，不得不举家迁出巴黎，搬到生活费用相对低廉的卢昂去住。又过了半年，连卢昂也住不起了，高更又不得不低下"高贵的头颅"，举家北上去投奔妻子的娘家——丹麦的哥本哈根。他在那里遭到了玛特家人最不留情面的奚落和冷眼。高更不敢做出丝毫不满的表示，他已经没有这个资格了。无奈之下，他期冀着从法籍商会那里谋求一份工作，甚至幻想靠"老乡"的资助办一次画展，这样，多少可以向玛特的故国展示一下自己的艺术，捞回几分面子。但是，他没有成功。于是，他只得带着次子柯罗维斯灰溜溜地回到巴黎，而玛特则留在了老家。这对夫妻名存实亡的婚姻关系，从此只能靠书信来维系了。

　　最令高更感到尴尬的是，他重返巴黎之后，曾回到从前供职的证券交易所，然而，他得到的职位待遇低下，只能勉强糊口，连件像样的衣服都买不起。他在写给妻子的信中不断诉苦说："证券交易所原是一个以貌取人的地方。严寒的季节里，我的穿着如此寒碜，真叫人喟叹不已！""床铺上连一席床罩都没有，而床罩对孩子来说又是必需品，真让我为难！""孩子患了感冒，可我身上只有20生丁（100生丁折合一法郎）。近三天来，我们只能吃些没有奶油的面包，生活的压力几乎逼人走入绝境。"

　　但是，在如此窘迫的境遇中，高更的创作激情却空前高涨，他对印象派的艺术手法进行了全面的尝试，画出了一批极具印象派神采的作品。1886年在第八届，

《布列塔尼的猪倌》 The Swineherd, Brittany 1888

也就是最后一届印象派画展上,高更推出了十九幅新作,成为实至名归的印象派主力画家。然而,他的悲哀就在于他的隆重出场,正赶上印象派的"谢幕典礼"。他非但没有获得预期的成功,更把自己捆绑在了一个即将消散的画派上。随着印象派画家群体在此次画展之后风流云散,高更也陷入了更加窘迫的境地。他艰难地筹措到一笔钱,把儿子送进了寄宿学校,然后凄然地离开了巴黎,只身前往布列塔尼附近一个名叫彭塔温的小渔村,成了一个名副其实的流浪画家。

04

　　高更的艺术风格是在流浪中形成的。也就是说，当他背着简单的行囊，形单影只地在通往布列塔尼的乡间小道上踽踽独行的时候，他就开始了对都市文明的疏离和背叛，同时也就开始了对自己心目中美的真谛的寻找和探求。

　　高更在布列塔尼的荒野上流浪。布列塔尼是个十分荒凉的小地方，但在高更眼里却是一个尚未受到都市文明污染的净土。他在这里发现了老百姓家中常见的质朴的土塑人像，发现了乡间残存的原始基督教艺术，他对此感到无比的亲切，同时也感受到了那种原始宗教的神秘气息。他曾写道："我喜欢布列塔尼，在那儿，我发现了自然和原始。"这使他对以前所迷恋的印象派单纯以大自然光影为表现主体的观念和方法，产生了最初的怀疑。也是在布列塔尼，高更结识了年轻画家贝尔纳，从此他们成为艺术上的知己。在探索新的艺术语言方面，高更从贝尔纳身上汲取了新鲜的观念和方法。

　　高更在巴拿马运河的工地上流浪。1887年，高更闻知法国正在开拓南美的巴拿马运河，这唤起了他对幼年时期在南美生活的美好回忆。他毅然应征去当挖河工。在极为严酷的条件下，他感受着热带阳光的暴晒，体味着人类最原始的劳作。他还积攒下微薄的工资，前往法属马丁尼克岛去感受原始文明的魅力。他在致玛特的信中写道："这里的男女土著终日捣臼、歌唱、聊天，我有时觉得他们的生活方式十分单调，但随即又发现再难找到如此富于变化的乐土。"正是在马丁尼克岛的强烈阳光和热带雨林的雾瘴中，高更笔下的色彩开始变得浓重而强烈，以往的印象派痕迹逐渐淡化以至消失了。

《海滩上的塔希提女人》 Tahitian Women on the Beach 1891

    高更在法国南部的阿尔小城流浪。这是在艺术史上一次很有名的艺术之旅。他受梵高的邀请，前往梵高所营造的"未来画室"担任"首任室长"。由此不难看出他在梵高心目中的地位。高更与梵高，这对艺术史上耀眼的双子星座，在阿尔的简陋画室中聚合、摩擦、碰撞以至分离，给百年艺坛留下了无尽的话题，然而，对两位艺术家来说，这种艺术冲突对他们彼此又何尝没有启发和教益呢？有人认为高更与梵高的分离是因为性格不合，还有人认定是当过证券经纪人的高更习惯于绅士般的整洁，看不惯梵高的平民化邋遢。然而，据我所知，当高更出现在巴黎街头的时候，他也时常被人视为邋遢鬼——一个衣食无着的流浪画家又何尝绅士得起来？艺术史上真不知有多少艺术家被曲解被误读！

    我以为梵高与高更的最终分离，有着更深层次的原因。首先是艺术观念上的巨大反差。他们的共同点是对学院派艺术传统的反叛和对印象派画风的摒弃，正是基于这些他们才互相仰慕，走进共同的画室。但是，他们并没有料到，虽然在打破原有的艺术板块方面他们可以达成共识，但在今后的艺术走向上却是南辕北辙的。"梵高与我对事物的看法几乎是背道而驰的，"高更从阿尔的"未来画室"给他真正的艺术知己贝尔纳写信说，"尤其是在绘画方面：他极为崇拜多米埃、杜比尼、卢梭等人，这些画家正是我最不感兴趣的；而我所倾慕的安格尔、拉斐尔、德加等人，也正为他所厌恶。梵高是浪漫派的画家，我则崇尚原始自然。在色彩方面，梵高的绘画……是在掺和颜料中获得的偶然；我却最憎恨任意混杂色彩。"这诸多的不同，使他们无法在画板前保持和谐冷静，而他们又都不是可以随便被说服被改变的人物，于是，两人的分道扬镳也就成为必然。

除了艺术见解的差异之外，我觉得还须对两人的宗教观念和人生态度进行重新解读。梵高是一个牧师的儿子，是一个热情的理想主义者，他关注人民的苦难，早年曾立志做一个教士，并且身体力行，亲自去矿区传教，以自己微薄的收入去救助穷苦的工人。这种积极入世的人生态度使他的绘画永远充满活力和热情。而高更则是一个超然于现世之外的原始宗教的崇拜者，他从来不想深入到当下的现实生活中，而总是希望远远地摆脱现世的干扰，去寻找一块无人的，至少是未受现代文明污染的世外桃源。用高更自己的话说："我是一个为原始的太阳所燃烧的人类。"而梵高却是一个"为圣经所燃烧的人类"。两个"异类"聚到一起，碰撞就是不可避免的，分离也就成了顺理成章的事情。

然而，梵高和高更的分离并不是友情的断绝。相反，他们终生都在互相仰望着对方。梵高在致弟弟的信中讲："高更不仅是一个伟大的艺术家，而且是个良师益友。"在高更最困难的时刻，又是梵高的弟弟利奥在经济上无私地资助了他。而高更则始终保持着与梵高的通信。更有人认为，梵高1890年自杀身亡的消息，使高更受到强烈刺激，促使他终于下定决心远离法国，于1891年前往南太平洋上的塔希提岛，继续他的自我放逐和流浪。

5

  高更最杰出的作品，大多是在塔希提岛上完成的。这个法属小岛上的原始风光以及肤色黝黑的毛利族土著，给了高更最强烈也最深刻的心灵刺激，使他如同在茫茫大漠中跋涉许久而初见绿洲一样，重新获得了生命的源泉。他在出发前写信给贝尔纳说："我多么渴望能拥有一间个人的'南洋工作室'，罄其所有购买一间万国博览会中所见到的土著小屋……我这就出发了，从此与文明的世界完全隔绝，而和野蛮人共同生活。"他相信，"原始而野蛮的塔希提岛必能助我培育出独创一格的画风。"

  上岛之初，高更就被岛上那些尚处于原始状态的赤身裸体的土著女子迷住了，他喜欢这种粗野健康之美，以她们为对象画了许多素描和油画，若《海滩上的塔希提女人》，若《拿花的女人》，若《塔希提裸女立像》……这些作品的色彩是平涂的、厚重的，因而显得很单纯。人物的表情平静而安详，表现出一种远离世俗的恬淡和超然。高更本来不是一个多产画家，但是在塔希提岛上，他的灵感却如泉喷涌，在第一次上岛的两年时间里，他画了六十多幅作品。当他因经济拮据和身体衰弱而不得不离开塔希提时，他做了如下总结："在此两年多的时间，我仿佛年轻了20岁。个性比来时变得更加野蛮与敏锐。确实如此，当地的野蛮人给予我这年已不惑的文明人不少教诲。"

  1893年8月，高更回到法国。当这个被南太平洋的海风吹得面孔黝黑的45岁的汉子，身穿塔希提岛上普通人的服装，出现在巴黎的香榭丽舍大街上时，他简直被人们当成了怪物。文明社会以其残酷的冷漠和蔑视，来表达对这个"野蛮人"

的排斥与不屑：高更的塔希提主题画展失败了；他为配合画展而绞尽脑汁写作的随笔集也没有引起文学艺术界的重视；他满怀热望地跑到哥本哈根，想去看望一下玛特和孩子，却抱恨而归；他愤而离开巴黎想重回布列塔尼找回感觉，不想却在路上与一个"文明人"打了一架，被人家打断了踝骨；就在养伤期间，他的情妇安娜又先他一步赶到他在巴黎的画室，把所有值钱的东西洗劫一空，却把高更视为生命的画作弃之如敝屣。

高更的这次"回归文明"，成了一个具有讽刺意味的象征：他醒悟到自己已经不再属于这个城市、这种文明了，这里不再需要他，他也不需要这里的一切。他的快乐和希望在那蛮荒的小岛，在那混沌未开的族群，在那水天相接的一抹暗绿，在那上帝、先知、佛陀以及各路神仙都还顾及不到的神秘土地……

1895年夏天，高更费尽心力勉强筹集到一笔旅费，重新踏上了前往塔希提岛的路程。码头上围着许多送行的人，但是，没有一个是来送高更的。他步履沉重地登上了远航的轮船，回眸望了一眼自己的故国，他知道自己这次将一去不返了！

1897年1月19日，高更最钟爱的长女阿丽奈因肺炎去世。高更三个多月后才得知这个悲惨的消息。此后，他与玛特长达二十年的通信联系彻底中断了。

高更在极度悲哀和绝望中，花费一个多月时间，创作了他一生中最大的，也是最著名的一幅油画——《我们从哪里来？我们是谁？我们到哪里去？》。这是高更对人生哲学的一次最深刻的思考，也是其艺术风格的一次最完美的展示，正是这幅巨作，一举奠定了高更在西方现代艺术史上的崇高地位。然而，今天的人们怎会想到这幅画竟是高更与人生的最后诀别——画完这幅作品，高更毫不犹豫地吞下了致命的砒霜。时间刚好是在女儿去世一周年的那个月份。

幸好，他被人及时发现而获救。这使高更的生命又延长了五年，也使这个世界又多得到数十件艺术遗产。

1903年5月8日，高更死于心脏麻痹。他临死时身边只有一个当地仆人。

人们在他的遗物中发现了一张已经发黄的旧照片，那是一张全家人的合影。

《你何时结婚？》
When Will You Marry?
1892

《雅各与天使搏斗》 Jacob Wrestling with the Angel 1888

此外，还有一幅小小的油画，题为《乡村的雪景》。它无言地告诉人们，这个客死热带小岛的汉子，始终在怀念着他的家人，还有家乡的雪。

如今的塔希提岛已经成为一个旅游胜地，岛上最著名的景点，就是高更纪念馆。一百年前，塔希提曾对一个艺术家慷慨地敞开了怀抱；一百年后，这个艺术家以加倍的慷慨对这个小岛做出了自己的回报。

《两位塔希提女人》
Two Tahitian Women

06

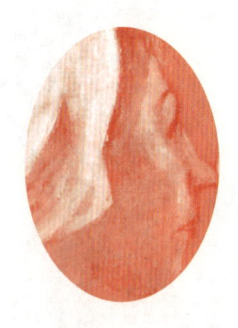

高更在临终前的一个月，曾在一封致友人的信中充满自信地写道："虽然我能贡献社会的微乎其微，但是谁又敢断言它们将来不会大放异彩呢？"

比起梵高来，高更毕竟是幸运的：就在他逝世三年之后（1906年），法国巴黎的秋季沙龙为高更举办了大型回顾展；随后，以高更的原始艺术理念为渊源的马蒂斯等人的野兽派崛起于画坛；接着，被认为是由高更首发其端的原始主义绘画也在欧美的现代派艺术大潮中形成一时之盛，就连毕加索也热衷于从非洲原始艺术中寻找艺术灵感，据说这也是受到高更的启发。作为现代艺术中原始主义和象征主义流派的开山鼻祖，高更的艺术观念和绘画风格影响了几代人，他和他的作品正如他所预言的那样，在世界画坛上"大放异彩"了。

从此，高更这个"野蛮人"的名字，被载入人类文明的史册。

Van Gogh

孤独的恒星

梵高

1890年7月的一天，37岁的梵高悄然走向奥维尔小镇外的一片麦田，从衣袋里掏出那把左轮手枪，笨拙地对准自己的腹部，扣动了扳机。

一声沉闷的枪响，立时飘散在空旷的田野里，连四周的鸟儿、虫儿都没有被惊动。然而，这声枪响的余音却飘荡了整整一个多世纪，直到今天，还在震撼着人类的心灵。

01

那一枪并没有把梵高打死。暮色苍茫中，他跟跟跄跄地捂着肚子，回到了他所寄居的拉伍小客店，无力地倒在了他的木床上。

上帝似乎不肯让这个能量巨大的生命，如此无声无息地消失；或者是上帝不肯让这个已经自认失败的可怜虫，如愿以偿地实现他最后一个卑微的梦想。总之，他没有马上死去。在极度痛苦与无望的挣扎中，他又经受了十多个小时的煎熬。仁慈的上帝啊，他一生所受的痛苦已经够多了，当他急切地渴望拥抱死神的时候，你为什么竟容许死神故意躲在他的门槛外面狞笑，难道是要看着他把人生的最后苦难全都咀嚼殆尽？

梵高在奥维尔唯一的朋友加歇医生闻讯赶来了。他对梵高叹惜道："哦，文森特，你都干了些什么？"

梵高说："我想，我这次又没干好。"

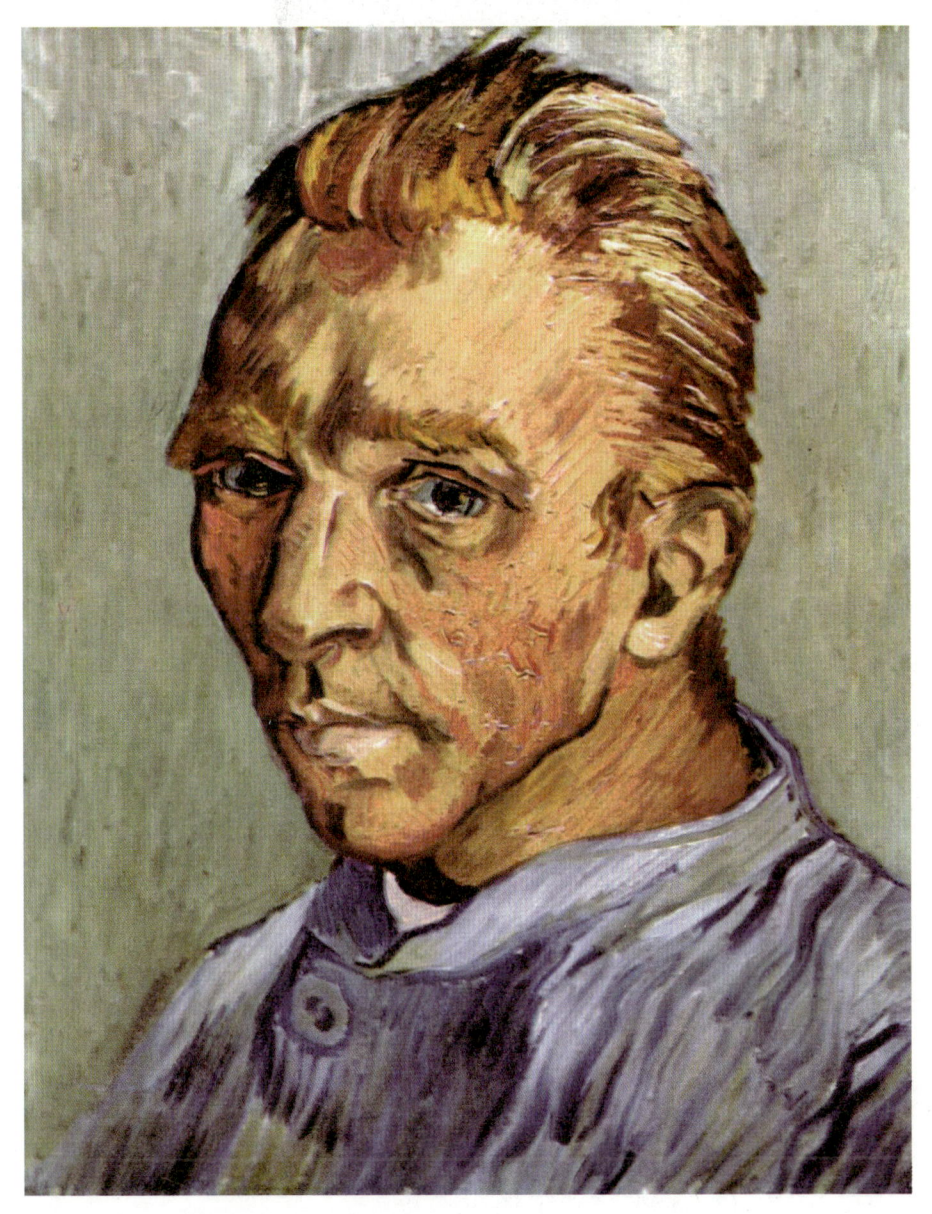

《没有胡须的自画像》 Self-portrait without Beard 1889

　　梵高总是觉得自己干得不好,就连他想干的最后一件事情,也干得如此糟糕。我猜想,梵高临终时一定自卑到了极点,他一定是带着太多的遗憾,离开这个世界的。

2

有位东方艺术家曾把古往今来的画家分为三类："第一类画社会认为最好的画；第二类画自己所认为最好的画；第三类则是置好坏于度外，被冥顽不朽的力量驱动着画笔作画。第一类人终身勤于斯而不闻道；第二类人则'朝闻道夕死可矣'；第三类则如《庄子》书中的啮缺与道合二为一，其人'若天之自高，地之自厚，日月之自明'。他的艺术就是天然本真的生命，世俗形骸消亡之日，正是他的艺术走向永恒之时。"

按照这位东方艺术同道的分类，梵高无疑属于第三类。也就是说，梵高那永恒的艺术生命，刚好是从他形骸消亡之日开始的——他此刻轻轻地去，恰如明朝他轻轻地来。

梵高终其一生都不知道自己是一个天才，他甚至不敢把自己称作艺术家。他的生活境遇是如此之恶劣，他的艺术知音是如此之寥落，他把自己的全部心血和热情都倾注在自己的画面上，可是他的画作却被那些布尔乔亚的艺术鉴赏家们弃之如敝屣。这就像一个世所罕见的歌唱家，拼将全部生命向着茫茫天宇引吭高歌，可大地上却没有一个听众，没有一丝回音。悲哀啊，上帝造就了一个超越时代的旷世奇才，却没有相应地造就出能够欣赏他的观众，致使他终生都被误解、被忽略、被漠视、被遗忘。他甚至羡慕雷诺阿、莫奈、莫里索等画家，他们都能够幸运地被众人讥笑和咒骂，而梵高就连被人们讥笑和咒骂的资格都没有。他好像完全被这个世界遗弃了。

孤独，有时是比死亡更深刻的痛苦。

《向日葵》
Sunflowers
1888

03

梵高早已习惯于忍受孤独。但是,即使他是超人,其忍耐力也是有限的,尤其是当他真真切切地感受到那种比死亡还要痛苦的孤独时。为了结束这痛苦,他宁肯选择死亡。我曾读到一些不负责任的美术史家的论说,他们认定梵高是在精神病发作的情况下开枪自杀的。这是对梵高的又一次误读。事实上,梵高在做出自己的最后抉择之际,头脑异常清醒。这在他写给他的弟弟,也是对他的艺术最理解、最珍爱的艺术品经纪人提奥的最后一封信中,表露得十分清楚,他写道:"我不需要故意表达凄凉与极端孤独的心情。我希望你能够马上看到这些画——我认为这些画会把我无法用言语表达的话告诉你……"

让我们看看这是一幅什么样的画吧——厚厚的浓云挤压着金黄的麦田,一条田间小路已经到了尽头,再也无法向前延伸;一群象征着死神的乌鸦在画面上翻飞着,你甚至可以听到它们那可怖的哀鸣。与梵高一贯使用的激烈笔法相反,这幅画上弥漫着一种令人不安的寂静。那些梵高式的线条排列得非常有序,这昭示着作者在挥动画笔时,节奏是舒缓的,情绪是平静的。他已经不再激动、不再感动、不再冲动,他只想把自己内心深处那些无法用言语表达的"凄凉与极端孤独的心情",倾诉在这阴沉得令人窒息的画面上。这幅画的画题叫作《有乌鸦的麦田》,我相信这个画题肯定不是出自梵高的手笔。如果让我来揣摩梵高的心曲,重新为它标题的话,我会把这幅画题作《死寂》。

《有乌鸦的麦田》 Wheatfield with Crows 1890

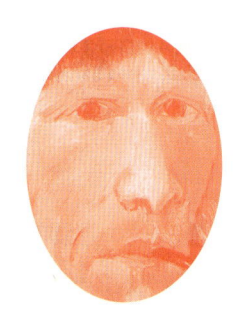

04

  我一直固执地坚信：梵高是因孤独而死的。而这幅画就是我的一个物证。我还曾不揣冒昧地将梵高的孤独与诸位先贤做了一番比较。我以为，梵高的孤独不同于苏东坡"高处不胜寒"的孤独，东坡先生虽也饱尝颠沛流离之苦，可是当他运交华盖之时，毕竟早已名满天下；梵高的孤独也不同于李白"举杯邀明月，对影成三人"的孤独，太白先生的郁郁寡欢是源于胸怀大志不得施展，而他的诗才却是举世公认的，连杜甫都说"白也诗无敌"，可见他有遍地知音；梵高的孤独更不同于屈原"众人皆醉我独醒"的孤独，屈原的"独醒"是因为他不愿、不肯、不屑于与众人同醉，他的孤独正源自他的清醒。

孤独的恒星　梵高 | 253

《耳朵上扎绑带叼烟斗的自画像》
Self-portrait with Bandaged Ear and Pipe
1889

然而梵高对自己的孤独却是不明不白不清不楚，始终懵懵懂懂。他一直搞不懂自己为什么永远知交零落。要知道，在他的内心深处一直燃烧着烈火般的情感，他珍视亲情、渴望友情、追求爱情。或许，正因为他的情感太炽热、太浓烈、太灼人了，常人才不敢领受他的这份真情，甚至不敢与他接近。譬如，梵高在 28 岁那年爱上了他的表姐凯，一位刚刚守寡的孕妇，只为了能与心爱的人见上一面，梵高竟不顾一切地把自己的手掌伸向她家的灯火炙烤，以致严重烧伤。凯自然不会理解她的这位表弟是在以自己独特的方式来表达炽热的情感，她拒绝了梵高的求婚，这次打击几乎把梵高击倒。再譬如，当梵高陪着高更去到一家妓院，梵高因为没有 5 法郎而不能上楼时，一个名叫拉舍尔的妓女走过来搭讪，随便说了句"你没有钱，何不拿一只耳朵来顶替呢？"谁会想到，梵高真的回到家里，用刀割下自己的右耳，用布包好给她送了去。连高更都被梵高的举动吓蒙了，不等梵高醒来就逃回了巴黎，而小镇上的人们更是无法理解这个怪人，他们把他称作精神病人，甚至要求市政当局把他关进了监狱。

　　有人说，梵高的孤独源自他性格上的缺陷，譬如，他不善表达，他生性孤僻；也有人说，梵高的孤独源自他的神经质，他的狂躁不定。这些说法固然各有其道理，但我认为都不准确。梵高不善表达吗？看看他给他弟弟提奥的那些信件吧，我不知道在当时的世界上还有谁能比梵高更善于倾诉和表达自己的心曲。梵高生性孤僻吗？看看他是如何热切而周到地为欢迎好友高更的到来而准备一切吧，他对友情的那份渴望、对朋友的那份真诚以及对人生知己的那份珍爱，足以感天动地，足令鬼泣神惊。当高更与梵高共同生活了两个月之后，发现两人个性不同、实在难以共处而决计离开他时，梵高所表现出来的那份失落、沮丧和绝望，则刚好从反面证明：梵高是把友情视同生命的。

　　美国作家房龙认定梵高是被高更逼疯的，他因此而把高更称为"最卑鄙的人"。但是这种看法显然有欠公允。因为我们从梵高的书信集中发现，直到梵高生命的最后一刻，他与高更依然保持着通信联系。或许，是梵高舍不得割断这份刻骨铭心的友情——既然不能与友人同处一室，那就让我们远远地互相眺望吧！

《奥维的教堂》 The Church at Auvers 1890

5

关于梵高的死，很多人认为与他最亲近的弟弟提奥有关。提奥不仅是梵高生活上的唯一资助者，也是艺术上的唯一支持者。梵高一生从事艺术创作的时间不过十年，在这十年中，他的生活费完全是提奥按月寄送的；他的绘画作品也主要是由提奥的小画廊寄售的；梵高几乎每天都要给提奥写信，详细地向他讲解他正在做的每一件事情，包括绘画、交游、饮食、起居，也包括喜悦、烦恼、苦闷、思念……欧文·斯通曾把他写给提奥的书信编辑成一本书，书名就叫《梵高自传》。是的，孤独的梵高如果没有弟弟提奥，他恐怕一天都活不下去。提奥成了他的精神支柱。

能有一位这么好的弟弟，实在是上帝对梵高的恩赐。提奥是那么真诚，那么无私，那么细致入微，那么善解人意。他是最早认识到梵高的艺术价值的艺术鉴赏家，他也是第一位专心致志地收藏梵高作品的艺术收藏家。但是他并不是一个成功的画商，梵高的作品他一幅都没有卖出去。为此，梵高常常感到愧疚和自卑。提奥不忍心让哥哥长久地沉浸在失望中，就和朋友一起出资，购买了一幅梵高的小画《红色葡萄园》，售价仅四英镑。这是梵高一生卖出的唯一的作品，他为此曾欣喜若狂，然而他却至死都不知道这幅画背后的故事。

提奥对梵高无微不至的关爱，使梵高对生活产生了无限的依恋，尽管孤独，尽管困苦，尽管病魔缠身，尽管知音难觅，毕竟还有一个提奥。只要有提奥，梵高就有勇气活下去画下去熬下去：面包总会有的，希望总会有的，明天总会有的。

但是与此同时，提奥的关爱也使梵高难以摆脱"无以为报"的心理负担，进而

《播种者》 The Sower 1888

愈发对自己的无能，产生强烈的无奈和自责，这无疑又加重他的自卑感。他觉得是自己拖累了弟弟。这种自责和自卑，在提奥结婚生子之后，变得更加严重了。

　　提奥和妻子约翰娜以梵高的名字给他们的儿子命名，这使梵高受宠若惊。同时也使他与弟弟的家庭、与这个小家伙更加亲近，水乳难分。他愈发感到应当为这个家庭分担些压力，至少是减轻些压力。这种心态却无形中使梵高越发感到自己是个无用的人。如此深刻的矛盾纠缠在梵高那本已十分脆弱的心灵里，令他不安，令他变得非常敏感。终于有一天，平静的河流被一道突然出现的沟坎挡住了——这个月，提奥没有按时领到薪水，无法再像往常一样给住在奥维尔的哥哥寄去他生活必需的50法郎。而且恰恰在这个时候，小文森特又病了，真是祸不单行。梵高听说小侄子病了，急忙赶到巴黎探望。他见到了一筹莫展的弟弟，并且从弟弟口中听到了一个更令他震惊的消息：提奥的老板对提奥的工作很不满意，已经威胁要他辞职，而且，由于提奥负责的画廊一直赔钱，梵高家族在画廊的全部股份已经都被卖掉了。

我相信，提奥完全是因为太烦闷了，才无意中向梵高透露这些坏消息的，而且在情绪极度低落的情况下，所用的言辞可能不够谨慎、不够平和。这对梵高来说，却好似一个晴天霹雳。梵高默默地回到了奥维尔小镇，他完全消沉了。虽然几天以后，提奥就寄来了他费尽心机搞到的50法郎，但这只能使梵高更加痛苦。梵高想用画画来排解心中的烦乱，但是"画笔几乎从我手指中间滑出去"（见梵高写给弟弟的最后一封信）。对于一个画家来说，最可怕的事情终于发生了：梵高失去了创作的激情——那燃烧在《向日葵》中的火焰，那奔腾在《自画像》中的冲动，那活跃在《奥维的教堂》里的生命活力，都好像离他远去了。他在喃喃自语："我的事情已经干完了，下面该轮到小文森特了……"

当提奥得知梵高自杀的消息，他立即从巴黎赶到哥哥的床边。梵高却很平静，他对泣不成声的弟弟说："兄弟，不要伤心，我是为大家着想才这么做的。"提奥拉着哥哥的手，充满痛悔地说："哥，我已经准备开一间自己的画廊，我要举行的第一个画展就是你的个人画展。你一定要好起来啊，我们一起来完成这个计划！"

梵高是死在提奥的怀里的，这至少能使他的灵魂得到一丝安慰，他毕竟没有失去提奥，他不是绝对孤独的。

06

梵高生前曾有一个心愿："总有一天我会找到一家咖啡馆展出我自己的作品。"但是，就连这么一点点卑微的梦想，最终也还是化为泡影。

梵高做梦也想不到，一百年后，他的作品的拍卖价竟会雄踞在古往今来所有画家的榜首：1987年，梵高的一幅《向日葵》以59亿日元的高价被日本人买走；时隔不久，这个记录就被刷新：他的一幅《鸢尾花》被卖到73亿日元；一幅《加歇医生像》被卖到117亿日元；而最近，当他那幅《没有胡须的自画像》创出7150万美元的天价时，克里斯蒂拍卖行里欢声雷动。然而这一切与寂寞的梵高已经毫无关系。在巴黎郊外的墓地里，陪伴他的只有他亲爱的弟弟提奥（提奥在梵高去世六个月后也因极度悲哀而去世）。当年由加歇医生亲手栽的常春藤装点着俭朴的墓园，还有来自全世界的崇拜者们敬献的鲜花。

梵高的出生地荷兰和梵高的安息地法国，争相把梵高认作自己的国民，争相为他建造精美的美术馆。在巴黎的奥塞博物馆、在伦敦的国家美术馆、在阿姆斯特丹的梵高美术馆……他的作品都被摆放在最显著的位置。在他的作品跟前，永远是人头攒动，永远是啧啧赞叹。全人类都在为当年遗忘和痛失了一个天才而惋惜而悔恨，人们只能以对他超常的崇敬和膜拜，来表示自己的忏悔。

我曾在巴黎奥塞博物馆的展厅里，目睹过人们在梵高作品前的那种虔诚的眼神；我曾在伦敦国家美术馆里，聆听过人们对这位天才的悲惨命运的深深叹息；我也曾在阿姆斯特丹的梵高美术馆里，尝试着同那些认真的孩子一起，在特制的电视屏幕前涂抹"梵高色彩"。我当时就在想：假如死去的人真有灵魂，那么梵高的在

《加歌医生像》 Portrait of Gachet 1890

天之灵，在目睹了这一百年来他个人遭际的天壤巨变之后，又会做何感想呢？他会不会以那永远忧郁的眼神向世人发问：善良的人们啊，一百年前，我是多么渴望见到这种眼神啊，哪怕只是瞬间的凝视，可那时你们都在哪里啊？

07

  在人类的艺术天幕上，繁星闪烁，河汉分明。我曾尝试着把艺术家也分成三等：那些终身按照前人划定的轨道兜圈子，一旦离开轨道就迷不知所向，转了一生尚不知路在何方者，我喻其为卫星；那些拥有一定能量，足以吸引一批卫星围着自己转动，但却无法独立于天宇，必须靠着别人的光亮才能发光者，我喻其为行星；而那些高悬于昊天之上，恒定不移，光耀千秋，其艺术能量足以照射苍穹，泽被群伦者，我喻其为恒星。这样的艺术家是人类精神的灯塔，是万代不竭的美之源泉。人类对这样的艺术家必须仰视才见。漫漫艺术天河中一旦升腾起这样的恒星级人物，整个美术史就必须重写，原有的那一套美学观念就必须修正，人类也无可选择地要为他重新建立一套审美的规范。

  梵高，就是这样的一颗恒星。然而，恒星是孤独的。这种孤独几乎是命中注定与生俱来伴随一生的。恒星的光焰太强烈、太灼热了，任何一个质量不够大能量不够强的星体过于靠近它，都会被它炙伤乃至被它融化；然而，如果它与一颗同样光芒四射的恒星不期而遇，那同样是危险的，因为两颗恒星过于靠近就会不可避免地发生摩擦乃至碰撞——它们只能永远孤悬在星空一隅，各自怀着一腔衷情，彼此眺望；恒星以其巨大的能量和吸力，令万类俯首，引群星景从，但是所有围绕恒星转动的行星都注定要与它保持着遥远的距离，它们依循着它的指引、领受着它的恩泽、沐浴着它的光芒，却无从向它表示自己的感激，只能把它的光泽反射给更需要抚慰的星体……

  哦，梵高，你这孤独的灵魂！你以自己全部的生命热能，完成了一次艺术星空的再造；你以自己瞬间的璀璨，构筑起人生的永恒！

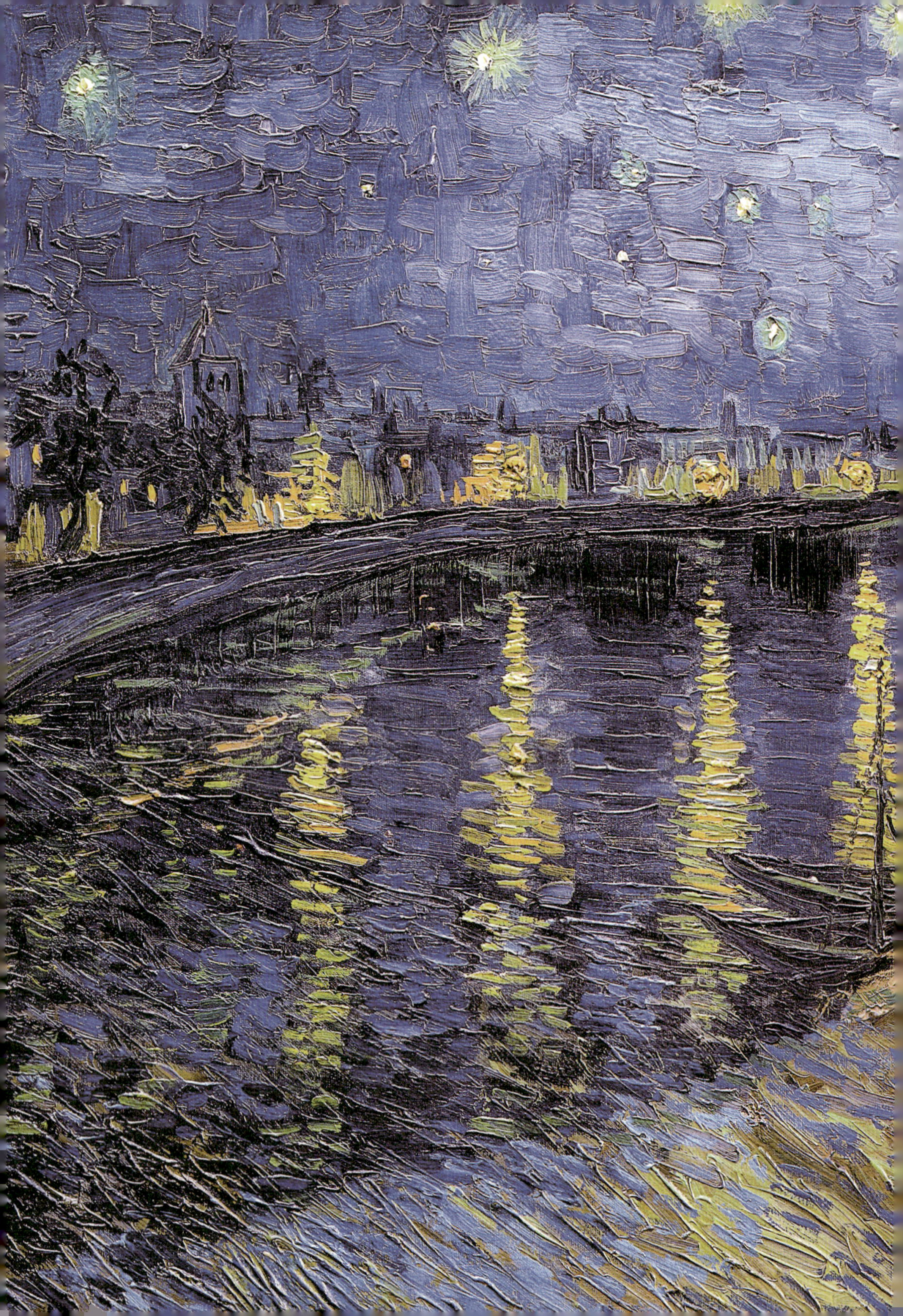

《罗纳河上的星夜》局部
Starry Night over the Rhone
1888